락밴드 '부활'과
보육원생 '프로골퍼'
탄생이야기

나는 매니저다

나는 매니저다

지은이 | 백강기

발행일 | 초판 1쇄 2016년 4월 5일

발행처 | 멘토프레스

발행인 | 이경숙

교정 | 유인경

인쇄·제본 | 한영문화사

등록번호 | 201-12-80347 / 등록일 2006년 5월 2일

주소 | 서울시 중구 충무로 2가 49-30 태광빌딩 302호

전화 | (02)2272-0907   팩스 | (02)2272-0974

E-mail | mentorpress@daum.net
　　　　memory777@naver.com

홈피 | www.mentorpress.co.kr

ISBN 978-89-93442-37-3 03800

락밴드 '부활'과
보육원생 '프로골퍼'
탄생이야기

나는 매니저다

멘토 press

어떠한 역경 속에서도 '꿈의 불씨' 하나 살리길 바라는
간절한 마음으로 이 책을 완성

두려움보다는 설렘으로…… 정말 겁없이 한 권의 책을 내게 되었다.

유년시절 필자는 어머니의 오래된 전축에서 흘러나오는 음악과 더불어 성장했다. 아궁이 하나에 방 하나, 비좁은 공간에서 온 가족이 모여 사는…… 구로동 12칸 간이주택에서 그렇게 세상번뇌로부터 탈출할 기세로 락음악에 심취해 있었다. 어느 날 옆방에 젊은 부부가 이사 왔다. 하루는 그 새댁의 덩치 큰 오빠가 놀러 왔는데, 어머니가 말씀하셨다.

"저 새댁의 오빠가 조용필 매니저란다."

순간 내 가슴이 쿵쾅쿵쾅 뛰기 시작했다. 당시 고3이던 나는 몇 번 그와 얼굴을 익힌 후 용기를 내서 물어봤다.

"안녕하세요? 저, 매니저를 하려면 어떻게 하는 거예요?"

한참 내 얼굴을 바라보던 그가 말했다.

"글쎄다, 매니저는 아무나 하는 게 아니란다. 그리고 내 생각엔 아직 공부를 더 하는 게 나을 것 같구나. 무엇보다 너만의 음악을 많이 듣고 알아야 한다."

너만의 음악이라……. 나는 점점 더 매니저의 세계가 궁금해졌다. 영국출신의 [비틀즈] [롤링 스톤즈] [딥 퍼플] [레드 제플린] [퀸] [블랙 사바스] [주

다스 프리스트]와 미국출신의 [마운틴] [몽키즈] [CCR] [도어즈] [그랜드 펑크 레일로드] 등 이들의 매니저는 과연 어떤 사람들인가? 그 배후에는 누가 있을까? 그렇게 좀더 본격적으로 매니저에 대한 진지한 꿈을 꾸게 된다.

그로부터 군을 제대하고 취직한 곳이 드라마 '락락락'에 나오는 엔터테인먼트회사 패밀리 프로덕션이었다. 그리고 1984년 운명처럼 종로에서 무명의 락기타리스트를 만났다. 내 인생의 전반기는 천재기타리스트 김태원과 락이라는 큰 강물을 건너왔다. [디엔드]에서 [부활]로 개명한 뒤, 본격적인 [부활] 매니저로 활동하면서 1996년 [부활] 4집 〈잡념에 관하여〉를 발표하기까지 약 12년간 매니저로서의 내 삶은 격정적이었다.

이 책의 1부에는 바로 김태원과 함께 한국 락의 삼국시대를 헤쳐온 락밴드 [부활]의 탄생이야기를 담았다. 동시에 김현식, 김종서, 신해철 등 무명시절 조우했던 락스타들에 얽힌 이야기를 풀어내고 있다. 결국 비운의 천재보컬 김재기의 죽음을 계기로 나는 [부활]의 매니저 활동을 접지만, 김태원은 홀로 역경을 이겨내며 더 큰 락의 바다에서 힘찬 항해를 하고 있다. 참으로 대단하고 고마운 일이다.

그리고 2부에는 내 인생 후반기를 온전히 바친, 아들과 함께 골프라는 큰 강(프로골퍼)을 건너기까지의 과정을 그렸다. 왜 하필 골프였을까?

아들에게는 늘 미안하다. "삼촌할아버지가 운영하시는 충청도보육원에 가서 수영하고 오자"며 한밤중 아들을 구슬려 그 손에 쇠파이프로 된 최초의 골프채를 쥐어주었다. 감히 허락도 없이 아들의 성장기를 몽땅 빼앗아간 못난 아비. 비록 아비로서의 자격은 상실했지만, 매니저로서의 본분을 잃고 싶지 않아 최선을 다했다. 그리고 아들이 프로골퍼가 되기까지의 과정을 빼놓지 않고 〈골프일기〉에 생생히 기록해두었다. 2부에서는 이 〈골프일기〉를 바탕으로 과장되지 않고 좀더 사실적으로 담고자 노력했다.

프로골퍼가 된 이후 아들은 다시 오랜 침체기로 접어들었다. 뭔가 생명수 같은 희망이 필요한 시점이다. 부모는 자식에게 있어 최초의 스승이라고 했다. 어쩌면 꿈은 포기하지 않는 한 목숨 다하는 그날까지 계속되는 게 아닐까. 어떠한 역경 속에서도 꿈의 불씨 하나 살리길 바라는 간절한 마음으로 이 책을 썼다.

김태원이 죽었다 살아나기를 반복했던 것처럼
내 아들도 프로골퍼 이후의 어려운 난관을 헤쳐나가길 바란다.
이제는 자신만의 힘으로 세상과 맞서 싸우길 바란다.
넘어지면 툭, 털고 일어나 다시 제 갈 길을 가기 바란다.
그러나 길가의 꽃향기를 맡으며 천천히 가길 바란다.

-2016년 2월에
백강기

세상 모든 부모가 그러하듯 나 또한 항상 아들을 만날 때면 흥분된다. 미안하면서 자랑스럽기 때문이다.

오늘은 좀 다르다.

또 한 명의 남자를 만나는 날이다.

국민할매, 김태원이다.

실로 몇 년 만인가?

부모님 장례식 때 잠시 본 이후 실로 감격적인 순간이다.

그것도 내 아들의 생일을 축하해주기 위하여.

저멀리 발자국소리가 들린다. 느낌으로 나는 알 수 있다.

"형님, 오랜만입니다."

"그래, 정말 오랜만이다."

만나면 좀 멋있는 말부터 하리라 생각하지만 도무지 반갑다는 말 외엔 잘 떠오르지 않는다.

"아, 형 책 쓴다며? 축하해요."

"아, 뭐 그냥 팩트만 써봤어."

"형, 요즘 소설책이 잘 안 팔리는 거 알지?"

"응, 글쎄 요즘 도통 책들을 안 읽고 안 산다더라."

"그게 말이에요, 현실이 더 소설 같거든. 그러니까 소설이 재미없다는 이야기야. 그래서 책이 안 팔린다는 거예요."

"그러냐? 출판계도 음반시장만큼 불황인가보더라. 아무튼 큰일이다."

"근데, 형?"

"응."

"형 책은 재미있을 거야."

"왜?"

"형의 삶이야기가 곧 소설이거든……."

"……."

문득 할 말이 없어 아들에게로 말머리를 돌린다.

"범아, 인사드려야지. 삼촌이다."

아들이 수줍게 인사한다.

"아…… 아, 안녕하세요 삼촌."

"어, 그래. 현범이라고 했지. 프로골퍼 라이센스 따기가 하늘의 별따기만큼이나 어려운 것이라고 삼촌친구 김국진이 그러던데, 고생 많았겠다."

"다 삼촌께서 알게 모르게 도와주셨다고 아빠가 말씀하셨어요. 고맙습니다."

"아니야, 네가 열심히 했기 때문이야. 참, 장하다. 기타치는 것보다 골프가 더 어렵더라."

"삼촌도 골프치세요?"

"응, 조금."

"제가 큰 선수되면 VIP갤러리로 삼촌을 초청하겠습니다."

"그래, 말만이라도 고맙다."

막상 태원이 얼굴을 보니 신나는가보다. 연신 아들은 미소만 짓는다.

"야, 현범아. 너, 고수의 눈빛이다."

태원이 말에 귀가 번쩍 뜨인 내가 묻는다.

"태원아, 진짜냐? 그리 보이냐?"

"2002년 공연할 때였지 아마…… 형이 제주도에서 안양으로 다시 왔을 때, 형이 축하해준다고 워커힐무대로 난데없이 올라왔었잖아. 그리곤 공연 끝나고 대기실에서 잠깐 봤었지. 그날 봤던 범이 눈빛이 아니야."

"정말이냐? 다른 사람 말이라면 몰라도 네 말이라면 정말 힘난다."

이어 아들에게 덕담까지 건넨다.

"백프로, 잘 들어라. 앞에 계신 너의 아빠가 훌륭한 매니저이자 감독이시다. 아빠의 말을 잘 따라야 한다."

"네, 삼촌."

-2014년 10월 1일
아들의 스물여섯 해 생일날 역삼동에서

9

차례

3부 방황, 그리고 다시 시작

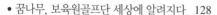

모든 음악의 뿌리는 블루스Blues다.
나머지는 블루스의 자양분으로 성장한 열매다. —윌리 딕슨

"락음악을 아세요? 락을 뭐라 정의할 수 있어요?"
"글쎄다⋯⋯ 그거, 블루스? 이러면 답이 되겠니?"
(1984년 락밴드 [디엔드]의 리드기타리스트가 나에게 던진 화두였다)

1부
락그룹 [부활]의 탄생이야기

파고다예술관으로 향하게 했던 흑백 포스터

1984년 8월인가, 무척 무더웠던 날로 기억한다. 필자는 명동의 한복판 〈25시 레코드숍〉을 지나고 있었다. 그때 내 눈에 들어온 것은 비에 젖어 너덜너덜해진 포스터 한 장! 무명 락밴드들이 함께 참여하는 조인트 락콘서트였는데, 지금 생각해봐도 아주 조악한 라이브공연 흑백 포스터였다. 당시 필자는 패밀리 프로덕션에 소속된 매니저였다. (2010년 KBS TV드라마 '락락락'*에서 연예프로덕션의 초보매니저로 소개된 바 있음)

직업적 기질이랄까, 이 콘서트를 어디서 기획했는지 포스터 하단으로 다시 눈길이 갔다. 제작과 기획이 D연극단체로 되어 있었다. 어라, 연극단체에서 락공연을? 뭔가에 홀린 듯 내 발길은 공연이 열리는 종로로 향하고 있었다. 그렇게 우연히 접한 흑백 포스터 한 장에 이끌려 공연장을 찾은 나는 무명 락그룹들의 불꽃 튀는 공연 속에서 한 명의 충격적인 기타리스트를 만난다. 그가 무대 위에서 연주하는 모습은 너무도 강렬하여 그만 아연실색했다. 난생처음 머리털이 곤두설 정도로 전율을 느꼈기 때문이다. 당시 그는 지미 헨드릭스*의 'Little wing'과 지지 탑의 'Tush', 프로콜 하룸의 'White shade of pale'을 연주했다.

그때의 감동을 뭐라 표현할 수 있을까. 마치 전설의 지미 헨드릭스가

---

* 기타 하나로 세상의 왕이 되겠다던 [부활]의 리더 김태원의 음악인생을 논픽션드라마로 구성한 KBS 2TV 4부작. 이원익 연출, 박경선·방효금 극본. 2010.12.11~12.18 방영.

지미 헨드릭스의 연주메시지는 오직 하나
반전운동이었으며 자유와 평화를 연주!

● **지미 헨드릭스(Jimi Hendrix)** 1942년 11월 27일 시애틀 출생. 1970년 9월 18일 런던 스마르칸트 호텔에서 사망. 락기타리스트라면 우드스탁의 검은 영웅 지미 헨드릭스의 영향을 받지 않은 뮤지션이 없을 것이다. 그는 1969년 우드스탁에서 미국가를 연주하며 성조기를 불태운다. 강력한 일렉트릭 펜더기타 사운드로 베트남전의 참혹한 현실을 세상에 알린다. 전쟁의 참상을 알리는 총소리, 폭발음 등을 일렉 펜더기타 하나로 표출하며 우드스탁에 모인 젊은이들을 열광시킨다. 지미 헨드릭스의 연주메시지는 오직 하나 반전운동이었으며 자유와 평화를 연주했다. 이후 등장하는 전 세계 락기타리스트들과 락밴드들은 지미 헨드릭스처럼 자신들의 애국가를 공연장에서 한 번쯤 연주하는 것이 전통이 됐다.

영국의 3대 기타리스트로 불리는 에릭 클랩튼, 지미 페이지, 제프 벡 그 중에서도 영국의 기타 신으로 불리는 에릭 클랩튼을 신의 자리에서 끌어내린 세계최고의 기타리스트였던 지미 헨드릭스. 그는 락의 여제 제니스 조플린과 연인관계로 더욱 세인의 관심을 끌었다. 그러나 천재는 요절한다고, 아깝게도 27세의 나이에 우리 곁을 떠난다. 덧붙여 지미 헨드릭스를 비롯 제니스 조플린, 짐 모리슨도 27세로 같은 나이에 타계하여 이들 3인을 일컬어 '3J'로 부른다.

기타를 자신에게 맞는 왼손잡이용으로 개조하여 손가락이 보이지 않을 정도로 스피디한 핑거링과 독창적 기타리프를 자랑하며 이빨로 기타줄 물어뜯어 연주하기, 등으로 돌려 연주하기, 특히 '피드백'과 '와우와우' 등 혁신적 기타주법을 창조해낸 지미 헨드릭스는 그야말로 타의 추종을 불허하는 기타지존이었다. 여기서 '피드백'은 기타와 앰프 사이에서 나는 하울링을 음악으로 탈바꿈시킨 방법이고 '와우와우'는 이펙트효과 중 하나로 어린아이가 우는 듯한 효과음인데, 이 기타페달을 가장 완벽하게 소화한 뮤지션이 바로 지미 헨드릭스였다. 사족으로 그가 구사했던 '와와이펙트' 음을 본격 사용하여 가요계를 발칵 뒤집어놓은 락밴드가 있었으니, 1977년 '아니 벌써'라는 곡을 발표한 [산울림]이었다.

한반도에 부활한 줄 알았다. 충격 그 자체였다. 스무 살 남짓의 어려보이는 까무잡잡한 얼굴이 흡사 기타의 신神 지미 헨드릭스를 연상시켰기 때문이다. 그는 다름 아닌 김·태·원이었다.

그날 습하고 무더웠던 파고다극장에서 김태원이 연주한 또 하나의 기억에 남는 명곡이 있다. 아일랜드가 자랑하는 락밴드 [씬 리지Thin Lizzy]의 기타리스트 고故 게리 무어(1952~2011)의 연주곡, 세상에서 가장 아름답고 슬픈 멜로디로 알려져 있는 'Parisienne Walkways'다. 연주가 끝나고 나자 머릿속이 하얘졌다. 그야말로 멘붕이었다. 나는 자리에서 벌떡 일어나 터질 듯한 가슴을 부여잡고 그 팀의 리더를 만나고자 서둘러 분장실(대기실)로 향했다.

담배연기로 가득 찬 좁은 분장실 안은 연습하는 여러 팀들로 어수선했다. 한쪽 구석에서 안경 낀 친구 하나가 고개를 숙인 채 기타 연습 중이었다. 그의 기타지판 맨 위에 담배가 꽂혀 있었고, 그 끝에서 모락모락 연기가 피어오르고 있었다. 마치 내 어릴 적 영웅 세르지오 레오네 감독의 〈황야의 무법자〉에 등장하는 건맨 클린트 이스트우드를 보는 듯했다. 나는 그에게 다가가 말을 건넸다.

"아, 방금 끝난 T.N.T 팀 밴드리더가 누군가?"

그러자 고개를 숙이고 있던 김태원이 안경 너머로 천천히 눈을 치켜뜬다.

"티엔티가 아니고 디엔드인데…… 누구시죠?"

이때를 놓치지 않고 나는 목소리를 낮게 깐 채 말했다.

"아, 그런가. 내가 잘 못 알아들어 미안하네. 내 이름은 알 거 없고, 자네 기타연주가 아주 훌륭하구만. 기타는 언제 누구한테 배웠나? 그리고 자네 이름이라도 알 수 있을까?"

역시 밴드의 리더는 아까 그 청년이었다.

"예, 리드기타 겸 리더 김태원이라 합니다."

김태원은 자신을 리더라고 당당하게 밝혔지만, 나는 차마 연예기획사의 매니저임을 밝히지 못했다. 아니, 안 했다는 표현이 정확하다. 지금은 대학에 매니지먼트학과가 있을 정도로 매혹적인 직업이지만, 당시는 매니저에 대한 부정적인 선입견이 있던 때라 적당히 둘러댔다.

"아, 나는 방송관계자인데 자네 팀 연주 정말 잘 들었네. 연락처 좀 알 수 있을까? 다음에 또 들었으면 하네."

그때는 휴대폰이 없던 시절이라 태원은 집 전화번호를 적어주었다. 그런데 놀라운 건 그가 누구에게도 기타를 사사한 적 없이, 중학교 때부터 독학으로 쳤다는 것이다. 게다가 교본도 없이 오로지 레코드판을 틀고 청음으로만 익혔다는 사실이다. (독학이라니…… 진정 천재 아닌가!)

파고다에서의 첫 만남이 있던 그날, 김태원에게 인간적으로 더 반했던 것은 다음의 말 때문이었다.

"저기요, 제 팀의 사운드를 잘 들어주셔서 고맙습니다만, 저희 다음으로 등장하는 [시나위] 밴드의 리드기타 신대철씨가 저보다 더 낫습니다. 기타 하나로만 치면 오히려 그분의 아버지를 능가하는 최고의 속사포 기타리스트지요. 한국의 잉베이 맘스틴이라 생각하시면 됩니다."

"뭐, 잉베이라고? 시나위의 누……구, 신…… 신대철? 그리고 자네보다 더 잘 친다고? 아버지는 누구신데?"

"예, 우리나라 락의 대부 신중현씨의 장남 신대철이 이끄는 팀입니다."

나는 신중현이라는 이름에 화들짝 놀랐다. 하지만 그보다 더 놀란 건 김태원보다 신대철이 더 잘 친다는 말이었다. 설마…… 하는 호기심과 설레는 마음을 안고 다시 공연장으로 돌아가 다음 스테이지에 등장한 [시나위]의 공연을 봤다. 정말 대단했다. 이들이 대체 한국인인지 외국인인지 의심스러울 정도였다. 당시 20세의 어린 나이에 불과했던 신대철 역시 환상적인 연주를 펼쳤다. 손가락이 보이지 않을 정도로 현란했다. 이제껏 보아온 국내 락밴드들의 리드기타와는 차원이 전혀 달랐다. 한국 락의 미래가 보이는 듯했다. 공연을 보고 나서 다시 김태원이 있는 분장실로 돌아온 나는 흥분된 어조로, 그러나 단호하게 말했다.

"네 말처럼 기타 하나만 놓고 본다면 신대철은 아버지(신중현) 명성을 뛰어넘을 만큼 훌륭한 뮤지션이 맞다. 그러나 김태원 너만큼 블루지한 리듬감각의 소유자는 아니다."

그러자 김태원은 놀란 표정을 지으며 말했다.

"어…… 브, 블루스음악을 아세요?"

난 그저 웃기만 했다. 훗날 얘기지만, 당시 김태원은 블루스라는 말을 꺼낸 나에게 깜짝 놀랐다고 한다.

"형, 저는 형의 음악적 상식에 깜짝 놀랐어요. 락을 전혀 모를 것 같은 이미진데……."

아마도 태원은 레슬러 출신의 레드 제플린 매니저, 피터 그랜트를 닮은 내 모습을 보고 그랬으리라…….

우리의 만남은 이렇게 '락'에 대한 열정 하나로 서로를 깊이 끌어당길 수 있었다. 담배연기 자욱한 종로의 파고다 라이브콘서트 대기실에서 우연인지 필연인지, 우리는 그렇게 조우했다. 그리고 난 그날로 매니저를 자청했다. 그때는 김종서도 L군도, 고故 김재기도 우리 앞에 나타나지 않았을 때다.

매니저의 길을 꿈꾸게 한 [비틀즈] 브로마이드

필자가 음악과 깊은 인연을 맺을 수 있었던 데에는 역시 동·서양의 음악을 고루 좋아하셨던 어머니의 영향이 절대적이었다. 어머니는 창이나 판소리, 민요 등 국악은 물론이고 클래식, 재즈, 팝송에까지 조예가 깊은 신세대 여성이었다. 우리 집에는 어머니께서 애지중지하는 별표전축이 있었는데, 어머니는 늘 청소를 하면서 오렌지 빛깔의 둥근 디스크를 부드러운 천으로 닦아 턴테이블에 올려놓고 올드팝송을 따라 부르시곤 했다.(그 모습은 아름다움을 넘어 경건했다) 그때 어머니가 즐겨 듣던 노래가 조지 거쉰이 작곡한 엘라 피츠제럴드의 'Summertime', 척 베리의 'Johnny B. Goode', 금발의 마리안느 페이스 풀의 'Little Bird', 애니멀스의 'Don't Let Me Be Misunderstood'와 'House of the rising sun'. 외국음악은 그저 팝송이라고만 알았던 그 시절의 음악은 트로트 일색의 국내가요와는 사뭇 다른 리듬이었다. 좀더 시간이 흐른 뒤 알게 된 제목들이지만 비비 킹의 〈Why I sing the blues〉 그리고 듀크 엘링턴의 LP도 있었는데, 그는 스윙음악의 최고봉이었다. 또한 벤 E. 킹의 〈Stand By Me〉와 같은 LP판도 소장하고 계셨는데, '킹'이라는 이름을 접할 때마다 나는 눈이 번쩍 뜨이곤 했다.

'킹? 뭔 이름이 왕인가?'

초등학교시절, 그때는 영어이름에 익숙지 않았지만 뭔가 알 수 없는 끌림이 있었다. 특히 블루스 킹, 비비 킹의 기타 애드립은 어린 내 마음에도 어딘가 애잔하면서 이상하리만치 아름답게 와닿았다. 국내가요로는 차중광의 〈낙엽따라 가버린 사랑〉과 배호의 모든 앨범이 있었고, 이미자 패티김 남진 나훈아는 물론이요, 윤심덕 이난영 고복수 남인수 남상규 남일해 최희준 황금심 김정구 한명숙 문정숙 최양숙 권혜경의 앨범이 기억난다. 지금도 소장하고 있었다면 귀한 자료일 것이다.

1950년대 한류원조 걸그룹 1, 2호라면 '찰리 브라운'이라는 노래로 유명한 [김시스터즈]와 '검은 상처의 블루스'를 히트시킨 [김치켓]을 들 수 있다. 남성 보컬그룹으로는 [블루벨즈] [봉봉 4중창단]과 전설의 [키보이스] [애드4]도 있었는데 이들의 음반도 분명 소장하고 있었다.

1967년 여름 한강유원지에서 가족과 함께. 왼쪽 위부터 형 백성기, 외할머니, 어머니 유명주. 아래 왼쪽부터 백경기(신예찬), 백미경(민해경), 백춘자(민재연), 외삼촌(유병익), 나

지금도 생각난다. 어린 두 여동생이 어머니를 따라 뜻도 모르는 팝송을 흥얼거리며 노래하던 장면이……. 그래서일까, 동생들 모두 음악을 좋아하는 어머니 영향으로 가수가 되었다. 큰여동생이 백춘자(가수 민재연), 작은여동생은 백미경(가수 민해경)이다. 특히 김추자의 노래와 율동을 곧잘 따라했던 작은여동생은 구로동 간이주택단지 내에서 '고별' 번안곡으로 스타가 된 가수 홍민 다음으로 인기짱이었다.

나는 동생들의 취향과는 사뭇 다른 폭발적인 밴드음악에 빠져들게 되었다. 우주선 아폴로 11호가 달에 착륙한 1969년은 우드스탁이 열린 해이기도 하다. 당시 나는 중학교에 올라가면서 더욱 폭넓은 밴드음악을 알게 됐다. 그때는 [비지스]의 디스코시대 이전인 고고시대였다. [카를로스 & 산타나]와 [무디 블루스], 특히 [벤처스]의 음악에 맞춰 야전(야외전축)을 갖고 다니며 고고춤을 추었다.

퓨전락을 구사하는 [핑크 플로이드]와 [킹 크림슨]도 중학교시절에 알았고, 미국의 락밴드 [그랜드 펑크 레일로드]와 [도어즈]도 그때 알았다.

1972년 고등학교에 올라가자 [롤링 스톤즈]와 4인조밴드 [비틀즈]에 심취했고, 좀더 라우드하면서 헤비한 사운드를 내는 팀을 알게 됐다. [딥 퍼플]과 [레드 제플린]이다. 여기에 두 팀을 더 거론한다면 [퀸]과 [블랙 사바스]를 들 수 있는데, 이들 6대 락그룹을 일컬어 '6대 천황'이라 했다.

고등학생이 된 나는 락밴드를 직접 결성(?)해보겠다는 야심을 품고, 우선 먹고 음악을 하자는 뜻으로 [머코이스]를 결성했다(멕코이스라는 유명 블루스밴드 이름을 모방함). 그리고 악기를 배우러 교내 밴드부에 들어갔지만, 얼마 지나지 않아 탈퇴하고 만다. 드럼을 배우고 싶었던 내게 밴드부 선배는 덩치가 좋으니 색소폰을 불라고 강요했던 탓이다. 이제와 생각하니 후회막급이다. 그때 색소폰이라도 익혔더라면 단순히 듣는 데서 벗어나 직접 음악을 하는 묘미에 더 빠지지 않았을까. 그렇게 야구배트로 30대를 맞은 뒤 툭 털고 나왔다. 나의 [머코이스]는 자연 해체됐다.

1972년은 문제의 〈월간팝송〉(1971년 11월말 창간)을 손에 넣은 해였다. 나는 음악을 함께 좋아하던 같은 반 친구에게서 생일선물로 한 권의 책을 받게 되는데, 그것이 바로 〈월간팝송〉이었다. 책 속에는 조명이 화려한 라이브무대에서 강력한 사운드와 에너지를 뿜어대는 락밴드들의 카리스마 넘치는 연주장면이 담겨 있었다. 그 중에서도 눈길이 가는 것은 밴드 뮤지션들의 특이한 복장이었다. 쇠사슬을 칭칭 맨 검은 가죽재킷에 말장화! 삼손의 긴 머리, 치렁치렁한 장발 모습이 엄청 폼나 보였다.

헤비메탈이라는 단어가 생소하던 시절 나는 〈월간팝송〉을 매개로 최초의 슈퍼밴드 [크림]을 알게 되고, 마크 볼란이 이끄는 글램락의 대부 [티렉스]와 고故 데이빗 보위(1947~2016), 앨리스 쿠퍼, 그리고 3대 기타리스트들이 거쳐간 [야드버즈]를 알게 되었다. 약간 시차를 달리하여 일본의 [엑스 재팬]을 연상케 하는 화려한 고양이 분장의 [키스]까지…….

〈월간팝송〉에는 무엇보다 내가 가장 열광했던 두 팀, 하드락의 쌍룡이자 명불허전 락밴드 [레드 제플린]과 [딥 퍼플]에 대한 최근 소식들이 상세히 담겨 있었다. 그후 월말이면 〈월간팝송〉을 기다리는 것이 습관이 되어버렸다. 영어공부를 한다는 핑계로 영어책 대신 팝송책을 펴들

Deep Purple

Red Zeppelin

나는 [레드 제플린]보다
[딥 퍼플]의 열혈팬이었다

고 열심히 가사를 외우는가 하면, 그것도 모자라 밴드멤버들 이름과 포지션까지 달달 외웠다. 당시만 해도 인터넷이란 매체는 상상도 할 수 없던 시절이라 〈월간팝송〉이 해외 팝아티스트들과 락밴드 소식을 알 수 있는 유일한 연결고리였다.

요즘의 브로마이드 같은 미니화보가 당시에도 대인기여서 그걸 모으는 취미도 생겼다. 한번은 〈월간팝송〉에 [비틀즈] 브로마이드가 끼어 있었다. 그런데 비틀즈 옆에 함께 서 있는 이 멋진 사람은 누구인가? 그는 비틀즈 매니저인 브라이언 엡스타인이었다.

'매니저라…… 아, 매니저라……'

나는 이때부터 매니저에 대한 새로운 환상을 꿈꾼다.

이 멋진 사람은 누구인가?
내 마음을 사로잡은 비틀즈 매니저인 브라이언 엡스타인!

브라이언 엡스타인 리버풀의 동네 레코드숍 주인. 비틀즈의 매니저가 되어 1만 시간의 연습을 완성시켜 오늘날의 전설적 매니저가 되었다.

첫 매니저의 길, 여동생 '민해경'의 회사에 들어가다

중고교시절은 한마디로 락의 세계, 그것도 강렬한 '하드락'에 빠져 지낸 시기였다. 그럴수록 공부는 뒷전이고 나의 청춘기는 꿈꾸듯 표류하는 방황의 나날이었다. 게다가 당시는 삼선개헌을 통해 박정희대통령의 유신체재가 견고히 이어지던 때로, 한 번 재수를 했지만 대학입시에 실패한 나는 고민 끝에 1977년 군에 입대한다.

그리고 1979년 10월 26일 군 전역날짜를 받아놓은 며칠전, 한 발의 총성이 울렸다. 박정희대통령이 저격을 당한 것이다. 국가가 총비상사태로 돌아갔고, 당시 나는 영문도 모른 채 꼼짝없이 부대막사 안에서 지내다 암담한 마음으로 제대를 했다.

내가 전역하기 몇 달 전 어느 날 어머니께서 부대로 면회를 오셨다. 이런저런 얘기 끝에 어머니께서 작은 여동생 미경이가 가수 데뷔준비를 한다는 말씀을 하셨다. 대뜸 내가 물었다. "매니저는 누구예요?" 이어서 "노래는 언니가 더 잘 하는데 왜 둘째가요?"라고 덧붙였다. 그러자 어머니는 "둘 다 데뷔시키는 건 무리고, 끼가 많은 미경이한테 올인할 생각이다"라고 하셨다.

"매니저는요?" 다시 내가 물었다.

"이명순씨라고 이화여대 나오셨는데 아주 대단하신 분이다."

"어머니, 여자가 대단해봐야 얼마나 대단하겠어요? 남자매니저들만 하겠어요?"

"아니다, 여자지만 정말 대단하신 분이다."

정말 그랬다. 당시 여성매니저로는 댄싱퀸 김완선의 매니저 고故 한백희씨와 내 동생의 매니저인 이명순씨뿐이었다. 같은 이대출신 가수 정미조의 선배로, 후배 정미조가 가요계에서 불이익을 당하자 그녀의 매니저를 자청하고 나서기도 했다. 일본진출 제1호인 이성애씨와 '곡예사의 첫사랑'을 히트시킨 고 박경애씨도 발굴하신 분이다.

군전역 후 집에서 빈둥빈둥 놀고 있던 나를 쇼비즈니스계로 진출시켜준 것은 나의 친형이다.

"강기야, 너 음악도 많이 알고 하니 방송국 일도 배울 겸 가수 매니저 한번 해볼 생각 없냐?"

"매니저? 방송국이요?"

얼마나 꿈에 그리던 단어였던가.

"형, 정말이지?"

1982년 나는 여동생이 민해경이라는 예명으로 소속되어 활동하는 연예엔터테인먼트회사, 패밀리 프로덕션(드라마 '락락락'에서 S프로덕션)에 취직한다. 이때 처음 자신이 좋아하는 걸 한다는 게 얼마나 신나는 일인지 알게 되었다. 정말 신명이 났다.

그런데 입사 전, 약간 마음에 걸리는 일이 있었다. 큰형님(지금은 목사님)이 해경이의 보디가드 겸 운전사 겸 매니저로 먼저 패밀리 프로덕션에 입사한 상태였던 것이다. 작은오빠인 나까지 동생이 전속된 회사에 입사한다는 게 영 모양새가 나지 않아 쉽게 결정을 내리지 못하고 있었다. 이때 형님이 용기를 불어넣어주지 않았으면 매니저로서의 길을 걷지 못했을 것이다.

"괜찮다, 아우야. 넌 해경이 작은오빠라는 걸 숨기고 활동해라. 나보단 네가 더 팝음악도 많이 알고 가수 보는 안목도 뛰어나니 충분히 잘해낼 수 있을 거야."

형의 배려는 내가 매니저생활을 하는 데 큰 버팀목이 되었다. 하지만 1980년대초 당시의 매니저라는 세계는 내가 상상했던 것과는 동떨어져 있었다. 사전적(연출, 감독, 총관리자, 흥행사, 제작자 등) 의미와는 전혀 다른, 내가 동경해왔던 [비틀즈]의 매니저 브라이언 엡스타인 같은 CEO개념이 아니었다. 뭐랄까, 연예인 신변을 보호하는 보디가드나 밤업소 출연섭외를 위한 브로커 개념이 더 어울리는 역할이었다.

어찌됐든 신출내기 매니저인 나는 방송국에서 살다시피 했다. 방송 관계자들과 친분을 쌓기 위해, 소위 눈도장을 찍기 위해 출근 전 먼저 방송국부터 달려간 것이다. 그리고는 건물 현관입구에 서서 PD들이 들어올 때마다 무작정 인사부터 시작했다. 누가 시킨 것도 아닌데 그때 내 발길은 언제나 방송국으로 향하고 있었다.

그런데 문제가 발생한다. 내가 입사한 지 얼마 안 되어 신인가수로 승승장구하던 민해경이 뜻하지 않게 일본진출을 감행하게 된 것이다. 1980년대초 박건호 작사, 이범희 작곡의 '누구의 노래일까'로 혜성처럼 등장한 데 이어 차이코프스키의 교향곡을 삽입한 2집 '어느 소녀의 사랑이야기'를 빅히트시키고, LA가요제에서 '그대는 나그네'로 대상을 받는 등 고공행진을 하던 여동생이 돌연 일본행이라니…… 믿을

일본에서의 한류열풍?
가수 민해경도 있었다

수 없는 일이 현실로 다가왔다. 한국땅에서 여자연예인이기에 겪어야 할 수모를 동생 또한 비켜갈 수 없었다. 해경이의 일본행은 신인여자 가수로서 불가피한, 선택의 여지가 없는 길이었다.

동생의 성격은 내가 안다. 나도 칼 같은 성격이지만 해경이는 칼끝 같은 아이였다. 게다가 불같은 성격의 범띠생이다. 해경이 때문일까, 지금도 나는 호랑이띠 여자들이 제일로 무섭다.

어쨌든 당시 일본으로 가게 된 일련의 사건의 발단은 이러하다. 어느 날 5공 신군부정권이 해경이를 연회에 초청했는데 동생은 이를 단번 에 거절한다. 이 일이 빌미가 되어 이른바 정권실세는 해경이에게 괘 씸죄를 적용해, 난데없이 비밀요정출입 스캔들에 연루시키며 한 여가 수의 앞길을 막아버린다. 결국 동생은 울며 겨자 먹기로 일본행을 택 할 수밖에 없었다. 대체 그 비밀요정이란 어디를 말하는지 지금도 장 소조차 모른다. 이게 말이 되는가. 정말 어이없는 일이었다.

지금 생각해도 내 동생이지만 참 대단하다. 그 절박한 상황에서 어찌 그리 신속하게 일본행을 결심하고, 밤을 새워가며 혼자서 일본어를 습 득한단 말인가. 게다가 일본에서 활동하기가 무섭게 패티김의 노래 '이별'과 이선희의 'J에게'를 일본어로 불러 히트시킨다. 특히 김기표 가 작사·작곡한 [김정수와 급행열차]의 '내 마음 당신 곁으로'는 일본 인이 가장 좋아하는 애창곡 중 하나가 되었다. 결국 해경이는 전화위 복으로 일본에서 초대박을 친다. 어찌 보면 일본에서 분 한류열풍에 가수 민해경의 파워도 한몫하지 않았을까.

'사랑했어요'의 가수 김현식과의 스치는 인연

동생이 일본으로 건너가서 활동하자 패밀리 프로덕션은 개점휴업에 들어갔다. 메인가수가 없어지니 회사에서 내가 할 일도 별로 없었다. 그래도 방송국 출입을 게을리하지 않았다. 미래의 매니저로서 활동하기 위해 한 사람이라도 더 얼굴을 익히고자 매일 방송관계자들과의 만남을 소홀히하지 않았다.

그러던 어느 날 모 가수로부터 전화를 받는다. 우리 프로덕션에 조건 없이 전속하고 싶다는 것이다. 나는 그 이름을 듣고 깜짝 놀랐다. 언더그라운드 최강의 가수 김현식*이 아닌가?

당장 사장님께 보고했다. 그런데 사장은 언더그라운드 계열의 이 가수를 잘 모를 뿐더러 애초 비주류권 가수들에겐 별 관심조차 없는 게 아닌가. 나는 이런 무명가수는 비록 언더계열이지만 주류권에서도 통할 수 있다고, 꼭 전속시켜야 한다고 피력했다. 게다가 음반제작을 내가 직접 할 수 있게 해달라고 강력히 주장하며 사장 설득작전에 들어갔다. 그래서 겨우 사장의 허락을 받아내고 김현식과 만날 장소까지 정하는 데 성공했다. 여의도 KBS별관에 위치한 〈스페인하우스〉 룸에 예약까지 해두었는데, 문제는 약속 당일 결정적으로 김현식이 나타나지 않았다는 것이다. 입사후 처음으로 김현식과 전속계약을 성사시키려 했으나 그만 수포로 돌아갔다. 힘이 빠지기도 했지만 사장한테 면목이 없었다.

"백부장! 언더그라운드 애들이 다 그래, 시간개념들이 없어. 앞으로는 이런 일로 시간 허비하지 마. 이제 조금만 더 기다리면 해경이가 귀국할 거야. 동생이 귀국하면 전보다 더 바빠질 테니 조금만 더 기다려."

"네, 알겠습니다."

나는 김현식에게 피치 못할 사정이 생긴 거라 여기면서 언젠가 소식이 올 것으로 기대했지만, 그후로 어떤 연락도 없었다. 시간이 지나면서 다소 서운한 마음도 들었다.

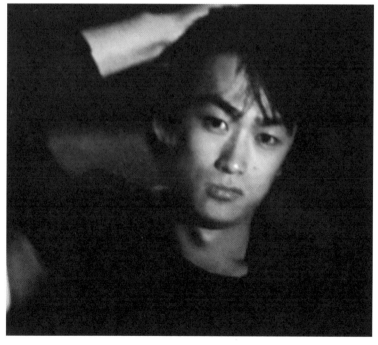

• **김현식** 락과 블루스, 블루스와 소울을 한국적으로 접목하여 대중의 인기를 얻었던 김현식은 아쉽게도 1990년 11월 1일 간경화로 사망했다. 당년 32세였다. 대표곡으로 '골목길' '봄 여름 가을 겨울' '어둠 그 별빛' '사랑했어요' '비처럼 음악처럼' '내 사랑 내 곁에' 등이 있다.(사진제공 최규성)

얼마후 국내 블루스계의 최고 기타리스트인 엄인호의 [신촌블루스] 콘서트가 열린 세종문화회관 별관에서 우연히 김현식을 만났다. 그때 지난번 일에 대해 묻자, "늦잠을 자서 못 나갔다"고 미안하다며 순진하고도 천연덕스럽게 말하는 것이 아닌가. 약속을 펑크 내고도 아무 연락을 안 하다니, 다소 어이가 없었지만 그만큼 순수했다는 징표다.

이후 김현식은 동아기획에서 앨범을 발표하여 빅스타가 된다. 다소 아쉬움은 있었지만 미련은 없었다. 만일 그때 김현식이 우리 프로덕션에 소속되어 '사랑했어요'를 내가 프로듀스할 기회가 있었다면, 차후 대한민국 최고의 락기타리스트 김태원과 만날 수 있었을까? 모든 일에는 이유가 있다고……. 아마도 김현식 대신 김태원과 인연이 있으려고 일이 이렇게 되었나보다. 그러나 나는 김태원과의 인연에 대해선 회사에 비밀로 붙인다. 또다시 언더그라운드니 시간관념이 없는 뮤지션이니 하는 소리를 들을까봐서다.

락의 르네상스시대에 맞이한 나의 행운
[부활]과 [블랙홀]

1985년 일본에서 활동하던 동생이 귀국했다. 가수 민해경이 컴백한 것이다. 귀국앨범 제작과 녹음을 위해 처음으로 동부이촌동에 위치한, 그 당시 아시아 최고의 시설을 자랑하는 서울스튜디오에 가볼 수 있었다. 녹음과정 하나하나를 철저히 보고 듣고 메모를 했다.

　　하루에 3프로
　　오전·오후·심야 프로
　　1프로당 소요시간 약 3시간 30분

앨범에 들어가는 곡들이 A면 4~5곡, B면 4~5곡 도합 8~10곡. 이 10여 곡을 세션맨들이 녹음하는 데 보통 1프로에 2곡씩 5프로 정도. 기타더빙, 건반더빙, 현악기 추가더빙이 3~4프로. 그 다음 가수의 노래녹음이 타이틀곡을 제외하고 1프로당 3곡 정도 필요하다. 어떤 가수는 타이틀곡만 취입하는 데 10프로 이상 쓰는 경우도 있다. 그리고 이모든 사운드를 조합하는 믹싱이 남아 있다. 1프로당 보통 2곡씩 하면 빠듯한 시간이다. 따라서 최소 30~40프로는 써야 앨범이 완성되는 것이다. 결국 녹음 프로를 적게 사용해야 제작비가 절감되는 현실에 대해서 정확히 파악하는 계기가 되었다.

가수가 한 장의 앨범을 제작하는 데 짧게는 2~3개월, 길게는 6개월에서 해를 넘겨 1년도 걸리는 게 보통이다. 당시 무명 뮤지션들의 유일한 희망이라면 자신들의 앨범을 제작·발표하는 것이었다. 무명가수나 밴드가 앨범 제작기획을 잡았을 때 제작비를 절감할 수 있는 방법은 오로지 속전속결, 연습 또 연습에 매진하는 길뿐이었다.

그렇다면 천재 락그룹 [비틀즈]는 연습도 없이 세계적인 신화를 남겼을까. [비틀즈]의 매니저 브라이언 엡스타인은 첫 앨범을 세상에 내놓기 위해 [비틀즈]를 리버풀에서 1만 시간 연습시켰다.

브라이언 엡스타인이 하면 나도 한다! 무명밴드 [디엔드]의 매니저를 자청한 나는 새롭게 각오를 다지며 당시 서대문에 위치한 서문악기사를 연습실로 사용하던 [디엔드]의 리더를 만났다. 두 번째 만남이었다.

"태원아, 필요한 게 뭐냐?"

"24시간 마음 놓고 연습할 장소만 하나 마련해주세요. 그리고 데뷔앨범 하나만 제작해주세요."

"데뷔앨범 제작해주면 넌 나한테 뭘 해줄래?"

"뭐든 다 할게요."

"그래 좋다, 한번 해보자."

이렇다 할 서류상의 계약은 없었다. "뭐든지 다 할게요"라는 김태원의 이 말만이 우리 둘 사이의 구두 계약조건이 되었다. 그런데 걱정이었다. 선뜻 해보겠다고 대답은 했으나 실상 어디서 제작비를 구할지 막막했다. 당시 내 나이 아직 서른 전이었다. 그러나 고민만 하고 있을 때가 아니었다. 일단 제작비는 나중 문제고 먼저 합주실부터 구해주는 것이 시급했다. 나는 동생이 전속된 서울음반에 어렵사리 부탁해서 합주실 사용허락을 받았다. 당시 서울음반은 이두헌이 이끄는 밴드 [다섯손가락]이 '새벽기차'로 최고의 인기를 누리고 있었고, 이어서 [평균율]이 다크호스로 떠오르며 맹연습 중이었다. [평균율]에는 키보디스트 김건모가 리드보컬이었다.

그리되자 김태원은 하루 15시간 이상 연습을 했다. 그룹리더가 몸소 행동으로 보이니, 다른 멤버(이지웅, 이태윤, 황태순)들도 군말없이 따랐다. 비틀즈 1만 시간 운운할 것도 없이 모두가 하루 15시간씩 매일 연습하는 지독한 연습벌레들이었다. 게다가 김태원은 다른 멤버들이 모두 돌아간 뒤에도 홀로 밤을 지새우기 일쑤였다. 나는 실질적인 [디엔드] 그룹의 매니저로서 마냥 바라보고만 있을 순 없었다. 태원이의 건

그룹 [평균율]에서 키보디스트이자 리드보컬이던 김건모. 사진은 1990년대 데뷔초기 공연모습.(사진제공 최규성)

강을 생각해서 호통을 쳤다.

"프로연주자는 몸이 생명이다. 한국 락을 중흥시킬 놈이 몸을 그렇게 혹사시켜서야, 이땅의 락음악을 누가 책임질 거냐. 당장 집에 가서 옷 갈아입고 푹 쉬고 나와라."

말은 그렇게 했지만 매니저로서는 행복한 순간이었다. 연습을 그만하라고 말할 수 있는 코치나 감독이 있다면 그건 행운이다.

그런데 바로 이 무렵, 1980년대 중반은 한반도에 서서히 락밴드들의 전운이 감돌던 시기였다. 당시 대중의 사랑을 받던 밴드는 [송골매]와 [산울림]이었다. 필자는 그저 무명밴드의 매니저에 불과했지만, 그 시절 가요계의 판도를 읽을 수 있는 하나의 현상을 목격한다. 바로 '대마초파동'이다.

때는 바야흐로 내가 고등학교를 졸업할 무렵인 1975년이었다. 1차 대마초파동에 가요계가 한 번 쑥대밭이 되고 만다. 그 중에서도 초토화된 쪽은 락뮤직계였다. 대중문화평론가 최규성씨에 의하면 [애드4] 이전에 미8군 카피전문밴드 [코끼리부라더스]가 활동했을 정도로 1975년은 국내초기 락밴드들이 왕성하게 활동하던 시기다. 조용필이 극찬한 또 한 명의 기타신동 김홍탁의 [키보이스]를 비롯 [키부라더스] [히식스] [템페스트] [딕훼밀리] [영사운드] [검은 나비] [라스트 찬스] [골든 그레입스] [세븐 돌핀스] 등 수많은 밴드들이 있었다. 다른 한 쪽으로는 포크뮤직계가 타격을 받았다. 당시 생맥주와 청바지문화로 대변되는 통기타부대들이 공멸했던 것이다.

가요계는 그때가 모든 종류의 음악이 골고루 공존하던 가장 황금기였다. 유신체제에 위기의식을 느꼈던 군사정권은 락밴드와 통기타 어쿠스틱뮤직의 청년문화를 견제하기 시작했고, 그 일환으로 먼저 외래 어사용을 금했다. 자연히 [원+원]은 [하나 더하기 하나], [뚜와에무아]는 [너와 나]라는 식으로 바뀌었다. 그래도 이런 이름은 번역상 어감이 좋은 편에 속했고 [라나에로스포]는 [두꺼비와 개구리], [어니언스]는 [양파들]처럼 그 모양새가 우스워지는 경우도 있었다. 그러고도 모자랐는지 군사정권은 조용필마저 잡아넣었다. 그것이 제2차 대마초파동이다.

'운7 기3'이란 말이 있다.

내게 특별한 재능이 하나 있다면 한 번 들은 멜로디라인을 오랫동안 기억하는 능력이다. 예전 아버님세대는 전쟁과 가난 등 온갖 세상풍파와 역경을 딛고 살아온 세월만큼 얼굴에 근엄한 표정을 담고 있는 경우가 많다. 우리 아버지 모습도 그러했다. 솔직히 말해서 그런 근엄한 아버지가 무섭기까지 했다. 특히 약주 한잔 걸치고 비틀거리며 동네 골목길 초입을 들어서는 아버지의 발소리가 들려올 때면 온몸이 잔뜩 긴장되기도 했다. 반면, 월급날 과자꾸러미를 한아름 안고 들어오시는 아버지의 구두소리는 경쾌하기 그지없었다. 수많은 동네사람들이 오가는 골목길이지만 나는 유달리 아버지의 발소리를 구분해낼 수 있었다. 그리고 지금도 돌아가신 아버지의 그 발소리는 여전히 뇌에 각인된 듯 또렷이 기억하고 있다.

여기서 내가 말하고 싶은 것은 많은 사람이 오가는 동네 골목길에서 아버지 발소리를 구분해낼 수 있었던 그 '감'에 대한 얘기다. 다른 사람은 백 번, 천 번을 들어도 모르는 것을 단번에 알아내는 그 예감에 대한 이야기다.

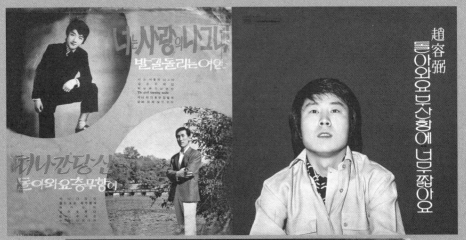

황선우 작곡, 김성술 작사의 '돌아와요 충무항에'를
조용필은 '돌아와요 부산항에' 락앤롤 리듬으로 개작
빅히트 시킨다 (사진제공 최규성)

어머니의 LP소장품 중에서 '돌아와요 충무항에'라는 노래를 들은 기억이 있다. 황선우 작곡, 김성술 작사의 이 노래는 작사가 김성술이 김해일이란 예명으로 직접 불렀다. 그러나 노래의 임자는 따로 있는지, 신인가수 김해일은 1971년 12월 25일 대연각호텔 화재사건으로 사망한다. 이후 작곡가 황선우는 가사의 '충무항'을 '부산항'으로 바꿔 새로운 가수를 물색하러 나섰고, 여기에 스무 살 초반의 무명가수 조용필이 취입을 서둘렀다. 물론 첫 반응은 거의 없었다.

보통 가수나 밴드들이 정규앨범이든 합동앨범이든 취입한 곡이 반응이 없으면 새로운 곡으로 다시 취입하는 것이 일반적인데 조용필은 달랐다. 그는 이 곡을 여러 차례 편곡을 바꿔가며 취입한다. 백락일고 伯樂一顧라 할까? 훗날 조용필은 이 곡이 국민가요가 될 것을 미리 알았던 것일까? 그는 남들이 뭐라든, 히트를 치든 못 치든 음악의 본질을 파고드는 원초적 감에 의해 '돌아와요 부산항에'에 천착한다. 그리고 끊임없이 곡에 생명력을 불어넣는다. 때로는 느린 템포를 구사했다가 때로는 빠른 템포로 바꿔가면서 편곡에 편곡을 거듭한 끝에 '돌아와요 부산항에'는 그 누구도 흉내 못 낼 락앤롤 리듬으로 재탄생한다.

1차 대마초파동에서 완전 무명이라 살아남았던 조용필의 운이 하늘에 가닿았다. 때마침 1975년은 조총련계 재일동포의 모국방문이 있었고, 이와 때를 같이하여 전국의 다운타운 DJ연합회(회장 조상만)를 통해 음악다방을 중심으로 무명가수 조용필의 노래를 틀어댔다. 그야말로 빅뱅이었다. 부산을 시작으로 역풍이 일었다. 마산 창원 광주 대구 대전 등으로 노래선풍이 일어났다. '돌아와요 부산항에'는 기어이 서울명동의 꽃다방까지 진출했다. 명동의 꽃다방 DJ라면 당시 슈퍼급이다.

이들이 조용필의 노래를 틀어댄 것이다. 게임은 거기서 끝났다. 언더그라운드 음악에 일대혁명을 불러왔다. 메인스펙트럼인 공중파방송을 타지 않고도 조용필은 언더그라운드에서 일약 스타반열에 올라선다.

1975년 인기가수란 가수는 모두 싹쓸이한 군사정권은 1976년 발표된 '돌아와요 부산항에'가 빅히트하며 조용필이 슈퍼스타로 등극하자 이듬해 그의 과거전력을 트집잡아 구속시켜버린다. 이것이 2차 대마초 파동이다. 그러나 조용필은 이에 개의치 않고 음악에 몰입했다. 오히려 3년여 침묵의 세월 동안 그는 매일 큰 양동이 하나씩 피를 토해내며 득음을 향해 연습을 거듭한다.

그리고 드디어 1980년 해금이 되자 자신의 [그림자] 밴드를 대신할 [조용필과 위대한 탄생]을 결성하며 '창밖의 여자'와 함께 화려하게 컴백한다. 이때부터 침체됐던 가요계가 서서히 나래를 편다. 당시 방송국 리퀘스트가 팝송 8, 가요 2의 비율로 전파를 타던 것이 5 대 5의 팽팽한 균형을 이루게 된다. 그리고 다시 가요 8, 팝송 2로 완전 역전되는 현상은 '문화대통령' 서태지의 등장 이후다.

조용필의 가왕 등극으로 국내 락뮤직계도 서서히 기지개를 켠다. 1980년 초중반부터 [부활]의 전신 [디엔드]를 비롯하여 [시나위] [백두산] [H2O]는 물론, [블랙신드롬] [혼] [뮤즈에로스] [보헤미안] [크라티아] [아발란쉬] [흙] [셀프서비스] [철장미] 등 난다 긴다 하는 밴드들이 춘추전국시대처럼 우후죽순 등장하며 한국 락의 르네상스시대를 연

• [블랙홀] [부활]만큼 충분한 홍보는 못해줬지만 리드기타와 리드보컬을 동시에 완벽히 소화하는 리더 주상균이 작사·작곡·프로듀싱한 앨범이다. 광주 5·18의 아픔을 발라드풍으로 노래한 '깊은 밤의 서정곡'이 [블랙홀]의 대표곡이다.

다. 모두들 최고의 톱밴드가 되기 위해 고군분투하던 시기였다. 최고 선봉장은 역시 야성의 보컬 전인권의 [들국화]였고, 또 한 팀은 이두헌 의 [다섯손가락]이었다.

[블랙홀]*도 한국형 슬래쉬메탈 사운드를 선보였다. 필자는 [부활]과 [블랙홀]의 첫 앨범을 제작하는 영광을 얻는다. [부활]은 '희야'로 [블랙홀]은 '깊은 밤의 서정곡'으로······.

여기서 잠깐 어필하자면 [블랙홀]의 히트곡 '깊은 밤의 서정곡'과 [부활]의 '희야'는 같은 제작자(필자)에 의해 세상의 빛을 봤다는 것이다. 그렇다면 [블랙홀]과 [부활]은 형제그룹이라 할 수 있을까? 누가 선배 그룹인가? [블랙홀]의 리드기타리스트이자 보컬인 주상균이 [부활]의 리드기타리스트 김태원보다 나이가 많다. 당연히 선배그룹이다. 또한 1985년 '락락락' 시절 언더그라운드의 맹주 [시나위]를 위협하는 밴드는 [블랙홀]이었다. 그러나 공식데뷔는 늦다. 밴드는 앨범제작 연도로 말한다. [부활]이 [블랙홀]의 형(선배밴드)이 되는 셈이다.

[부활]의 '희야'가 공중파방송의 위력으로 짧은 시간 빅히트했다면 [블랙홀]의 '깊은 밤의 서정곡'은 그야말로 28년 동안 마니아들 위주로 구전으로만 은밀히 히트한 노래다. 같은 감성의 발라드인데 '희야'는 통속적인 상업성 발라드가요로 폄하되고 '깊은 밤의 서정곡'은 품격 높은 한국 헤비메탈의 고전발라드로 평한다. 필자가 만일 [블랙홀]마저 공중파방송에서처럼 인기밴드로 더 많은 대중들에게 '깊은 밤의 서정곡'을 히트시켰다면, 이 곡도 통속가요라 폄하하지 않았을까?

[디엔드]에서 [부활]로 개명

4인조밴드 [디엔드]는 사실 메인보컬이 베이시스트였던 이태윤(현 [조용필과 위대한 탄생]의 베이스)이었다. 베이스 실력은 자타가 공인하는 최고였지만 보컬이 약했다. 그래서 [검은 진주]에서 활동하던 김종서를 영입하여 5인조로 활동하게 된다. 시험무대는 부산구덕체육관에서 열린 [무당]*의 라이브공연으로, [디엔드]는 오프닝밴드로 출연하여 일본 락밴드 [라우드니스]의 카피곡 '헤비체인스'를 연주했다. 결과는 대성공. 현장에 있던 부산팬들의 열렬한 환호를 받는다.

부산에서 올라오자마자 나는 그룹명을 바꾸는 일로 고심했다. 어차피 외래어를 쓸 수 없는 상황이라 팀이름을 바꾸는 것이 시급했다. [디엔드]는 김태원이 영화 〈바람과 함께 사라지다〉의 마지막 장면에서 'THE END'라는 자막이 올라가는 것을 보고 힌트를 얻어, 락의 세계에서 끝장내겠다는 의도로 지은 거라는데 이제 끝이라니……. 좀더 긍정적인 이름이 좋겠다는 생각이 들었다. 그래서 나는 다시 시작한다, 다시 태어난다는 의미로 과감하게 '부활'이라는 이름으로 바꿨다.

그리고 1985년 김종서를 리드보컬로 앞세워 〈강변가요제〉에 출전한다. 김종서의 새로운 가능성을 타진해볼 겸 가요계 경험을 얻고자 출전시켰다. 그러나 결과는 기대와 달리 예선탈락의 고배를 마신다. 이 대

BIHAENGSUN

Limited Edition

• 1978년 리드기타이자 리더인 최우섭이 샌프란시스코에서 결성한 메탈밴드. 1980
년 레프 가렛의 서울내한공연 때 오프닝밴드로 국내데뷔. [시나위] 이전의 헤비메탈
사운드를 선보인 원조격 메탈밴드. 아직도 [무당]의 곡은 멈추지 않는다. 들고 있는
기타는 딘기타로, 당시 가격 1만 달러. 지금 돈으로 수천만 원 호가한다.

회에는 락보컬 L군도 참가했는데 그 역시 예선탈락했다. 1985년 〈강
변가요제〉 대상은 [마음과 마음]의 '그대 먼 곳에'였다. 역시 락밴드로
서 대상을 노린 것은 무리였다. 그간 이를 목표로 노력했던 것이 헛수
고로 돌아갔다. 그때는 실패라 생각했지만 돌아보면 꼭 헛수고만은 아
니었던 것 같다. 실패라는 경험은 성공의 또다른 조건이 아니던가.

결국 우리의 숙원은 몇 년 후 김태원의 절대영향을 받은 제자 고故 신해철이 대상을 받음으로써 풀린다. 그러고 보니 신해철과의 인연도 떠오른다. [부활]이 [무당]의 오프닝밴드였다면, 신해철 역시 [부활]의 오프닝밴드였던 [각시탈]의 리더였기 때문이다. 〈강변가요제〉 이후 다시 한 번 리드보컬 김종서를 검증하기 위한 공연을 기획한다.

1985년 10월 24일
〈제1회 [부활] ROCK CONCERT〉
장소: 파고다예술관
시간: pm 2시, 5시(2회)
Opening Guest Band [보헤미안]
Special Guest Band [시나위]
−제작·기획 백강기

오프닝밴드인 김병찬이 이끄는 [보헤미안]도 최강의 언더밴드 중 하나였지만, 스페셜게스트 밴드인 [시나위]는 그야말로 지존의 팀이었다. 이날 무명 락밴드 [부활]의 제1회 단독공연은 언더그라운드 공연 중 최다 관객동원을 기록한다. 필자가 앨범도 없는 무명그룹 [부활]의 공연을 2회로 잡은 것은 당시로는 파격이었다. 공연문화가 자리잡지 못한 그 시절 2회 공연을 하는 밴드는 단 한 팀도 없었다.

하지만 내 생각은 달랐다. 1회는 실전을 가장한 리허설 개념이었다. 골프에 비유하자면 솔직히 1회는 연습라운딩 개념이라 할 수 있다. 나는 김태원에게 말했다.

"태원아, 멤버들 안심시켜라. 사람들은 5시 공연인 2회 때나 올 거야. 1회는 그냥 스태프들끼리 하는 거라 생각하고 편안하게 해라."

그런데 역사가 이루어졌다. 오후 1시 30분까지 개미그림자 하나 없던 종로 파고다극장에 어디선가 옆구리에 가방을 낀 학생들이 몰려오며 "여기다, 여기가 파고다극장이다!" 하고 줄을 서는데 그야말로 인산인해였다.

기적일까, 우연일까. 6백 개 객석에 계단통로에까지 빼곡히 들어차 천 명이 넘어섰다. 2회 때는 아예 통제불능이었다. 극장 안에 들어서지 못하고 돌아간 숫자만도 수백 명이 넘었다. 인터넷도 없던 시절, 서울시내 고등학교 위주로 포스터 몇 장 붙여서 홍보한 것치고는 그야말로 초대박의 공연이었다. 이날의 히어로는 새로운 메인보컬 김종서였다. 특히 엔딩곡 'Stair way to heaven'을 부를 때는 열광의 도가니였다. 김종서의 영입은 김태원의 작품이었다.

어느 날 내가 걱정스럽게 말했다.

"태원아, 우리 메인보컬이 좀 약한데 누구 적임자 없겠니?"

마침 세종문화회관별관에서 김종서가 중심인 [검은 진주] 그룹의 마지막 공연이 있다는 정보를 듣고 부랴부랴 그를 찾아갔다. 그리고 TV 드라마 '락락락'에서 언급한 것처럼 강남의 신대철을 넘어서자고, [부활]의 싱어로 와달라고 간곡히 부탁한 바 있다.

그런데 여기서 잠깐 오해 하나 풀고 가자. 1985년 부산구덕체육관에서 열린 [무당] 콘서트때 오프닝밴드는 김종서와 함께 한 5인조 [디엔드] 팀이었다. '락락락'에서처럼 김종서가 밴드이름 [디엔드]를 [부활]로 개명했다는 것은 그의 착각이다. 이제 와서 그것이 뭐 그리 중요할까마는 김종서가 밴드명을 [부활]로 바꿨다는 말은 사실과 다르다.

다음 글은 김종서가 기록한 〈청춘일기〉의 일부다. 2002년 1월 '소리꾼의 길'이 인터넷에 올린 〈김종서가 말하는 김종서의 일대기-4부〉라는 글을 그대로 옮겨본다.

　내게(김종서) 놀랄 일은 공연이 끝난 뒤 일어났다. [디엔드]의 매니저라는 백강기씨(가수 민해경의 오빠)가 내게 함께 활동해볼 생각이 없느냐고 제의해온 것이다. 언더그라운드그룹에 매니저가 있다는 것만으로도 놀랄 일이었다. 물론 나로선 고민에 빠지지 않을 수 없었다. 비록 실력은 별로였지만 [로거스] 멤버들과는 "앨범을 낼 때까지 열심히 해보자"며 서로 격려했었다. 내가 빠지면 그룹이 깨질 것은 불 보듯 뻔했다.

　그러나 제대로 된 팀에서 음악을 해보고 싶다는 욕심은 버릴 수가 없었다. 결국 나는 태원이와 함께 하기로 했고 5인조가 된 [디엔드]는 이름을 [부활]로 바꿨다. 이것이 [부활]의 탄생이었다. [부활]이란 이름에 팬들은 곧바로 이승철을 연상하지만 [부활]은 그의 합류 1년 전부터 라이브무대에서 잘 알려진 그룹이었다. 우리는 연말까지 세종문화회관별관, 남산숭의음악당 등에서 30여 회 공연을 펼치며 팬들을 끌고 다녔다. 신문에까지 락그룹 라이브 신드롬을 다룬 기사가 나올 정도였다. 자작곡 하나 없었고 방송출연은 꿈도 꿀 수 없었지만 부러운 게 없었다. 당시 '제도권'에서 활동하던 락그룹이래야 배철수형이 이끌던 [송골매] 정도.

　그러나 그해부터 쑥쑥 자라나기 시작한 언더그라운드그룹들의 '한국 헤비메탈의 1세대'란 자부심은 엄청났다. 딱히 선배라고 부를 대상들이 없어 기고만장해 있던 시절. 물론 다른 쪽에는 포크에 기반을 둔 [신촌블루스], 김현식 그리고 [들국화] 같은 선배들이 있었지만 우리 같은 헤비메탈 계열과는 별 교류가 없었다. 아버님(신중현)이 활동하던 70년대부터 약 10년간은 대마초파동과 장발단속 등으로 헤비메탈이 도저히 발붙일 수 없었다. 그 어두운 시절을 살아남은 락기타리스트래야 최이철, 이중산 선배 정도였다. 최이철 선배는 그룹 [사랑과 평화]의 기타리스트로 잘 알려져 있지만, 이중산 선배는 락을 하는 후배들 사이에도 '기인' 정도로만 알려져 있다. 바람처럼 나타났다 사라지곤 했는데 아무도 어디서 연습을 하는지, 생계는 어떻게 이어가는지 아는 사람이 없었다. 그러나 기타실력만큼은 누구나 인정했다.

나중 얘기지만 고교생이던 서태지를 발굴해낸 사람이 바로 이 기인 이중산이었다. 85년 겨울 락전문 공연장인 이태원 락월드가 생겼고 팬들은 여전히 객석을 가득 메웠다. 이때부터 간혹 자작곡을 연주하는 밴드들이 나타났다. 그러나 이때부터 [부활]은 인기와 함께 내분에 시달렸다. 두 기둥인 김태원과 이태윤 사이에 갈등이 심각해졌고 나도 팀을 유지하는 데 미련이 없어져 팀을 떠났다.

마침 신대철로부터 "음반을 만들어보자"는 제의가 왔다. 원한(?)은 잊은 지 오래였지만 이때는 나도 내가 중심이 되어 그룹을 만들어보겠다는 생각이 있어 주저하고 있었다. 그러는 사이 '한국의 디오(블랙 사바스 출신 락보컬로니 제임스 디오)'란 별명이 붙은 임재범형이 등장했다. 로버트 플랜트를 동경해온 나는 내 고음에 자부심을 갖고 있었기 때문에 처음엔 "뭐야, 목소리도 안 올라가고……"라며 무시했지만, 그 낮고 힘 있는 목소리가 청중들을 장악하는 매력이 있다는 것을 인정하지 않을 수 없었다. 신대철은 내가 망설이는 사이 임재범과 손을 잡았고 김태원도 이승철을 영입하며 팀을 정비해 [시나위]와 [부활]은 모두 나를 빼놓고 첫 앨범제작에 들어갔다. 86년 [부활]은 양홍섭이 작곡한 '희야'를 앞세워 '비와 당신의 이야기' 등 오늘날까지 사랑받는 곡들이 담긴 1집을 냈고, [시나위]도 '그대 앞의 난 촛불이어라' '크게 라디오를 켜고'가 수록된 1집을 내놨다.

〈청춘일기〉 중에서 일부

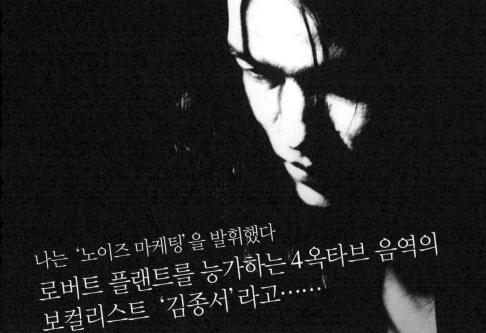

나는 '노이즈 마케팅'을 발휘했다
로버트 플랜트를 능가하는 4옥타브 음역의
보컬리스트 '김종서'라고……

(사진제공 최규성)

어찌됐든 김종서가 새롭게 보컬로 들어오면서 1985년 [부활]의 첫 공연은 대성공을 거두었다. 파고다극장이 자리한 종로3가 일대는 수천 명의 고교생 락마니아들로 가득 찼고, 종로서에서 교통경찰이 파견되어 거리질서를 잡을 정도였다. 80년대 중반 한국 락 태동기에 판도 안 낸 무명밴드에게 보내는 팬들의 환호는 대단했다. 한국 락 역사에 길이 남을 만한 명품 콘서트였음을 자부한다.

왕따 당한 기억, 불편한 기억

파고다 라이브공연후 얼마 지나지 않아 락의 대부 신중현* 선생의 거대한 프로젝트 소식을 접했다. 이태원의 대형극장 '락월드'를 인수하여 대한민국에서 내로라하는 락밴드들을 대거 출연시킨다는 콘서트 소식이었다. 물론 [부활]이 0순위로 섭외가 올 줄 알고 기다렸다. 이미 파고다 라이브공연에 스페셜게스트로 [시나위]를 초청한 바 있고, 또 최소한의 출연료까지 지급했기 때문이다. 그러나 끝내 락월드에서 연락은 오지 않았다. 지금도 그 이유는 잘 모르지만, 함께 하지 못한 서운함은 오래도록 남았다.

그리고 연이어 안타까운 일이 벌어진다. [부활]의 제1회 락콘서트를 끝내자 베이시스트 이태윤이 팀을 탈퇴했고 이어서 김종서마저 음악인의 길을 포기한다며 팀을 떠났다. 즉각 김태원이 다른 보컬을 영입해야겠다고 했다. 하지만 이는 김태원이 종서를 옹호하기 위한 선의의 변명이었고, 사실은 [시나위] 팀으로 이적한 것이다. 그럴 수밖에 없었

---

* 신중현(1938~) 영국 기타의 신 에릭 클랩튼이 10세의 나이로 기타에 입문할 때 동양의 변방 동두천 미8군 무대에서 17세의 '히키 신'이 전격 데뷔한다. 향수에 젖은 미군병사들은 락앤롤 초창기에 자신들의 조국 미국에서조차 잘 들을 수 없었던 락음악에 환호를 한다. 그가 신중현이다. 신중현의 천재성을 알아본 일본은 귀화조건으로 그에게 백지수표를 내민다. 그는 홀로 담대하게 거부하고 코리아락의 시조가 된다.
펜더기타 회사에서는 아시아 최초로 2009년 펜더기타에 신중현 이름을 써넣어 그에게 헌정한다. 에릭 클랩튼, 제프 벡, 스티브 레이 본, 잉베이 맘스틴, 밴 헤일런에 이어 세계 6번째 기타리스트다. [시나위]의 신대철은 그의 아들이다. [애드4]와 [시나위]는 세계의 락역사에 유례가 없는 중요한 락밴드다.

던 자세한 내막은 김종서 자신만이 알고 있을 것이다. 나에게는 단 한 마디 상의도 없었다. 항간에는 매니저때문에 나갔다는 말이 떠돌았는데, 글쎄 나로서는 납득하기 어려운 사실이다. 자초지종을 말하고 갔더라면 축하해주지 못할 이유도 없었을 텐데.

얼마후 어린이대공원에서 락콘서트가 있었다. 그때 공연장에서 만난 종서가 좀 서먹해하기에 야단치듯 한마디 하면서 어깨를 툭 쳤다. 왜 사내답지 못했냐고, 가면 간다고 한마디만 했어도 그리 서운해하지 않았을 거라고. 그게 내 기억의 전부다. 어찌됐든 그때 야단을 친 건 내 잘못이다. 따지고 보면 나이도 어리고 감수성도 예민했을 시절인데, 좀더 따뜻하게 얘기했어야 했다. 하지만 말이라는 것이 걷잡을 수 없이 돌고 돌아, 마치 내가 조폭처럼 야구배트나 휘두르며 무지막지한 폭력이라도 행사한 듯 괴소문이 떠돌았다. 아무리 어린 나이라지만 이건 아니잖은가?

나는 이제 연예계에서 매니저활동을 접은 상태다. 그러므로 무명시절 자신들을 홍보하기 위해 백방으로 노력했던 매니저로서의 내 존재를 하얗게 지웠다 해도 그리 서운할 건 없다. 다만 하지도 않은 행동을 사실처럼 왜곡하여 부풀리고 비방을 해서야 되겠는가. 그나마 최근 '택시'라는 프로그램에 출연해서 [시나위]로 이적한 사실을 김태원이 매니저인 내게 변명해주었다고 고백하는 것을 봤다. 늦었지만 다행이란 생각이 들었다. 또 한 가지 방송에서 덧붙여 얘기한 것은 김태원과 이태윤 사이의 갈등이 생각보다 심각했다는 사실이다. 그것은 또 김종서가 [시나위]로 이적했을 때 [시나위] 팀에서도 마찬가지로 겪었던 문제라는 지적이다.

아울러 신대철과 서태지 사이의 심각한 갈등에 대해서도 얘기하고 있었다. 하루는 신대철이 서태지한테 담배심부름을 시켰는데, 그 길로 서태지가 팀을 나가버렸다고 한다. 이와는 경우가 좀 다르지만, 나 역시 싱어인 김종서에게 담배금연령을 내린 적이 있다. 김종서는 즉시 반발했다. "매니저면 매니저지 왜 담배까지 못 피우게 하느냐?"고. 그 것도 불만 중 하나였다고 한다. 아주 사소한 일이지만, 그것이 결정적 인 팀 이탈의 원인 중 하나가 되기도 했던 씁쓸한 기억이다.

이러저러한 이유로 밴드는 사실상 같은 멤버로 오랜 기간 팀을 유지 하기가 쉽지 않다. 왜 [레드 제플린]이 훌륭한 평가를 받는지 아는가? 영국의 락밴드 갤럽조사에서 [딥 퍼플]과 [레드 제플린]의 인기도를 조 사해봤다고 한다. 그 결과 조사에 응한 사람들은 [레드 제플린]에 더 후 한 점수를 주었는데, 여기에는 다음과 같은 수긍할 만한 이유를 붙였 다. 두 팀의 업적이나 실력은 H/R H/M계에서 거의 비슷한 수준이다. 하지만 [레드 제플린]이 밴드멤버 간 의리가 더욱 돈독했다는 점에서 더 많은 점수를 받았다는 분석이다.

사실 드러머 존 보넴 없는 [레드 제플린]은 의미가 없다 하여 [레드 제플린]의 함장인 지미 페이지는 스스로 엔진가동을 멈춘다. 참 멋지 지 않은가? 그에 비해 [딥 퍼플]은 늘 신형엔진(리드싱어)을 새로 교체해 가면서 우리에게 신선한 음악을 선보였다.

여기서 굳이 개인취향을 말하자면 나는 [레드 제플린]보다 [딥 퍼플] 이 더 좋다. 그들의 음악을 오래 듣게 해준 [딥 퍼플]과 리드기타리스트 리치 블랙모어에게 그저 고마울 따름이다. 이것은 지금의 국내 락팬들 이 [부활]의 함장 김태원에게 감사해야 할 이유와 비슷하다.

어쨌든 김종서의 〈청춘일기〉와 최근의 방송을 보고 나서 그에 대한 오해는 봄 눈 녹듯 사라졌다. 나 역시 야단치기보다는 대화로 설득했어야 했다. 하지만 아직도 싱어가 담배를 피워선 안 된다는 생각에는 변함이 없다. 다 지난 일이긴 하지만, 그것이 젊은 날 상처가 되었다면 이 자리를 빌려 종서에게 사과한다. 그때 내 나이 스물아홉. 나 또한 치기어린 젊은 시절, 너무 혈기왕성해서 그랬나보다. 하지만 김종서, 이것만은 기억해라. 내가 판도 안 낸 밴드의 무명보컬인 자네를 《일간스포츠》 1면에 대서특필하게 해준 장본인이라는 것을. 당시 《일간스포츠》 연예면에는 가왕 조용필을 비롯한 몇몇 대형가수 외에 1면 톱으로 실린다는 건 감히 상상도 할 수 없는 시절이었다. 이것이 무슨 말인지 아마도 잘 알 것이다.

이렇게 과거를 회상하면서 격정적인 감동의 순간, 자잘한 분노와 서운함, 후회스런 마음이 중첩되어 흘렀다. 아울러 마음 저편에 잠들어 있던 다소 불편한 기억들이 스멀스멀 새어나왔다. 다시 만감이 교차했다. 어쨌든 내 젊은 날의 부덕의 소치였다.

새옹지마, 또 한 명의 천재보컬 'L군'

데뷔앨범 제작 직전 김종서가 [시나위]로 이적한 것은 당시 [부활] 매니저로서 데뷔를 앞두고 있던 내게는 충격이었고 약간의 배신감마저 들었다. 이미 '로버트 플랜트를 능가하는 4옥타브의 음역을 자랑하는 당대 최고의 금속성 고음의 최고 보컬리스트'라고 《일간스포츠》 1면의 톱 홍보기사도 직접 쓴 나였기에 무척이나 속도 상하고, 또 그만한 싱어를 어디 가서 발굴하나 이만저만 고민이 아니었다.

하지만 의외로 일은 쉽게 풀렸다. 기회는 전혀 예기치 않은 곳에서 온다. 참으로 아이러니한 일이다. 바로 김태원의 동네후배 L군이 나타난 것이다. 머지않아 '라이브의 황제'란 칭호를 얻게 되는 귀공자 스타일의 L군. 그가 서울음반 연습실에 놀러왔다가 오디션을 보게 된다. 김현식의 '사랑했어요'와 [딥 퍼플]의 'Soldier Of Fortune' 2곡이다.

그런데 이참에 L군에게 묻고 싶다. '해피투게더' 방송에선 왜 오디션을 보고 [부활]에 들어간 게 아니라고 주장했는지. 게다가 매니저에게 뇌물로 악기를 주고서야 보컬로 뽑힐 수 있었다고……. 필자를 마치 뇌물이나 탐내는 삼류매니저로 전락시켜 버리는데, 방송을 보면서 어이가 없었다. 오디션을 통해 [부활]에 들어왔다는 것이 그렇게 자존심 상하는 일이었을까? 결국 그런 거짓말은 [부활]을 불명예스럽게 만

들었을 뿐 아니라 자신도 실력이 아닌, 뇌물을 주고 [부활]에 합류한 모양새가 되었으니 참으로 안타까운 순간이었다. 말이란 한번 공중파를 타버리면 걷잡을 수 없이 확산되는 법. 아무리 내가 매니저활동을 접었다 해도 함부로 [부활]을, 그리고 나를 매도해서야 되겠는가. 무심코 한 이야기였겠지만 한편으로 야속하기도 했다. 하지만 지금도 나는 '라이브 황제'로서 L군이 오래도록 팬들의 기억속에 남는 불후의 가수가 되길 진심으로 바라는 바이다.

그래도 내게는 김태원이 있어 늘 든든하다. 그는 항상 말한다. "강기형, 초창기시절 우리 매니저로 열심히 해줘서 고마워!" 한결같이 느끼는 거지만, 어떤 상황에서도 그의 마음은 늘 변함이 없다. 진정한 '의리의 사나이'랄까. 락커로서 타고난 실력을 지닌 데다 훈훈한 인간미마저 느껴지는 김태원과의 만남은 내 인생 최고의 행운이었다.

어쨌든 완벽한 원조 꽃미남싱어 L군이 팀에 들어온 건 [부활]에겐 천운이었다. 나는 천군만마를 얻은 기분이었고, [부활]에 L군이 가세되면서 일본의 락그룹 [라우드니스]도 무섭지 않았다. 일본은 국가적 차원에서 [라우드니스]를 전폭 지지하고 있지만, 이땅의 락밴드들은 독자적인 힘으로 자생하고 있는 형편이다. 한마디로 대한민국 밴드들은 척박한 현실에서 잡초 같은 생명력으로 쓰러지면 다시 일어서고, 밟아도 밟아도 결코 죽지 않는 민중처럼 그 어떤 힘든 상황에서도 절대 죽는 법이 없다.

만약 국가가 이땅의 어느 무명 락밴드에게 [라우드니스]의 100분의 1만큼만이라도 지원 사격해준다면 일본 밴드들은 대한민국 밴드의 발뒤꿈치도 못 따라올 것이다. [라우드니스] 광팬이나 마니아들에게는 다소 미안한 얘기지만, 이건 어디까지나 나의 사견에 불과하다. 또 한 가지, 일본의 적극적 지원을 받고 빌보드에까지 진입한 [라우드니스]보다 대한민국의 [부활]이 훨씬 뛰어나다는 것이 내 지론이다. 그래서 앨범 뒷면에 당당히 문구를 써넣었던 것이다. '같은 장소, 같은 음향으로 조인트공연을 해보자'고.

말이 나온 김에 한마디 더 해보자. 아쉽게도 빌보드 1위는 못했지만 싸이가 전 세계적으로 센세이션을 일으킨 노래 '강남스타일'은 정말 역사에 남을 기념비적인 사건이다. 만일 싸이가 일본인이었다면 빌보드 1위는 따놓은 당상이었을 것이다. 굴뚝 없는 문화산업의 힘을 일찍이 알고 있었던 일본, 이것이 바로 국력의 차이라 생각한다.

일본 락계의 전설적인 락그룹 [라우드니스]의 전무후무한 프로듀서 겸 제작자 도시유키 나카시타(좌). 일본의 전폭적인 지지를 받으며 빌보드 차트에까지 올랐던 [라우드니스] 그룹(우). 그러나 실력면에서 [부활]이 훨씬 뛰어나다는 것을 아직도 확신한다.(사진제공 [H2O] 전 매니저 제임스 차)

'신해철'이 먼저 인연이 되었다면……

1986년 L군이 [부활]에 합류하면서 새롭게 콘서트를 준비하고 있을 때였다. 마침 [부활] 팬이라면서 여의도사무실에 두 명의 고등학생이 찾아왔다. 그 중 한 명은 훗날 [무한궤도]로 〈대학가요제〉를 평정하면서 락그룹 [넥스트]를 이끌었던 '대마왕' 신해철이었다. 당시 경복고교에 다니는 이호석이란 학생과 함께 왔는데, 둘 중 누구인지 정확히 기억은 안 나지만 [라우드니스]에게 편지를 보냈다고 했다. 깜짝 놀란 내가 "뭐라고 보냈냐?"고 묻자 바로 [라우드니스]를 '지옥으로 보내겠다'고 썼다는 것이다. 순간, 눈이 번쩍했다. 아이디어가 떠올랐기 때문이다. 나 또한 [부활] 앨범재킷 뒷면에 다음처럼 홍보문구를 넣었다.

'[라우드니스]를 지옥으로 보내겠다.'

정말 멋지지 않은가. 지옥으로 보내겠다? 강한 임팩트, 자신감이 느껴지는 파격적인 카피가 아닐 수 없다. 당시 신해철은 팬들로부터 비난받을 것이라고 걱정했지만, 오히려 열화와 같은 성원을 받은 것에 놀랐다고 했다. 감성에 호소한 내 예상은 적중했다. 이후 신해철도 감성 노이즈마케팅을 적절히 사용하는 것을 보았다.

당시 고교생 신해철의 천재성을 알아본 건 역시 김태원이었다. 나는 그때 해철이에게 이렇게 물은 적이 있다.

"너, 뭘 전공할 거냐?"

"철학할 겁니다."

"그래, 그럼 음악은?"

"음악을 하려면 철학을 알아야죠."

어린 마왕, 신해철은 정말 자신의 말대로 서강대 철학과에 입학했다.

고등학교 시절부터 태원이의 팬으로 [부활] 공연이 있을 때마다 손수 포스터를 붙이고 다니는가 하면, 김태원의 악기가방을 신주 모시듯 들고 다니던 신해철은 [부활]의 단순 팬이 아니었다. 그런 신해철에게 내가 해줄 수 있는 건 오프닝스테이지에 올려주는 것뿐이었다. 마포에 위치한 서울가든호텔 대연회장에서 [부활]의 라이브콘서트가 열릴 때, 오프닝밴드로 무대에 세워주었다. 그것이 훗날 [무한궤도] [넥스트]의 전신이 되는 [각시탈]이 역사적 데뷔를 하는 순간이다. 바로 그 무대에서 밴드리더인 신해철은 [핑크 플로이드]의 'Another Brick in the Wall'을 부르고 있었다. 이를 지켜보던 나는 깜짝 놀라지 않을 수 없었다. 그때까지만 해도 김태원을 추종하는 스쿨밴드 정도의 실력이려니 했는데 그게 아니었다. 나는 즉시 태원이에게 물었다.

"야, 각시탈인지 색시탈인지 생각보다 사운드 죽인다. 보컬 신해철도 괜찮지 않냐? 넌 어떠냐?"

"형, 범상치 않아. 저놈 고수야."

김태원의 대답이었다. 마왕이 내 여의도사무실을 노크한 뒤로 그는 [부활]의 공식적인 사운드엔지니어를 전담한다. 스스로 도제가 된 것이다. 가장 근접한 거리에서 그림자검법을 수련한다. 나는 고독한 두 천재의 우정을 가장 근접한 거리에서 지켜본 사람 중 하나다. 신해철이 유일하게 독설을 날리지 못하는 단 하나의 사부가 있다면 그것은 바로 김태원이었다. 그 사부의 오랜 슬럼프를 부활시키는 데 앞장서기도 했다. 신해철은 〈100분토론〉에 자진 출연하여 김태원에게 물컵을 받쳐들고 의자를 내주는 등 예능인이 아닌 진짜 김태원의 위대한 음악성을 알릴 정도로 의리파 아티스트였다.

여기서 잠깐, 신해철이 인터뷰에서 말하는 김태원에 대해 들어보자.

[IZM] 음악생활 20년 동안 선배든 후배든 자신한테 자극을 준 사람은 누구인가요?

[작은 거인]의 김수철 정말 좋아했어요. [송골매]도 좋아했는데 그건 자극이라기보다는 그냥 즐겼던 거 같아요. 철수형 말로는 잘하는 음악이 아니라, 잘 나가는 음악이었다고 하는데 지금 생각하면 진짜로 음악이 좋았어요. [작은 거인]이나 [산울림]이 팬들이 게거품 물고 쓰러지게 했던 밴드였다면, [송골매]는 밴드하고 싶은 동기를 만들어준 밴드죠. 가사는 [산울림]한테 진짜 영향 많이 받았어요. [시인과 촌장]의 하덕규형한테도 영향을 받았고, 한국 락의 4인방 있잖아요. [백두산] [시나위] [부활] [H2O] 다 영향을 받았죠. 그 중에서 [부활]의 김태원은 진짜 스승이에요. 뮤지션이 뭔지 알려준 형이니까요. 애티튜드를 가르쳐줬어요. ―취재 임진모

다시 회상에 젖는다.

이미 고인이 된 마왕이지만, 신해철이 L군보다 먼저 인연이 됐다면 어땠을까 가끔 생각해본다. 당연히 [부활]의 보컬이 됐을 것이다. 그것

도 괜찮은 조합 아니었을까. 신해철은 그룹의 중요성을 누구보다 잘 알고 훨씬 의리 있는 사나이였으니까. 결코 인기 좀 올랐다고 리더이자 사부 같은 김태원에게 헤게모니 쟁탈전을 벌이지는 않았을 것이다. 도전보다는 잘 협력해서 그룹 [부활]과 오래도록 함께 했을 것이다.

그러나 참으로 어이없는 의료사고에 안타까움이 앞선다. 그가 생존해 있다면 음악을 통해 우리 사회의 부조리함을 더 많이 들려주었을 텐데……. 다시 한 번 고인의 명복을 빈다.

[주다스 프리스트]의 'Metal Messiah'라는 노래는 마왕 신해철 곡을 제목까지 표절했다!

신해철(1968~2014) 신해철의 위대성, 마왕 신해철의 위대함은 이미 널리 알려져 있다. 나는 마왕의 천재성을 [주다스 프리스트]를 통하여 다시 한 번 생각한다. 2001년 [주다스 프리스트]의 14집에 수록된 'Metal Messiah'라는 노래는 1999년 발표한 신해철 곡 'Machine Messiah'를 노래 제목까지 표절한 곡이다.
어릴 적 영웅 [주다스 프리스트]가 자신의 곡을 표절한 것에 대해 의리파인 신해철은 크게 문제삼지 않았다. 그러나 이것은 '메탈의 신'이 변방의 무명락커의 곡을 표절한 일대사건이다. 재조명해야 한다. 그만큼 신해철은 세계적인 위대한 뮤지션이었다.(사진제공 최규성)

최초의 '게릴라콘서트'와 '데뷔 음반제작'

김종서 후임으로 들어온 [부활]의 리드보컬 L군. 데뷔앨범 발매 전까지 유일한 홍보방법은 라이브공연이었다. 죽기 살기로 PR하던 시절이었다. 하루는 종로 YMCA 정문을 지나다가 문득 대학로 마로니에에서 공연을 하면 어떨까 하는 생각이 들었다. 이곳에 한번 부탁이나 해볼까? 그때 왜 갑자기 그런 생각이 들었는지 이해가 가지 않지만, 나는 그 즉시 행동에 옮겼다. 지금도 무슨 일에 관심이 가면 그 한 가지 일에 몰두하는 건 여전하다. 그리고 때로는 이런 맹목적인 몰입을 통한 찰나의 생각이 어떤 성과를 이루는 단서가 되기도 한다. (지금의 관심사는 오로지 골프다)

여하튼 무조건 YMCA로 올라가 사무실문을 노크했다. 당시 사무장이 "무슨 일로 왔냐"고 하기에 "나는 무명밴드의 매니저인데 대학로 샘터극장 앞 야외무대에서 공연 좀 하고 싶어 왔다. 어떻게 하면 되는지 방법 좀 알려 달라"고 말했다.

오래된 일이라 자세한 기억은 나지 않지만, 문화공연기획 담당자인 사무장이 내게 다음과 같은 조건을 제시했다. "공연을 허락해줄 테니 음향, 조명 등을 밴드 측에서 해올 수 있냐?"는 것이다. 그래서 나는 "공연에 필요한 악기와 조명을 [부활] 쪽에서 제공하겠으니, 그 조건으로 마지막 엔딩무대에 [부활]이 서게 해달라"고 부탁했다. 물론 당시 출연에 따른 개런티 얘기는 꺼낼 상황이 아니었다.

　마침 낙원상가에서 악기상을 하는 친구가 있어 외상으로 PA시스템을 빌려 공연에 필요한 구비조건을 완벽히 갖출 수 있었다. 이로써 대학로에서 한국최초의 게릴라콘서트가 열리게 된다. 지금도 그때를 떠올리면 흐뭇하고, 즉흥적인 생각을 바로 행동에 옮긴 내 자신이 자랑스럽기까지 하다. 무명밴드 [부활]의 라이브는 이렇게 대학로 노천에서부터 시작되었다. 마로니에 공원에 나들이 나왔던 젊은 연인들은 무명밴드의 연주에 환호했다. 관중 속에서 모니터링하고 있던 나는 자신감과 함께 확신에 차올랐다.

　'아! 이것으로 충분하다. 이젠 데뷔앨범만 내면 되겠구나.'

대학로에서
공연하고 있는
당시 [부활]의 리더
김태원 모습

이때 일본에서 귀국해 컴백앨범 '사랑은 이제 그만'을 제작 중이던 가수 민해경에게 부탁한다.

"해경아, 작은 오빠 소원 한 번만 들어주라."

역시 동생에게서 돌아오는 대답은 싸늘했다.

"작은오빠, 정신차려. 누구 일이 먼저야? 큰오빠도 아직 앨범제작 꿈도 안 꾸는데……."

동생보다 [부활] 밴드에 더 치중하는 내게 서운함을 느끼던 해경은 보기 좋게 내 부탁을 거절한다. 그러나 나는 알고 있다. 민해경이 〈패밀리 프로덕션〉 이명순('락락락'에서 탤런트 정영숙분) 사장에게 제작비를 대주라고 부탁했다는 것을. 이튿날 사장의 호출이 있었다.

"백부장! 서울스튜디오에 해경이 녹음프로 중 7프로 빼놨어. 그 7프로 안에 반주, 더빙, 믹싱, 노래 녹음까지 모두 다 끝내야 돼, 알았지?"

"네, 알겠습니다. 감사합니다."

그런데 걱정이 앞섰다. 1프로에 겨우 3시간 반인데, 7프로에 노래녹음까지라……. 이때 [레드 제플린]의 매니저가 떠올랐다. 그래, 피터 그랜트도 30시간에 첫 녹음을 했다는데 나라고 못하겠는가. 총 레코딩시간 약 20시간.

'좋다! 그렇다면 속전속결이다.'

[부활]1집은 거의 박수 없는 라이브앨범이 된다. L군의 라이브황제 신화는 사실상 1집부터 시작되었다. 보통 가수의 경우, 아무리 라이브를 잘한다 해도 스튜디오에서 녹음된 앨범보다는 뭔가 빈약한 보컬이 될 수밖에 없다. 하지만 L군은 아니다. 1집에서 그에게 주어진 녹음시간은 약 반 프로, 1시간 반에서 2시간 정도였다.

"L군 잘 들어라. 이미 충분히 연습돼 있으니까 끊어가지 말고 스트레이트로 한 방에 녹음 끝내자. 명심해, 우리에겐 시간이 없다."

달리 방법이 없으니 거의 명령조에 가까웠다.

"네, 알겠습니다."

정말 모든 노래를 단 한 번에 끝냈다. 타이틀곡 '희야'만 아쉬운 듯하여 두 번 불렀다. 이후 라이브공연을 할수록 L군의 목소리는 앨범 때보다 빛을 발하며 그 원숙한 톤으로 팬들을 매료시킨다. 그야말로 라이브의 황제가 되기에 충분했다.

너무 쉽게 제작된 앨범. 그러나 준비된 실력자들로 구성된 [부활]이기에 이 앨범은 실패하지 않았다. 다만, 이 자리에서 민해경을 언급하지 않을 수 없다. 최초의 [부활] 명곡들이 세상에 발표되는 데 동생의 도움이 컸기 때문이다. 김태원만은 이 사실을 안다. 2014년 민해경 데뷔 35주년 '다시 바람으로' 콘서트때 스페셜게스트로 출연한 김태원은 이런 말을 한다.

"해경이 누님이 스무 살 꼬마였던 부활밴드의 데뷔앨범을 제작해주셨습니다."

민해경에게 가족으로서가 아닌 동료로서 진심으로 감사를 표한다.

• **'희야'가 수록된 [부활] 최초의 앨범** 레코딩시간 총 20시간. 속전속결로 제작된 [부활]의 첫 앨범. L군의 라이브황제 신화는 이때 시작되었다. 1집에 수록된 '희야'만 두 번 불렀을 뿐 전곡을 단번에 녹음해냈다(좌). 민해경 가수데뷔 35주년 기념콘서트에 함께한 [부활]의 리더 김태원(우)

'영에이지'와 '보리텐' 씨엠송에 얽힌 기억

　신진밴드인 우리에게도 운이 찾아왔다. 운도 실력이라는 것이 나의 주장이다. 이번에는 '영에이지' 슈즈광고에 대한 기억이다. 정규데뷔를 목전에 둔 어느 날, 여의도에 있는 선배의 프로덕션에 방문할 기회가 있었다. 이를 계기로 아주 우연히 기적 같은 씨엠송을 취입하게 된다. [부활]이 씨엠송을 부르게 된 기회도 그렇게 온 것이다. 시작은 이렇다.

　평소와 다름없이 그날도 여의도방송국으로 제일 먼저 향했다. 늘 그렇듯 방송국피디들과 얼굴도장을 찍기 위해서다. 그런데 이날은 너무 이른 아침이라 커피 한잔 얻어 마시려고 여의도 서린빌딩 5층에 있는 선배의 광고기획사를 찾았다. '알파프로덕션'이다.

　"안녕하십니까, 선배님?"

　"어, 백부장 웬일이야? 이른 아침에……."

　"선배님이야말로 왜 이렇게 일찍 문을 여셨습니까?"

　"말도 마라. 광고음악은 만들어놨는데, 어제 와서 녹음해야 할 여가수가 안 나타났다."

　"아, 그래요?"

　(그때 흐르는 비지음악)

"어, 선배님. 무슨 발라드곡인가요? 혹시 신인가수가 취입하려는 음악입니까?"

"어떠냐, 이 곡? 이게 영에이지 씨엠송이야."

"뭐…… 뭐요? 이게 광고음악이라고요?"

"그래, 좀 특색있게 가요식으로 작곡해봤다. 괜찮냐?"

"선배님, 이건 그냥 누가 취입만 해도 대박입니다. 광고송으로는 너무 아까워요."

"신인가수나 취입합시다."

"안 돼. 이미 시안송이 회사의 재가를 받았어."

그때 전광석화처럼 뇌리를 스치는 생각.

"형! 그 여가수 오기 전에 내가 곧 데뷔시킬 천재 락가수에게 한번 시켜봅시다."

"어, 이건 여자가 불러야 제격인데."

"그거야 형이 들어보고 판단하면 될 거 아닙니까. 내가 취입료를 바라는 것도 아니잖아요."

나는 마구 밀어붙였다. 그리고 즉시 태원에게 연락을 취했다.

"야, 태원아. 지금 당장 L군한테 연락해서 여의도 서린빌딩 5층으로 한 시간 내에 오라고 해라. 급하다, 급해."

"무슨 일인데요, 형?"

"묻지 말고 당장 택시 잡아타고 무조건 오라고 해. 촌각이 급한 일이다."

"네, 알겠습니다."

정말 한 시간 내로 L군이 도착했다. 영문도 모르는 그에게 악보와

가사를 건네주고 MR테이프를 딱 한 번 들려주었다. 이미 서울스튜디오에서도 [부활] 데뷔곡 전곡을 스트레이트로 녹음을 끝낸 L군이었다. 난 회심의 미소를 짓고 있었다. 드디어 알파프로덕션의 녹음부스에서 L군의 씨엠송 녹음이 시작된 것이다.

> 오늘 우리 아무도
> 지나간 흔적 없는 거리에~(중략)
> 영 에~이~지

단 한 번의 레코딩에 놀란 것은 알파프로덕션의 선배다.
"야, 어디서 이런 천재를⋯⋯."
이것이 운이다. 운도 실력이라면 바로 이런 경우가 아닐까. 광고송 영에이지는 회사에서 전격 재가를 받아 전국 개봉관에서 영화상영 전 돌비스테레오로 흘러나왔는데 그야말로 대박이었다. L군의 미성에 캐주얼슈즈 최고의 대박상품이 된 것이다. 팬들은 이 한 편의 가요 같은 발라드 씨엠송을 누가 불렀느냐로 설왕설래했다.
아직 데뷔전인 [부활]의 싱어인 줄 모르고, 김현식이니 전인권이니 의견이 분분했다. 나는 회심의 미소를 시었나.

여기서 잠시 안 좋은 기억 하나 짚고 넘어가자.
데뷔후 문제의 그 '보리텐' 광고다. 보리텐은 당시 가왕 조용필의 맥콜 선전에 해태가 맞불을 놓은 광고였다. 2011년인가? 〈해피투게더〉 생방송에서 패널들을 모아놓고 매니저인 내가 무슨 착취를 했다고 L군이 이야기한 그 CF건이다. 쓴웃음부터 난다. 이걸 꼭 내 입으로 해명해야 하는가? 솔직히 오래된 일이라 나만 아니면 된다는 식으로 넘어가고 싶기도 했다. 하지만 나도 자식 키우는 입장에서 이건 아니다 싶어 팩트만 밝히겠다.

지난 2012년 8월 김태원의 초청으로 안양 라이브콘서트에 참석한 적이 있다. 부모님문상 때 태원이 얼굴을 보긴 했지만, [부활] 공연에 정식으로 초대받기는 [부활] 해체 이후 실로 처음 있는 일이었다. 그때 이런 이야기를 나누었다.

"태원아, 그때 보리텐 CF 출연료 애들한테 잘 분배했지?"

"네."

그렇게 확인을 하고 우리는 서로 또 웃었다.

나는 리더 김태원에게 일정액씩 나눠주도록 모두 위임했다. 문제가 있고 불만이 있었다면 그때 말했어야 옳지 않을까. 30년도 더 지난 이 시점에서 얘기한다는 건 좀 앞뒤가 맞지 않는다. 책을 낸다고 해서 미주알고주알 다 쓸 수는 없는 일, 그저 기억이 씁쓸할 뿐이다.

모든 소녀의 로망곡, '희야' 탄생

1986년 3월 [시나위] 데뷔
1986년 6월 [백두산] 데뷔
1986년 10월 3일 Rock will be never die!
[부활]의 하늘을 열다.

'희야'는 [부활]을 세상에 알린 일등공신이다. 이 곡은 김태원의 친구 양홍섭이 방위병으로 복무중일 때 [부활]이 데뷔앨범 낸다는 소식을 듣고 직접 들고 온 것이다. 하지만 내 기억이 맞는다면 이 곡은 A트랙 타이틀은커녕 아예 빛도 못 볼 뻔했다. 당시 상황을 잘 생각해서 기록해놔야 할 것 같다. (L군의 기억이 다르고 김태원의 기억이 다르고, 필자의 기억이 다를 순 있어도 모두가 틀린 기억은 아닐 것이다)

첫 번째 독집앨범을 제작하기 전, 데뷔앨범에 수록될 곡들을 거의 완성할 무렵이다. 이미 메인으로 '비와 당신의 이야기'는 정해진 상태였고, 추가로 트랙에 깔 여유곡을 선정할 때였다. 당시 수많은 악보 중에서 '희야'는 그냥 스쳐지나가는 곡 중 하나였다.

"잠깐만, 태원아? 조금 전 그 악보 좀 보자."

그렇게 '희야'는 수북이 쌓인 악보들 중에서 내 감으로 선택한 곡이다. 물론 이 기억이 맞을 수도, 아니면 틀릴 수도 있다. 세월이 그만큼 흘렀으니까……. 어쨌거나 그 악보를 보면서 가사를 다시 음미하다보니 문득 [어니언스]의 노래 '편지' 가사가 떠올랐다.

"말없이 건네주고 달아난 차가운 손……."

이상하게도 '편지'의 첫 멜로디 부분에서 '희야'의 다음 이미지가 오버랩되는 것이다.

"너는 비록 싫다고 말해도 나는 너의 마음 알아……."

뭔가 딱 매치되는 느낌이랄까. 순간 번뜩 스치는 생각이 있어 태원에게 물었다.

"이 작곡가 누구냐?"

그러자 김태원이 가사에 얽힌 사연을 털어놓았다. 현재 방위복무중인 홍섭이라는 친구가 있는데, 이 친구애인이 백혈병에 걸린 시한부 인생이었다는 것이다. 그 애인이 친구 홍섭에게 일부러 싫다고 절교선언을 했고, 그녀가 왜 그래야 했는지 익히 알고 있던 홍섭은 너무 가슴 아파하다가 작사 · 작곡을 한…… 생생한 실화였다.

이야기를 듣는 순간, 나는 무릎을 쳤다. 당시 태원과 홍섭은 스무 살 동갑내기. 이거야말로 어린 나이에 겪은 순애보 아닌가? 그 사연을 들으니 가사가 더욱 애절하게 와닿았다.

'너는 비록 싫다고 말해도 나는 너의 마음 알아'

이 부분에서 그야말로 순수한 소녀를 잃은 청춘기의 하얀 슬픔이 가슴 아리듯 몰려왔다. 원래 대중가요란 작곡도 중요하나 작사 비중도 크고, 이런 멋진 가사와 곡이 상호작용하여 대히트를 치는 법이다. 그런 점에서 '희야'는 참으로 환상적인 결합이었다. 슬픔의 극치를 보여주는 가사의 대히트 예감! 잠시 여기서 또 한 가지 사실을 짚고 넘어가겠다. 2013년 L군과 있었던 다음 인터뷰기사를 한번 보자.

〈곽승준의 쿨한 남자 – ○○○편〉

–27년 가수인생을 돌이켜봤을 때 가장 애착이 가는 곡은 무엇인가.

모든 가수가 그래도 데뷔곡을 좋아한다. 내겐 '희야'다. 아무리 좋은 신곡을 내놓아도 '희야'를 능가하지 못하는 것 같다. 노래의 첫 소절인 '희야~'라고 외칠 때 생기는 임팩트는 다른 노래들이 따라올 수 없는 무언가가 있다.

–왜 '희야'였나.

실존인물이다. 당시 동네에서 알고 지낸 한 여중생이 있었는데 백혈병으로 세상을 떠났다. 곡을 처음 받을 때와 다르게 우리가 분위기를 조금씩 바꾸면서 '희야'를 탄생시켰다. 노랫말에 듣는 이로 하여금 자신을 대입할 수 있는 부분들이 많아서 좋아해줬던 것 같다.

위의 기사를 읽어보면 '희야'는 마치 L군 자신이 알던 동네 여중생의 실화를 토대로 노랫말을 만든 듯한 오해를 살 수 있다. 그러나 앞서도 말했지만 이 가사는 김태원의 친구에 의해서 탄생한 것이고, 이 곡을 선택할 권한이 있는 사람은 오로지 김태원뿐이었다. 이러한 기사를 접할 때마다 내 기억은 더욱 선명하게 1986년 [부활]의 최초 앨범제작 당시로 회귀한다.

"태원아, 일단 편곡을 해서 합주해보자."

그땐 내 말이 절대적이었다. 1986년 1집 데뷔앨범을 제작할 때만큼은 말이다. 앨범에 들어갈 모든 곡을 합주하고 편곡을 거듭하면서 리듬과 멜로디와 가사를 보완, 수정하여 한 곡 한 곡이 완성되어 갈수록 타이틀곡에 더 신경이 쓰였다. 무엇보다 [부활]의 첫 독집 타이틀곡이 김태원 곡이 아닐 수도 있다는 게 마음에 걸렸다. [부활] 멤버들도 '희야'가 나쁘진 않지만 타이틀곡으로까진 생각지 않았을 것이다. 팀리더인 태원이가 만든 일명 비당, '비와 당신의 이야기'가 버티고 있었기 때문이다. 자타가 공인하는 명곡이었다.

그러나 문제는 러닝타임이 8분대를 넘어가는 대곡이란 점이다. 일단 레코딩이 끝날 때까지는 내 속내를 밝힐 수 없었다. (그래, 믹스다운까지 완전히 끝내놓고 보자. 기타로 친 빗소리 효과음까지 넣어보고 결정하리라)

1집 음반녹음이 모두 끝난 날, 태원이를 조용히 불렀다. [부활] 멤버들 아무도 모르게……

"태원아, '희야'로 가자!"

역시 놀란 듯 태원이는 말했다.

"형, 뭐예요. 그래도 명색이 부활1집이고 내가 리더인데, 친구 홍섭이 곡이 타이틀곡이라니 이건 해도 너무한 거 아닙니까?"

"태원아, 잘 들어라. 내가 능력 있는 매니저가 아니다. 따라서 기회는 딱 한 번이야. 두 번인 경우는 그리 흔치 않아. '비와 당신의 이야기'는 아주 훌륭한 곡이야. 내 평생 이런 곡을 프로듀싱했다는 건 두고두고 자랑할 일이지. 다만 현 시점에서 이 곡이 라디오방송을 타기에는 너무 긴 곡이라는 거야. '희야'를 A면 타이틀곡으로 하고 그 다음에

'비당'을 넣기로 하자. 이번 한 번만 매니저의 뜻에 따라다오. 다음 2집이 나올 수 있는 형편이 된다면, 내 그땐 타이틀곡부터 엔딩곡 선정까지 모두 너에게 맡기마."

그러자 잠시 무언가 생각을 하던 김태원이 말했다.

"형, 알겠습니다. 2집부터는 관여하지 않는다는 조건입니다. '희야'로 갑시다."

"태원아, 고맙다."

리더와 매니저 둘만의 합의로 '희야'는 타이틀곡이 된다. 1집에 관한 비하인드 스토리는 이것으로 마친다.

그리하여 우여곡절 끝에 1986년 9월말 역사적인 [부활]의 첫 앨범출시일이 잡혔다. 여기서도 보통 제작자라면 하루라도 빨리 1집 데뷔앨범을 출시하겠지만 나는 달랐다. 확실한 자신감이 있었기에 날짜를 좀 늦추더라도 의미를 부여하고 싶었다. 예상출시일인 9월 23일을 무려 열흘이나 지연시켰다. 개천절! 1986년 10월 3일, 하늘이 열리는 날을 택해 전국에 [부활]1집의 신호탄을 쏘아올렸다. 날짜나 숫자에 의미를 부여하는 나의 습관은 이때부터 시작되었다.

최선을 다한 [부활] 1집 레코딩현장

국내 락팬들이 [부활] 데뷔앨범 1집 제작과정의 레코딩 상태에 대해 불만이 많다는 건 잘 알고 있다. 잠시 그 이유에 대해 설명하겠다. 지금 같은 디지털시대가 아닌 아날로그 레코딩시절에는 경제적 부담도 부담이지만, 무엇보다도 첫 녹음작업 과정을 잘 모르다보니 복잡하고 어려운데다 제일 큰 문제는 시간제약이 따랐다는 점이다. 리드기타 김태원이 동부이촌동 서울스튜디오에서 자신의 기타톤이나 앰프사운드가 잡히질 않는다고 하소연했다. 차라리 서울음반 합주 때 사용하던 국산 다트앰프를 가져다달라고 할 정도였다. 게다가 드러머 황태순 또한 도저히 스튜디오에 있는 루딕11로는 드럼을 칠 수 없다며 레코딩을 멈춰버린 것이다.

나는 서둘러 용달차를 보내 경기도 의왕시에 있는 서울음반연습실의 다트앰프와 태순이의 영창 드럼세트를 서울스튜디오로 실어왔다. 결국 평상시 자기 톤을 그대로 재현하기 위해 국산 악기세트를 다시 조립하여 녹음하는 수고를 감당해야 했다. 지금도 처절했던 그때의 기억이 너무도 생생하다.

이처럼 불리한 녹음 여건 속에서 무리하게 악기까지 운반해오다보니 예약된 총 7프로에서 귀한 1프로를 까먹은 셈이다. [부활]1집 사운드가

★ 한마디로 충격이다!

　이들 [부활]의 연주녹음 시 들려준 사운드는 실로 믿기 어려울 정도의
　놀라운 실력이다. 폭발적인 파워 드럼과 특히 Twin Guitar에 의한
　섬광 같은 양손 해머링은 약관 20세의 나이로는 신기에 가까운 핑거링이다.
　앞으로 신화적인 락그룹으로 존재할 것이다.

　　　　　　　　　　　　　　　　– 〈Seoul Studio〉 Top Engineer 송형헌

★ 한국 최고의 Rock Group이다.

　일본이 자랑하는 'Loudness'를 깨트릴 유일무이한 그룹이다.
　똑같은 장비 및 시스템을 갖고 'Loudness'와 실력을 겨룬다면
　[부활]이 한수 위의 그룹임을 언젠가는 증명하게 될 것이다.
　이미 일본의 'Loudness' 팬클럽회장에게 편지를 보냈다.
　'Loudness'를 지옥으로 보낼 것이라고……　　　　– 경복고교 1학년 이호석

★ 1985. 10. 24 목요일 제1회 [부활] Live Concert 시

　파고다예술관 최대의 관중동원을 기록한 그룹이다.
　LP없는 무명그룹으로서 주말도 아닌 평일날 관중동원 기록으로는
　유명그룹일지라도 당분간 갱신하기 힘들 것이다.　　–파고다예술관 관리부장

★ 내가 아는 [부활]의 음악성은 앞으로 제2집에서 '메가톤급 위력'을

　더욱 발휘하게 될 것이다. 1집은 이제 시작에 불과한 음악이며
　그들은 점점 강해질 것이다. 또한 그룹의 리더 김태원,
　그는 살아있는 '지미 헨드릭스'다.　　　　– Rock director 최강한(백강기)

　　　※ 이 내용은 [부활] 1집 앨범재킷 뒷면에 들어갔던 글들 중 일부 게재한 것이다.

다트앰프와 국산 드럼세트 사운드였다면 믿겠는가. 다시 말하지만 아날로그 녹음시절의 1프로는 3시간 30분에 해당되는 짧은 시간이다.

앨범레코딩 과정에 대해 어느 정도 상식 있는 팬이라면 이쯤에서 [부활]1집의 음악성과 녹음과정을 대비해, 얼마나 열악한 환경에서 이루어졌는지 이해하리라 본다. 번갯불에 콩 구워먹는다는 표현이 딱 맞다. [라우드니스]가 이런 사실을 알았다면 놀라 까무러쳤을 것이다. 그야말로 한 순간에 뚝딱, 레코딩했다고나 할까. 여기에 관중들의 박수소리만 들어갔다면 즉흥 라이브앨범이 됐을 것이다. 이것이 바로 훗날 라이브황제 L군의 실황앨범 보컬과 스튜디오에서 녹음한 앨범 보컬과 거의 차이가 나지 않는 이유다.

지금의 앨범제작자나 아티스트들이 그렇게 하라면 누가 하겠는가. 아날로그 레코딩시절, 도저히 불가능한 작업이었다. 다행히도 경험이 으뜸이라고, 민해경의 귀국앨범 〈사랑은 이제 그만〉을 제작할 때 [부활]이 그 타이틀곡을 편곡하고 녹음해본 것이 큰 도움이 됐다. (민해경의 귀국앨범 중 최초 커팅한 초기 LP 3천장은 [부활]이 연주했다)

어쨌거나 그날 7프로에서 1프로를 군포의 서울음반연습실로 국산 악기세트를 가지러 가면서 소비했지만, 6프로 만에 김태원만의 녹음방식으로 [부활]1집이 완성된 것이다. 내가 늘 김태원을 조선의 바다를 구한 이순신 장군과 대비하는 이유다. L군 역시 보컬의 신답게 거의 전곡을 단 한 번의 실수 없이 깨끗하게 녹음을 끝냈다. [부활]의 일등공신 김태원과 L군, 둘은 영원한 적수이자 친구! 프레네미Frenemy다.

또 한 가지, 웃기는 에피소드가 떠오른다.

일본의 [라우드니스]에 이어 독일의 락밴드 [MSG]의 기타리스트를

또 지옥에 보낸 카피를 과감히 다음처럼 썼다. (엄청난 노이즈 마케팅의 효시였다)

마이클 생커*도 실패한 기타에 의한 진혼의 종소리를 김태원이 '희야'에게 바친다. 김태원 리드기타리스트가 세계 최초로 성공하다!

좀 과장된 PR이지만 이러한 발상에는 배경이 되는 내막이 있다.

김태원이 기타로 종소리 효과음을 믹싱할 때였다. 깨끗한 소리를 내기 위해 수도 없이 음을 조율하며 기타 치는 모습을 보고 서울스튜디오 최고의 엔지니어가 스톱시키는 일이 발생한 것이다. 엔지니어가 지금 뭐하냐고 물었고, 종소리를 내려고 한다니까 그러면 맨 나중에 하자고 했다. 마침내 레코딩이 모두 끝나고 다시 효과음을 연주하려고 하자 그 엔지니어 왈, 우리더러 그냥 집에 가란다. 자기가 최고의 종소리를 만들어서 넣어주겠노라며……

우리는 어이가 없어 웃고 말았다. 기타로 친 종소리라야만 의미가 있다고 하자 그 엔지니어 얼굴이 창백해져버렸다. 서울스튜디오 역사상 신인그룹 [부활]이 그 스튜디오 제1의 엔지니어를 즉각 교체해버린 것이다. 그리고 마침 고교동창인 보조엔지니어 송형헌 녹음기사로 대체시켰다. 앨범재킷 뒤에는 모든 엔지니어링에 송형헌의 이름을 인쇄했

• **마이클 생커** 독일의 락밴드 [스콜피언스]의 리더, 루돌프 생커의 동생. 루돌프 생커도 세상에서 기타를 제일 잘 치는 사람은 자기동생 마이클 생커라고 자주 PR했다.

지만, 사실상 종소리 이펙트를 제외한 모든 녹음은 최초의 그 수석엔지니어가 한 것이다. 그분께 지면을 빌어 다시 한 번 고마움과 미안한 마음을 전한다. 이것도 사실이다.

L군의 미성은 '희야'를 완벽하게 소화했다. 양홍섭의 곡을 새롭게 편곡한 것도 김태원이요, L군의 보컬을 트레이닝시킨 것도 김태원이다. 김태원의 철저하고도 혹독한 레슨 덕에 보컬의 귀재 L군이 탄생한다. 이것은 부인할 수 없는 사실이다. 이제 매니저인 나는 L군을 공중파방송을 통해 전국에 홍보할 방법을 찾아야 했다. 역시 우리가 잘하는 것은 라이브였다. 과거 김종서와 함께했던 무명그룹 시절 최고의 관중을 동원했던 파고다라이브에 필적할 만한 초대형 락콘서트를 기획했다.

이른바 여의도63빌딩 대한생명 컨벤션센터에서 개최되는 라이브콘서트 〈이것이 ROCK이다〉였다. 역시 국내 최초였다.

무슨 배짱으로 63빌딩을 선택했는지 지금 다시 생각해도 모르겠다. 당시 여의도63빌딩 대연회장은 주로 국제회의용으로 사용되었다. 3천여 명을 수용할 수 있는 아시아 최대의 넓은 홀로 외국의 경제포럼이나 국제학술회의만 열리던 곳이다. 지금도 그렇지만 여의도 끝이라 교통도 불편해서 라이브 장소로는 부적격이었다. 하지만 이미 무명밴드 시절 김종서와 종로파고다에서 콘서트신화를 이룬 경험이 있기에 자신 있었다. 게다가 당시로선 많은 인원을 수용할 만한 공연장은 그곳밖에 없었으니 선택의 여지가 없었다. 대관업무 관계자에게 사진을 보여주며 설명했다. 무명밴드 시절에도 종로거리가 마비될 정도로 유명했다고. 그렇게 종로를 가득 메운 사람들이 찍힌 사진자료를 내보이고

서야 대관허락을 받을 수 있었다.

확실히 자만심과 자신감은 다른 것이다. 나는 63빌딩 대관업무 담당자에게 열변을 토했다.

"우리 밴드(부활)의 라이브가 성공하면 앞으로 대형 공연기획사들이 이곳을 찾게 될 것입니다."

예상은 적중했다. 부산에서 비행기까지 타고 오는 등 63빌딩 대연회장은 사람들로 가득 들어찼다. 그리고 'MBC 토요일 토요일은 즐거워(토토즐)'의 당대 최고 MC 이덕화의 "부탁해요, 희야!" 이 한마디 멘트가 전국 소녀팬들의 가슴을 녹였다. 언더그라운드밴드의 팬덤현상이 오버그라운드로 부상했다. 하드락밴드로는 처음으로 오빠부대를 형성했다. HOT가 등장하기 전이었다.

'비와 당신의 이야기' 비하인드

G3!

이른바 영국이 자랑하는 [야드버즈] 출신의 톱기타리스트를 들자면 에릭 클랩튼, 지미 페이지, 제프 벡 3인을 꼽는다. 항상 서열로는 에릭 클랩튼을 맨 먼저 호칭한다. 왜일까? 연주력 하나만 놓고보면 오히려 제프 벡이 단연 톱이다. 그렇다면 연주를 잘해서 일인자가 될 수 있을까. 천만에, 연주는 다 고만고만하다. 도토리 키재기랄까. 모차르트와 베토벤이 연주만 잘해서 천재가 아니다. 영화 〈아마데우스〉에서 살리에르가 눈감고 손을 뒤로 한 채 장난치듯 피아노를 연주하는 모차르트를 보면서 한탄한다. "신은 왜 내게 저런 재능을 주지 않았고 열정만 주었는가!"라고. 그러나 살리에르를 더욱 절망케 한 것은 모차르트가 쓰레기통에 버린 습작 오선지악보다. 모차르트가 천재인 것은 그의 작곡실력 때문이다.

김태원이 가요계의 독보적인 천재뮤지션으로 인정받는 것은 그의 창작능력 때문이라는 것이다. 1집 '비와 당신의 이야기'와 '인형의 부활', 2집 '천국에서'와 국내가요사상 최초의 연부작 형태인 '회상1, 2, 3'에서 보여주는 감성이 스무 살짜리 김태원 작곡이라고 하면 믿을 수 있을까. 천재가 아니고는 그런 작곡을 할 수 없다. 그가 에릭 클랩튼처럼 신대철이나 김도균보다 먼저 거론되는 서열 제1의 기타리스트인 이유다.

다시 이야기는 김태원이 스무 살 때 작사·작곡한 '비와 당신의 이야기'로 돌아간다. 여기에 얽힌 에피소드가 있다. 이 노래에는 원래 친구의 친구를 사랑한 내용이 담겨 있었다. 원제는 '비와 친구의 이야기'였고, 전반부가 지금과는 아주 상반된 곡이었다. 가사는 이렇게 시작된다.

그녀가 말없이 웃어보일 때
나는 세상에서 가장 슬프다오
그녀가 말없이 웃음을 보여도
나는 세상에서 가장 슬프다오
그녀의 발자국 뒤돌아보며 보며 보며
내 사랑을 전해보리오
(원가사)

아이가 눈이 오길 바라듯이
비는 너를 그리워하네
비의 낭만보다는
비의 따스함보단
그날의 애절한 너를
잊지 못함이기에
당신은 나를 기억해야 하네
항상 나를 슬프게 했지
(현가사)

원가사는 세상에서 제일 슬픈 것은 친구의 친구를 사랑하는…… 내용이다.

실제 김태원의 이야기를 종합해보면, 친구랑 친구애인(TV '락락락'에 등장하는 첫 연인)과 함께 셋이서 바닷가 모래사장을 걸으며 태원이는 친구애인인 그녀를 살짝살짝 훔쳐본다. 하지만 그녀는 전혀 눈치채지 못한다. 태원이 가슴만 아플 뿐……. 셋이 그렇게 어색한 듯 걷다가 태원이 먼저 숙소로 향한다. 그러다 문득 돌아본 그곳에는 저 멀리 다정하게 걸어가는 두 사람의 나란한 발자국뿐……. 태원은 그 모습을 멍

하니 바라보며 사랑, 사랑한다, 사랑한다고 속으로 외쳤다는 것이다. 이것이 태원이가 신림동 이지웅 집에서 편곡에 대해 의논하고 돌아오는 길에 내게 들려준 사연이다. 오래전 일이지만 기억은 생생하다. 후렴은 반복된다.

"사랑해 사랑해 사랑해……"

짐승의 처절한 울부짖음이었다. 등골이 오싹해졌다. 나는 다시 녹음에 앞서 태원이에게 곡의 일부를 수정해달라고 요청한다.

"태원아, 후렴은 그냥 두고 전반부를 조금 바꿔볼래? 후렴은 정말 좋다."

그러자 마치 고대하던 눈이 때맞춰 하늘에서 내리듯, 태원이는 내가 원하는 대로 완전 180도 리듬을 바꿔 후렴에다 연결시키는 것이었다. 한마디로 죽음의 멜로디였다. 그때 나는 속으로 생각했다. '세상에, 이런 천재가 내 앞에 있다니 설마 꿈은 아니겠지…….' 이렇게 '비와 친구의 이야기'에서 '비와 당신의 이야기'로 곡은 재탄생한다.

그런데 여기서부터 앞서 언급한 문제가 발생한다. 김태원이 '비당'에 집착하는 것이다. 1집 데뷔를 앞두고 타이틀곡을 선정할 때도, 심지어는 '희야'를 타이틀곡으로 쓸 때도 '비와 당신의 이야기'를 거론한다. '인형의 부활'이란 곡까지 타이틀로 하자고 고집한다. '인형의 부활'은 메트로놈 210 이상의 속주곡이다. 그러니까 헤비한 사운드로 [시나위]의 '크게 라디오를 켜고'에 대항해서 국내 메탈팬들에게 음악적으로 뭔가를 보여주자는 것이다.

물론 곡이야 더없이 훌륭하다. 차이코프스키의 '호두까기 인형'을 편곡해서 한국적인 헤비메탈을 선보였으니까. 초창기 팬들의 편지 중에서 서울대 음대생들의 극찬을 받은 곡이기도 하다. 사실 이 '인형의 부활'이란 곡도 원제는 '인형의 친구'였다. 가사중간에 '이제는 너에게도 친구가 있네, 인형아!'라는 부분도 나오듯이 본래는 '인형의 친구'였지만 내가 바꿨다. 그룹이름이 부활인데 '인형의 부활'로 가자고. 아무도 토를 달지 않았다. 당시에는 매니저인 내 말이 절대적이었다. 1집에 관한 추억은 여기까지다. 지금 생각해봐도 [부활]1집 타이틀곡으로 '희야'를 결정한 것은 참으로 잘한 일이다. 양홍섭 역시 일등공신이다.

태양은 하나, [부활]의 함장은 김태원

[부활]2집 제작에 앞서 팀에 핵분열이 일어난다. [부활]은 원래 트윈기타다. 키보드 없이 2기타 체제였다. 즉, 기본 기타에 베이스와 드럼 이렇게 기본 3파트다. 음반녹음 때는 세션맨이라는 뮤지션의 도움으로 레코딩을 한다. 이렇게 당시 언더그라운드에서 트윈기타의 독특한 밴드색깔을 자랑했는데 제프 벡이나 랜디 로즈와 같은 기타리프의 속주파 기타리스트로 [부활]에서 퍼스트기타를 맡은, 김태원의 음악적 사형과도 같던 이지웅이 그만 그룹탈퇴를 선언한다. (실제로 김태원은 그를 자신의 기타 사부라고 종종 말한다) 원래부터 음악성 하나만을 고집하는 자존심 강한 이들이기에 회유가 쉽지 않았다. 역시 수차례 만류에도 그 뜻을 꺾지 못했고, 우리는 팀의 새 멤버로 키보드를 영입한다. 한국의 반젤리스 서영진이다. (이지웅은 임재범과 [외인부대]를 결성한다)

투박한 생김새와 달리 감수성이 예민한 그는 [부활]2집 수록곡인 '천국에서' 놀라운 키보드실력을 보이며, 가요사상 최초의 연부작 형태인 '회상3' 앨범제작에도 가담한다. 그후 L군이 솔로로 독립하여 〈마지막 콘서트-회상3〉 앨범을 제작하는 데도 참여하여 역시 20대 청춘이 지닌 싱그럽고도 아름다운 피아노멜로디를 선보인다. 서영진은 [부활] 이후 김민종의 음악사부가 된다.

L군은 1집에서 '희야'의 빅히트와 2집의 음악적 성공으로 영국진출까지 계획하는 등 가요계의 스포트라이트를 한몸에 받으며 당시 이미 김태원보다 그 몸집이 더 커져 있었다. 결국 L군이 [부활]에서 이탈한 데에는 [부활]의 절대자 김태원과의 헤게모니, 즉 그룹의 주도권 쟁탈전이 있었다. 내 기억으로 추측하건대 그렇다는 것이다. 하지만 당시 나는 태원과 L군 사이의 알력을 전혀 몰랐다. 물론 이것은 옳고 그름의 문제는 아니었다. 천하의 L군인들 김태원에게 항명조차 불가한 시절이라 생각했던 것이다. 그러한 둘 사이의 미묘한 갈등을 간과한 것이 내 불찰이라면 불찰이다. 당연히 그것은 인정한다.

하지만 말이다. 다시 그때로 돌아가 판단한다 해도 리드보컬이 인기 좀 얻었다고 [부활]의 전권을 싱어에게 주고 리더인 기타리스트를 버리는 행동은 하지 않을 것이다. 이것은 나의 자존심이다. 즉, 락그룹 [부활]은 김태원을 떠나 존재할 수 없는 개념이다.

김태원과 L군 사이에서 수많은 고민이 오갔지만, 나는 김태원과 함께할 것을 결심했다. 이미 사태가 심각한 지경에 이른 어느 날, L군이 여의도 커피숍으로 필자를 불러냈다.

"강기형! 태원이형과 함께하실 줄 알지만, 그래도 형님이 원하면 제 매니저 일을 계속해주셨으면 합니다."

이건 내가 단 한 자도 잊지 않고 기억하는 내용이다.

"L군, 자네는 그룹의 꽃이니까 여러 기획사에서 러브콜을 하겠지만 국내 음악계에서 누가 락기타리스트에 관심을 갖겠니? 나는 끝까지 김태원과 매니지먼트를 하겠다."

이것도 내 기억의 전부다. 그때 L군의 한마디.

태양은 하나
[부활]의 함장은 김태원!

"네, 이미 그러실 줄 알고 있었습니다."

사실 심적으로 많이 흔들리긴 했지만 쿨하게 보냈다.

이렇게 우린 헤어졌다. 당시 이미 L군과 김태원은 돌이킬 수 없는 상태였고, 그것은 물론 누구의 잘잘못도 아니다. 조건 없이 만나 조건 없이 헤어졌다. 그 시절 다른 밴드들처럼. 싱어이기 전에 [부활]의 한 멤버로서 자유의지에 따른 결정이었다. 그리고 L군은 '안녕이라고 말하지 마'라는 노래처럼 특별히 안녕이란 말없이 제 갈 길을 갔고, 그룹 출신의 솔로가 독립하면 힘들다는 정설을 깨고 최고의 가수가 됐다. [검은 나비]의 최헌이 가수왕에 오른 이후 L군이 '라이브의 황제'에 오른다. 나 개인의 명예스러운 일이 아닌가!

그럼 된 거다.

풍운아 김재기, [부활]을 살리고 '소나기'로 지다

죽음을 예고하듯 처절히 울부짖는 목소리!
단 하나뿐인 김재기의 '사랑할수록'이 탄생하다

    L군이 [부활]에서 빠져나간 뒤, 김태원과 나는 L군을 능가할 만한 가수를 찾기 위해 무려 6년을 기다려야 했다. 인고의 세월을 참고 또 참으면서 말이다.

91년 이른 봄 어느 날, 태원이 기쁨에 차서 말했다.

"형, 찾았어. 불광동에서……. 다름아닌 재기야, 재기. 전 [뉴 리틀 스카이]의 리드보컬이야."

태원이와 나는 그룹의 꽃이라 할 수 있는 리드보컬 김재기를 픽업하여 〈소나기〉라는 황순원의 원작소설을 음악화한다. 마치 김재기 본인의 운명을 암시하듯…….

어느 단편소설 속에 너는 떠오르지
표정없이 미소 짓던 모습들이
그것은 눈부신 색으로 쓰여지다
어느 샌가 아쉬움으로 스쳐지났지……

이렇게 시작되는, 개인적으로 필자가 무척 좋아하는 소설가 황순원의 작품이다. 역시 명곡은 팬들이 알아보는지 즉각 반응이 왔다. 그러나 메가톤급 핵폭발은 단 한 번 부른 곡에서 터져나왔다. 단 한 번에 '가이드 송'으로 부른 노래…….

다시 한 번 비운의 그 당시를 회상해보자. 원래 음반 타이틀곡은 늘 최후에 레코딩하는 것이 순서다. 화룡점정이랄까. 그러나 천재는 요절한다고, '사랑할수록' 취입을 앞두고 전날 밤 김재기가 급작스런 교통사고로 세상을 떠난다. 어지간한 락팬들이라면 다 아는 사실이다. 나는 한밤중 김태원으로부터 비보를 알리는 전화를 받는다. 한마디로 아연실색, 요샛말로 멘붕이었다. L군 이후 무려 6년을 찾아헤매다 건져올린 보컬인데 이럴 수가……. 그렇다고 이대로 주저앉을 수만은 없었다. 비운의 보컬, 김재기의 목소리를 살려야만 했다. 어쩌면 이것이 당시 [부활]의 사명일지도.

그리고 하늘이 무너져도 솟아날 구멍이 있다고 했던가. '가이드 송'으로 부른 데모테이프가 김재기 목소리가 담긴 유일한 희망이었는데, 이때도 김태원의 탁월한 재능이 빛을 발한다. 말하자면 역으로 레코딩 작업을 한 것이다. 베이스와 드럼으로 리듬을 덧입히고, 마지막에 김태원의 기타 에드립으로 더빙하는 방식이었다. 내가 듣기에 그것은 기타사운드가 아니었다. 영혼의 울림이었다.

아니, 처절한 울음소리였다. 김재기는 김태원에게 레슨받을 시간도 없을 정도로 자연상태의 창법이었다. 어찌 보면 죽기 전 가장 절제되면서도 릴렉스한 창법이 아니었을까? 수많은 가수들이 리메이크했지만 김재기의 '사랑할수록'은 아무도 흉내조차 내지 못했다. 천하의 라이브황제 L군조차 '사랑할수록'은 원곡의 10퍼센트도 표현해내지 못한다. 천공을 뒤흔드는 가사와 멜로디!

이제 너에게 난 아픔이었다는 걸
너를 사랑하면 할수록

단 한 번에 취입한 '사랑할수록'이 빅뱅처럼 터진 것이다. 〈가요톱텐〉 사상 [백두산]이나 [시나위]를 제치고 락그룹으로 2주 정상에 올랐고 그해 10대가수로까지 선정되어, 락그룹으로선 처음 꿈의 무대 '드림콘서트'에까지 참가하게 됐다. 그리고 이어서 마지막 앨범 4집 〈잡념에 관하여〉를 끝으로 나는 쇼비즈니스계를 떠나 제주도로 간다.

말은 쉽지만, [부활] 매니저의 길을 접는 것이 당시로서 결코 쉬운 일은 아니었다. 그러나 불운한 김재기의 죽음에 이어, 4집앨범 〈잡념에 관하여〉가 높은 음악성에 비해 대중성을 잃은 채 비틀거리고 있는 사이, 나의 가정 또한 불협화음 속에서 갈 길을 잃고 있었다.

나는 진지하게 고민하고 선택해야 했다. [부활]의 매니저로서 앞으로 내가 할 수 있는 일이 아직도 남아 있는지……. 한때 [비틀즈]의 매니저 브라이언 엡스타인을 흉내내거나 [레드 제플린]의 매니저 피터 그랜트를 따라 해보며 내가 발휘할 수 있는 매니저로서의 기질을 백분, 아니 그 이상 발휘해보았다. 그 결과 무명의 [부활]을 대중들 앞에 우뚝 세울 수 있었다. 그것으로 충분하지 않은가. 그리고 무엇보다 김태원, 김종서, 김재기 등 당대 최고의 락커들을 만날 수 있었다는 점에 감사한다. 앞으로 이러한 행운이 내게 다시 올 수 있을까. 절대 그런 행운은 다시 오지 않는다는 것을 어쩌면 이미 오래전부터 알고 있었는지 모른다. 나는 정말로 비장한 마음으로 결정했다. [부활]의 매니저로서의 삶은 여기까지라고, 이것으로 충분하다고……. 이제 내게 남아 있는 것이 무엇인가. 소외되고 방치되어 있던 가정…… 내 아들, 범이를 위해 온전히 바쳐져야 함이 내 운명임을 직감했다.

어쨌든 자의든 타의든 이전에 몸담았던 세계와는 전혀 다른 또 하나의 세계 '바람의 그린'에서 나를 기다리는 아들을 위해 다시 길을 떠난다.

그리고 보니 학창시절이 생각난다. 고등학교 때에도 탁구나 당구 잘 치는 아이들을 불러모아 함께 합숙훈련하며 매치플레이를 시켰던 기억이 난다. 이럴 때는 내게 남다른 조련사기질이 있는 게 아닐까 자신

감을 가져본다. 마치 '공포의 외인구단'의 손병호 감독처럼. (난 다시 태어난다면 야구감독이 꿈이다)

프로골퍼를 향한 무모한 도전! 아들이 그린에서 마음껏 태양을 향해 도전 샷을 날리는 장면을 언젠가는 보리라 확신한다. 그런데 이런 내 마음을 이미 알고 있는 한 사람이 있다. 바로 김태원이다.

언젠가 태원이가 아들 일로 내가 힘들어할 때 해준 말이 새록새록 생각난다.

"강기형, 돌아올 겁니다. 아들을 믿어요, 믿어야만 해요. 조카 범이는 틀림없이 프로골퍼가 될 거예요……"

(내 아들 범이를 조카로 불러주니 정말 고마웠다. 이것은 사춘기 감수성 예민한 아들이 슬럼프에 빠져 힘들어할 때 김태원이 내게 최고의 용기를 준 전화내용이다)

그는 2014년 역삼동 고급 한정식집에서 프로골퍼가 된 아들의 스물여섯 번째 생일을 직접 축하해주었다. 참으로 의리의 사나이다.

나는 참 행복한 [부활] 매니저였다.

이 땅의 락커들이여, 끝까지 포기하지 말고 살아남아라!

앞으로 전개되는 이야기는 프로골퍼 입문기! 어린 아들을 데리고 아버지로서가 아니고 매니저로서 좌충우돌 골프에 입문시키는 과정을 담고자 한다. 이제부터는 [부활]의 매니저가 아닌 골프매니저의 길이다. 나는 감독인 것이다.

연습이 필요한 사람일수록
연습에 게으르다

벤 호건(Ben Hogan 1912-1997) 메이저대회 9회, PGA 총 63회 우승. 현대골프 스윙의 원조이며 왼손잡이 골퍼다. 《모던골프 The Modern Fundamentals of Golf》의 저자다. 교통사고의 후유증을 초인적 재활을 통해 재기에 성공한다. 골프전문기자 댄 젠킨스가 인정한 최고의 골퍼.

골프는 아침에 자신을
얻었다고 생각하면
저녁에는 자신을
잃게 하는 게임이다

해리 바든(Herry Vardon 1879-1937) 영국 출신 1세대 레전드 프로골퍼. '바든 그립'의 개발자. 20세에 프로골퍼에 입문, 6차례에 걸쳐 영국오픈과 미국오픈에서 우승했다. 미국의 아마추어 골퍼 '프란시스 위멧'과 '지상 최고의 명승부'를 연출했다. J.브레이드와 J.테일러와 함께 '위대한 3거두로 일컬어졌다. 중거리와 원거리 타격기술에 큰 혁신을 주었다. 매년 평균타수가 최고인 선수에게 '바든 트로피'가 주어진다.

드라이버는 쇼, 퍼팅은 머니

보비 로크(Bobby Locke 1917~1987) 남아공 골프수선공의 아들. 《전영오픈 골프선수권대회》일명 '디 오픈에서 49, 50, 52, 57회 등 4회 우승을 기록했다. 미국에 초청되어 샘 스니드와 16전 12승 2무 2패로 압도적인 승리를 거뒀다. 1945년 한 해 '쓰리퍼팅'이란 전무한 기록을 남겼다. '드라이버는 쇼, 퍼트는 머니'라는 명언을 남겼다.

2부

보육원출신 프로골퍼
탄생이야기

수호천사 조카 '세라'의 탄생

1974년 고등학교 3학년때 일이다. 언제나처럼 학교수업을 마치고 소형 트랜지스터라디오 다이얼을 AFKN '아메리칸 톱 40(DJ 게이시 케이슨)'에 맞춘 뒤 이어폰을 끼고 음악을 들으며 집으로 돌아오던 날이었다.

집안에 들어서자마자 전화벨이 울린다. 형수님이 입원해 있는 산부인과 병원으로부터였다. 산모(형수)가 산통이 있으니 가족 중 누구라도 빨리 병원으로 와주었으면 하는 황급한 내용이었다. 아마도 형수님 산통이 예정보다 빨랐던 모양이다. 그런데 어쩌지…… 그날따라 집안어른들은 일이 생겨 갑자기 시골본가에 내려갔고 형님마저 직장에 출근한 상태였다. 집에는 나밖에 아무도 없었다. 나는 수화기를 내려놓자마자 서둘러 병원으로 달려갔다.

병원에 도착해서 제일 먼저 새 생명, 조카의 얼굴을 봤다. 아기천사였다. 졸지에 내가 형수님의 산후조리를 하게 된다. 산모에게 뭐가 좋고 나쁜 건지 알 리 없는 나는 다만 찌는 듯한 삼복더위에 형수님 시원하라고 산모에게는 금기인 삼강하드 하나와 약과 한 봉지를 사다드렸다. 지금 생각해도 식은땀이 난다. 가끔 형수님은 그때 일을 생각하며 웃으시곤 했다.

"서방님이 사다주신 그 아이스크림 세상에서 가장 달고, 시원하고, 맛있었어요."

그렇게 조카 세라의 탄생은 나에게 각별했다. 내 어릴 적 조카(백세라)에 대한 단상은 기억력이 영민하고 천사같이 해맑은, 커가면서도 예의바르고 찬송가를 아주 곱디곱게 잘도 불렀던 아이였다는 것이다. 이것이 조카에 대한 내 기억의 전부다.

그리고 조카가 수호천사가 되어 하늘로 올라간 날은 1992년 4월 1일이다. 거짓말 같은 만우절날 세라는 저세상으로 연기처럼 사라졌다.

불현듯 웬 조카의 죽음이야기인가 하겠지만, 내가 [부활]의 매니저 일을 접고 어떻게 골프매니저의 길로 들어섰는지, 게다가 내 아들의 이상(?)하고도 기상천외한 골프 입문기에 대해 얘기하자면 역시 형님과 죽은 조카의 사연을 짚고 넘어가지 않을 수 없다.

이것이 형님과 내 인생의 터닝 포인트로 작용하게 될 줄은 그 당시로서는 전혀 예감할 수 없었다. 이제 믿을 수 없을 만큼 단순하면서도 끝없이 복잡하기만 한 골프가 내 인생의 마지막 화두가 되어가고 있었다.

조카 세라의 운명, 그 슬픈 전주곡

1992년 봄빛이 유난히 따사롭던 날, 조카의 비보를 듣게 된다.

(따르릉 따르릉)

"여보세요."

"어, 형 어쩐 일예요?"

"뭐라고요? 세라가……"

순간 망치로 머리를 얻어맞은 듯 멍했다. 조카가 교통사고로 죽었다는 형님의 전화를 받고 병원으로 달리는 택시 안에서 이 엄청난 현실이 제발 거짓말이길 기도했다. 천호동 길병원으로 들어서며 창백하신 형수님, 어머니 아버지 가족 모두의 허탈한 모습이 눈에 들어왔다.

정확히 1992년 교통사고 전화를 받기 한 달 전쯤인 3·1절 날만 해도 형님이 기뻐하시며 내게 전화했었다. "야, 아우야? 이젠 고생 끝난 것 같다……." 그렇게 행복해하던 모습이 역력히 남아 있는데. 당시 조카 백세라는 공주금성여고 3학년 재학 중이었고, 박세리 역시 같은 금성여고 1학년 재학 중으로 그녀는 이미 초등학교 시절부터 모든 대회를 제패하며 명실공히 한국주니어의 최강자로 주목받고 있었다. 반면 조카 백세라는 고등학교 1학년 2학기 때부터 뒤늦게 골프를 시작했다. 그러나 불과 2년 만에 언더파*를 기록하며 단시간에 급성장하여 박세리의 아성에 가장 위협적인 존재로 부각되었다.

게다가 지금은 고인이 되었지만, 한류골프 원조 구옥희* 프로는 일본에서 막 귀국하자마자 조카 세라를 자신의 내제자(스승의 집에서 숙식을 하며 지도를 받는 것) 1호로 삼겠노라고 친히 형님에게 전화를 했을 정도다. 또한 사고가 있기 전날, 3월 31일은 형님과 형수님의 결혼기념일이었다.

이런 것을 운명이라 하는가. 원래 카레이서급 운전실력을 뽐내던 형님은 운전대를 남에게 넘기는 법이 없다. 특히 딸의 골프훈련 때는 절대적이었다. 그런데 두 분의 18주년 결혼기념일 날, 형님은 첨으로 운전대를 남에게 맡기며 조카의 새벽라운딩을 부탁하고 형수와의 약속으로 귀가를 한 것이다.

하필이면 그날, 새벽 연습라운딩을 하러 유성컨트리클럽으로 가던 중 화물차와 정면충돌, 조카 세라를 비롯한 전원이 사망하는 비극을 초래한다. 그것도 모 선수가 차를 바꿔타자는 말에 아무 생각없이 옮겨탄 차에서였다. 당시 아들녀석 범이가 4살 때였다.

지금 내 아들 골프하는 걸 지켜보면서 조카 백세라, 정말 대단했구나! 하고 새삼 느낄 때가 많다. 초등학교 때부터 골프를 시작한 아들 범이는 최초로 언더스코어를 낸 것이 그로부터 7년인가 8년 만인 고3 때의 기록이었다. 객관적으로 비교해봐도 조카 세라의 실력이 얼마나 대단했는지 헤아릴 수 있다. 다만 아쉽다면 당시는 가족들조차 세라의 진가를 정말 몰랐다는 사실이다. 그만큼 무관심했었다고나 할까.

* 일반적 18홀을 기준으로 72타는 이븐, 언더파는 이븐보다 적게 치는 타수.

조카 세라를 자신의 내제자로 삼으려 했던
한국 최초의 여자프로골퍼 1호 구옥희

● 故 **구옥희(1956~2013)** 연덕춘 프로는 한국 남자프로골퍼 1호다. 구옥희 프로는
여자프로골퍼 1호다. 경기도 연천군 출생. 그녀는 외국의 전설적 프로골퍼처럼 어릴
적부터 캐디 일을 하며 독학으로 골프를 배워 대한민국 최초의 여자프로골퍼가 된다.
당시 전체 여자골프대회 수가 1년에 대여섯 개에 불과하던 시절, 1979년부터 1983
년까지 5년간 무려 16승을 거둔다. 구옥희의 독무대였다. 당연히 좁은 국내무대를 떠
나 일본으로 건너간 그녀는 2005년까지 JPGA 23회의 빛나는 우승성적을 거둔다.
박세리 프로보다도 10년 먼저 1988년 미국 여자프로골프투어를 노크하여 '스탠더드
레제스터' 대회에 출전, 한국인 최초로 우승을 거두지만 신군부의 88올림픽 유치성
적에 묻혀 세인의 주목을 받지 못한다. 2004년 한국 여자프로골프 명예의 전당 1호
로 입회되었고, KLPGA 제11대 회장직을 역임했다.

위 사진은 일본 골프지 〈Par on〉에 실린 구옥희 모습. 2013년 7월 11일 21시 10분
에 구옥희 프로가 서거했음을 정확히 전하고 있다, 덧붙여 많은 한국선수들이 일본투
어에 출전해왔지만, 그 선구자적 존재였음에 이견이 없다.

지금도 눈에 선하다. 구옥희 프로의 첫 번째 제자가 되었노라며 기뻐하던 형님 모습이. 그러니 어느 날 갑자기 사고로 죽은 딸을 가슴에 묻어야 했던 부모 심정이 어떠했겠는가. 아마도 내 추측컨대 형님은 이때부터 신학대학에 입학하여 목회자 길을 걸으려고 작정하셨던 것 같다. 그리고 또 한 가지, 역시 이때부터 세상에 단 하나밖에 존재하지 않는 골프단을 창단할 생각을 품으셨던 것 같다.

말이 씨가 된 날은 정확히 조카의 죽음 1주기를 맞은 1993년 4월 1일이었다. 원래 결혼도 안 한 아이의 무덤을 쓰는 것은 법도에 어긋나지만 그렇게 해서라도 딸을 만나고픈 형님내외를 위해서 완고하신 문중어른들을 설득, 충남 서천 선산땅 양지 바른 곳에 조카무덤을 마련했다. 비석에는 골프클럽과 골프공을 새겨넣어주었다. 천국에서 천사들과 마음껏 '구름라운딩 하라'는 의미를 담아서……. 그때 조카 1주년 기일 때, 나는 별 의미 없이 툭, 형님에게 한마디 던졌다.

"형, 정말 골프에 미련 있으면 범이를 한번 시켜봐."

아들 범이녀석 겨우 5살 때였다.

삶은 그랬다. 축복된 탄생, 예고 없는 파국, 이제 모든 게 끝인가 싶지만, 뜻하지 않은 곳에서 삶은 다시 새롭게 시작되었다. 형님의 삶도 나의 삶도……. 마치 조카가 수호천사로 내 아들의 삶도 새롭게 지켜보는 듯했다.

타이거 우즈인가, 벤 호건인가

조카 세라 이야기를 더 해야겠다. 호랑이해인 1974년 세라가 태어나고, 그 1년 후인 1975년 토끼해에 골프계에는 아주 특출난 선수가 태어난다. 천재골퍼 검은 호랑이가 태평양 너머에서 탄생한 것이다. 그는 18홀 녹색의 천하를 포효하며 그린을 완전 장악, 전 세계 골프팬들을 경악시켰고 팬들은 열광했다. 세계를 뒤흔든 골프황제, 그는 타이거 우즈다. (이 글을 쓰는 시점에서는 아쉽게도 종이호랑이로 전락했지만)

거듭 거듭 강조하지만 조카가 태어난 호랑이해인 1974년 바로 그 다음해인 토끼해 1975년에 타이거 우즈가 태어난 것이다. 굳이 타이거 우즈와 조카의 탄생을 결부시키며 의미를 부여하는 내 자신이 다소 억지스럽기도 하다. 그렇다고 필자가 운명론자는 아니다. 그러나 가끔 아주 가끔은 운명론자가 되어 홀로 상상의 나래를 펴본다. 죽은 조카도 우즈가 태어난 1975년 그해에 태어났다면 어땠을까. 천하를 포효하며 살 수 있었지 않았을까? 타이거 우즈와 동시대의 리듬을 타지 않았을까? 하고 말이다.

여기서 타이거 우즈에 대해 잠시 살펴보자. 2013년 골프뉴스에 따르면 역대 16인의 최고골퍼 선정투표*에서 타이거 우즈는 잭 니클라우스를 제치고 영예의 최고골퍼로 떠오른다. 후보에 오른 선수는 타이거

역대 최강의 골퍼는 누구인가?
왜 '벤 호건'이 최고인가?
그가 활동하던 1930년대에는
열악한 환경에서 지금보다 더 기발하고
창의적인 플레이를 펼쳐야 했다.

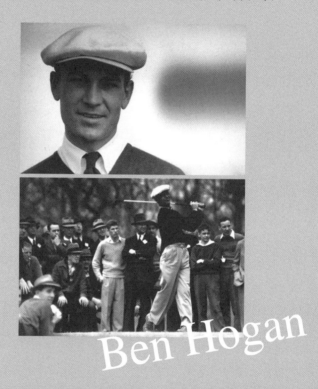

Ben Hogan

- 2013년 설문조사에서 우즈는 1회전에서 바예스테로스, 2회전에서 왓슨을 나란히 79~21%의 압도적인 차이로 제치고 4강에 올랐고 준결승에서는 벤 호건을 64.5~35.5%로 따돌렸다. 니클라우스는 1회전에서 미켈슨, 2회전에서 플레이어를 연달아 93~7%로 완파하고 4강에 진출했다. 4강에서도 아마골프의 구성, 보비 존스를 74.9~25.1%로 꺾고 승승장구했지만 결승에서 우즈의 벽을 넘지 못했다. 최고의 황제자리는 타이거 우즈였다. (2013년 2월 20일 연합뉴스)

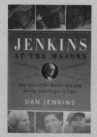

- 댄 젠킨스는 60년의 기자생활 동안 200번이 넘는 메이저대회를 직접 참관하고 취재했던 자신의 기사들을 바탕으로 골프저서 〈메이저대회 60년의 현장기록: 벤 호건에서 타이거 우즈까지(Jenkins at the Majors: Sixty Years of the World's Best Golf Writing, from Hogan to Tiger)〉를 출간하여 보비 존스, 벤 호건, 샘 스니드, 바이런 넬슨, 잭 니클라우스, 아놀드 파머, 타이거 우즈, 필 미켈슨 등 전설적인 골퍼들의 메이저대회 경기와 그 이면의 다양하고 흥미진진한 일화들을 전하고 있다. 출판기념으로 가진 미국의 유력 일간지인 《USA 투데이지》와의 인터뷰에서 벤 호건이 최강의 골퍼라고 자신의 의견을 밝히기도 했다.

우즈와 잭 니클라우스를 비롯하여 월터 하겐(또는 월터 헤이건), 보비 존스, 진 사라젠, 샘 스니드, 바이런 넬슨, 아놀드 파머, 빌리 캐스퍼, 게리 플레이어, 리 트레비노, 톰 왓슨, 세베 바예스테로스, 닉 팔도, 필 미켈슨, 벤 호건 등 16명이었다. 최종 결승투표에서 우즈와 맞붙은 선수는 니클라우스였다. 구성球聖 보비 존스를 꺾고 올라온 니클라우스였지만 결승에서 우즈의 벽을 넘지 못하고 최고의 황제자리를 그에게 넘겨줘야 했다.

이렇게 설문조사에서는 우즈가 골프 최강임을 입증하고 있지만, 필자의 견해는 좀 다르다. 미국 최고의 골프전문기자로 활약해온 댄 젠킨스Dan Jenkins*는 한 인터뷰에서 이렇게 말했다. "타이거 우즈는 최고 퍼터일 뿐이다. 벤 호건은 잭 니클라우스도 인정하듯이 모든 샷에 뛰어났다. 잭 니클라우스는 내가 지금까지 본 최고의 승부사이지만 골프 실력만큼은 벤 호건이 최고였다."

나는 이 점에 주목하는 것이다. 왜 벤 호건이 최고인가? 요즘은 골프장의 페어웨이나 그린관리가 잘 되어 있어 골퍼들은 단지 경기에만 집중하면 되지만, 예전에는 훨씬 열악한 환경에서 경기를 치른데다 그 규칙도 달라 당시 선수들은 지금보다 더 기발하고 창의적인 플레이를 펼쳐야 했다. 예를 들어 초창기 시합때는 그린에서 공을 주워 닦는 것이 금지되어 있어 진흙이 잔뜩 묻은 공으로 퍼팅을 해야 했고, 그린 주변은 제대로 관리하지 않아 온통 잡초가 무성했다고 한다. 이것은 경기 외적인 엄청난 차이다.

참고로 니클라우스는 메이저대회에서 18차례나 우승해 이 부문 최다기록 보유자다(우즈는 메이저 14회 우승, 2위). 우즈가 못 깬 기록이 하나 더 있다. 샘 스니드 기록이다. 그는 PGA 통산 82승이지만 우즈는 PGA 79승으로 역시 2위다. 타이거 우즈가 진정한 황제소리를 들으려면 이 두 사람의 기록을 갱신해야 할 것이다.

따지고 보면, 내가 이렇게 골프에 지대한 관심을 가지게 된 것도 물론 조카의 죽음 때문이다. 비록 그린의 바람을 읽을 수는 없지만, 왜 골프여야 했을까? 일평생 의문부호를 붙이며 풀어야 할 숙제가 되어갔다. 마침내 골프의 매력에 빠져든 나는 골프란 게임이 어디에서 비롯되었고, 어떤 운동인지 의문을 품고 이것저것 자료를 뒤지며 연구(?)하기에까지 이르렀다.

그런데 골프의 기원에는 여러 가지 설이 있었다. 이집트와 중국, 한국도 그 기원설을 갖고 있었다. 다소 놀라웠다. 그러나 그 중에서도 가장 납득할 만한 것은 스코틀랜드 양치기들의 심심풀이놀이에서 비롯되었다는 설이다. 여우굴을 향하여 막대기로 휘두른 돌멩이가 한 번에 쏙, 굴 안으로 들어가자 신기하여 다시 쳐보았지만 쉽게 들어가지 않자 계속 휘두르기 시작했다는 것이다. 이처럼 양치기 목동들에 의해 시작된 운동이 골프라는 것인데, 스코틀랜드에서 남녀노소 불문하고 골프가 너무 성행하자 국왕이 골프금지령까지 내렸다고 전해진다.

아이러니다. 양치기목동들이 막대로 즐기던 게임이 지금은 돈이 없으면 즐길 수 없는, 부의 상징 같은 스포츠로 그 존귀함을 뽐내고 있으니 말이다. 전 세계 골프인구는 60억 중 1퍼센트에 해당하는 6천만명 정도이며 골프장 숫자는 현재(2015년 기준) 미국이 1만 6,000개, 영국이 2,756개, 일본이 2,440개, 한국이 약 500개다(중국 급부상중). 새삼 신기한 듯 골프공을 쳐다보았다. 무게는 45.93그램에 큰 공의 지름

4.27센티미터, 작은 공의 지름 4.11센티미터. 이 작은 공이 들어가는 홀컵의 지름은 108밀리미터에 불과하다.

흔히 골프게임의 진수는 '마지막 퍼팅'에 있으며 이것이 골프게임의 또 다른 마력이라고들 한다. 많은 이들이 이 퍼팅에 울고 웃는다. 하나의 게임 안에 또 다른 게임 하나가 숨어 있는 것, 사람들은 여기에서 속칭 '머리에 쥐가 난다'고 표현한다. 아주 진절머리를 친다. 그것이 바로 '퍼팅'이다. 또한 사람들은 말한다. 퍼팅만 아니라면 골프는 정말 해볼 만한 게임이라고. 과연 그럴까? 오히려 그점 때문에 골프의 마력에 빠지는 것은 아닐까? 장갑 벗을 때까지는 결코, 그 누구도 알 수 없는 리듬의 게임! 그래서 골프를 '신의 게임'이라고도 하나보다.

그러고 보니 인생과 골프에는 큰 공통점이 있다. 리듬이라는 것이다. 골프의 기본은 스윙. 스윙은 곧, 음악적 리듬이 선행되어야 한다.

'썸머타임'의 위대한 작곡가 조지 거쉰은 아마추어 골프의 고수인데, 이에 관한 재밌는 에피소드가 있다.

어느 날 컨디션 난조로 골프가 잘 안 되자 거쉰은 혼자 중얼거렸다.

"갑자기 왜 이러지, 뭐가 잘못된 거지?"

옆에 있던 캐디*가 말했다.

"선생님은 리듬감이 없으시네요. 리듬을 전혀 모르시는 것 같아요."

하하, 음악의 리듬 조율사가 골프에서 리듬에 난조를 보이다니, 캐디

• caddie(캐디) 게임중 골퍼에게 도움을 줄 수 있는 유일한 파트너이자 조력자. 위대한 캐디, 스키프 다니엘즈는 진 사라젠을 '디 오픈'에 우승시키고 눈을 감는다. '프로캐디'는 우승 시나리오를 짜는 사람을 일컫는다.

는 진정 거쉰이 음악의 거장임을 몰랐단 말인가. 그런데 나의 조카 세라! 어이하여 그 아이 인생리듬은 어느 날 영영 끊기고 말았는가. 운명으로 받아들이기에는 너무 가엾다.

용감한 형님의 특이한 훈련법

자! 나의 용감한 형님! 지금은 크리스천, 목사의 길을 걷고 있지만 이 양반이 당신의 딸, 죽은 나의 조카를 어떤 식으로 용감하게 트레이닝 시켰는지 회상해보겠다.

어느 추운 설날이었다. 집안식구가 모두 모여 떡국준비를 하며 화기애애한 새벽. 날카로운 파행음 하나!

곤히 잠든 조카를 새벽부터 훈련시키기 위해 나의 친애하는 용감한 형님, 용형께서 고함을 지르며 당신의 딸을 깨우는 소리다. 늘 고된 훈련에 지쳐 있던 조카는 설마 할머니집에 와서까지, 그것도 설날 꼭두새벽부터 러닝을 하게 될 줄은 미처 몰랐을 것이다.

"야, 세라야! 일어나 뛰자. 빨리 일어나. 안 일어나면 물 갖다 뿌린다."

졸린 눈을 비벼가며 세라가 말한다.

"아빠 오늘도…… 하루만 쉬자, 응?"

이때 형님께서는 단호히 거절한다. 옆에서 듣고 있던 내가 한마디 건넸다가 본전도 못 찾는다.

"형! 모처럼 할머니집에 왔는데 하루 좀 쉬게 해. 하루 쉰다고 덧나우."

"얌마, 넌 알지도 못 하면 가만있어. 골프는 하루를 쉬면 하늘이 알고, 이틀을 쉬면 자신이 알고, 사흘을 쉬면 갤러리들이 알아."

뭔 러리? 골프어록을 처음 듣는 순간이었다.

잠이 덜 깬 조카는 아빠의 강압에 할머니를 보며 구원요청을 한다.

"할머니! 아빠에게 하루만 쉬게 말해줘, 응? 오늘 설날이잖아. 하루
만……."

보다 못한 할머니께서 "아범아, 설날인데 하루만 쉬게 하렴!" 한다.

어림도 없다. 부모님 말씀은 여간해서 거역하지 않는 지극한 효자인
데도 이건 예외다.

"어머니, 세라가 골프를 늦게 시작해서 안 돼요. 골프만큼은 아무 말
마세요."

하고는 조카를 무지막지하게 끌고 야산으로 향한다. 그때 방을 나서
며 걸치던 형님의 야전잠바 주머니에서 잔돌들이 무수히 떨어진다. 옆
에서 지켜보던 내가 "형, 그건 뭐요?" 하고 물어보니 대답이 가관이다.

"아~ 이거? 골프공이 비싸잖냐? 볼 대신 이 돌을 약수터에서 산위로

고등학교 1학년 2학기 때부터 뒤늦게 골프를 시작, 불과 2년
만에 언더파를 기록하며 단시간에 박세리 아성에 가장 위협적인
존재로 부각되었던 조카 백세라. 구옥희가 내제자 1호로 삼으려
했던 골프유망주 조카 백세라의 살아생전 모습.

날려보내는 거야."

(아…… 졌다!)

나도 동생으로서 제법 용감하다는 소릴 듣고 자랐으며 전투적인 성향이 있다만 정말 이 양반, 나의 용감한 형, 아니 목사님의 용맹성은 아무도 못 말린다. 그리고는 골프채, 아니 쇠파이프를 꺼내들고 아직 동도 안 튼 이른 새벽 약수터를 향해 뛰어가는 것이다.

수도파이프를 적당히 잘라 그 끝에 ㄴ자 연결고리를 단 그야말로 지구상에 듣도 보도 못한 최신형 드라이버다. 조카의 골프는 쇠파이프 드라이버로 그렇게 시작됐던 것이다.

새벽훈련이 간단히 워킹 정도면 되지 무슨 살인적인 전지훈련도 아니고, 온통 땀에 절어 부녀가 들어온다. 온 가족이 모인 아침식탁에서 형에게 질문을 던졌다.

"아니 형! 갑자기 세라 골프는 어찌 시킨 거요?" 그러자 또 품안에서 무슨 책 하나를 꺼내드는 것이었다. 반으로 구겨진 채 다 떨어진 너덜너덜한 그림책 한 권이었다. 그것은 다름 아닌 벤 호건의 현대골프교습서 〈모던 골프〉였다.

"이건 뭐유?" 내가 물으니,

"아~ 이거? 형이 고물상에서 우연히 발견했는데 이거 해볼 만한 운동이더라. 형이 자치기운동 하나는 끝내주잖니?" 한다.

(소사 소사 맙소사!) 골프를 자치기에 비유하다니, 골프가 아무리 양치기들의 막대기로 시작되었다지만, 한마디로 형님에게 졌다. 결국 형이 말한 하루를 쉬면 누가 알고, 이틀을 쉬면 누가 알고, 사흘을 쉬면 동네개나 소나 다 안다는 이 골프어록은 바로 벤 호건의 말이었다. 현대골

프의 아버지로 불리는 벤 호건의 골프명언이었던 것이다.

재미난 사실 하나는 기타의 G3(에릭 클랩튼, 지미 페이지, 제프 벡)처럼 골프에도 G3가 있다는 것. 바로 벤 호건과, 동시대(1912년)에 태어나 치열하게 자웅을 겨뤘던 바이런 넬슨* 그리고 샘 스니드*다. 그러나 필자는 1949년 교통사고를 당하고 초인적인 재활훈련으로 부활하여 1950년 US오픈을 제패한 벤 호건이 그 중 으뜸이라고, 감히 댄 젠킨스 의견과 궤를 같이한다. 벤 호건은 마치 영국 기타의 신 에릭 클랩튼과 같다고나 할까. 중요한 것은 벤 호건의 현대스윙이 없었다면 잭 니클라우스나 타이거 우즈의 스윙도 없었을 것이다.

이 벤 호건의 골프교습서가 훗날 11살짜리 어린 아들 범이의 무공수련서가 되었다니, 세상 참 아이러니하다. 따지고 보면 형님이 고물상에서 주워보았던 그 골프교습서 아니던가.

그러나 이때까지도 아마추어 구성, 보비 존스의 말처럼 '신의 게임'이라는 골프는 나와 내 아들과는 아무 상관없는 것이었다. 4월 1일 바람과 함께 사라져버린 조카의 죽음 1주기때, 왜 그날따라 나는 형님에게 범이를 골프 한번 시켜보지 않겠느냐고 권유했던 것일까. 당시를 떠올릴 때면 아직도 기억이 가물거린다. 옆에서 잠자코 듣던 형수님은 울음을 터트리셨다. 그리곤 다시는 골프의 '골'자도 꺼내지 말라며 한없이 울고 계셨다. 말 꺼낸 내가 민망할 정도로 서럽게 서럽게 우시는 것이었다. 그때 곁에서 조용히 내 말을 듣고 있던 형님은 어떻게 받아들이셨는지 잘 모르겠지만, 이후 몇 년이 지나 아들녀석은 정말 골프를 시작하게 된다. 숙명처럼…….

바이런 넬슨Byron Nelson

벤 호건, 바이런 넬슨, 샘 스니드 모두 1912년생이다.
넬슨은 미국의 프로골퍼로 PGA투어 총54회 우승했다.
구도자적 골프를 했으며 34세 조기은퇴 후, 농장주인으로 일했다.
골프해설자로도 활동했다. 2013년 우리나라의 배상문 선수가
'바이런넬슨배대회'에서 우승했다. 2006년 타계.

샘 스니드Sam Snead

미국의 프로골퍼로 PGA 82승으로 최다승 기록!
'골프는 스윙, 스윙은 리듬이다'라는 말을 남겼으며
춤의 리듬을 사랑한 최강의 프로골퍼. 2005년 타계.

이별 후, 골프매니저 길로 향하다

1997년 벤 호건이 사망하던 해 나는 아내와 헤어진다. 내 나이 29세에 당시 19세이던 무명 락밴드 [디엔드]의 기타리스트 김태원을 만나는 천운으로 공전의 히트를 기록하면서 반짝 인기를 누려도 봤지만 그 영광도 잠시……

당시 가요계는 카세트테이프와 블랙 디스크(LP앨범)에서 CD로 넘어가던 아날로그 뮤직의 마지막 시절이고 디지털음악이 시작되던 시기였다. 소위 테크노 댄스뮤직이 가요판 전체를 장악하던 때, 히트곡 한두 개의 락밴드매니저로는 생활이 어려웠던 시절이다. 이름 좀 알 만한 톱밴드의 멤버들도 인기에 비해 형편이 넉넉지 않았고, 이를 입증하듯 이합집산의 형태로 멤버들 탈퇴가 빈번한 시절이었다. 하물며 무명밴드들의 존립은 더 열악하고 심각했다. 그룹을 결성하고도 라이브 콘서트 한번 제대로 못하고 해체하는 밴드가 태반이었다.

그런 시절 특정 락밴드와 함께한 세월, 1984년에 만나 1996년까지 10년 넘게 4장의 앨범을 프로듀스한 것만도 내겐 자랑스럽고 영광스러운 일이었다.

그러나 고백컨대 가정에는 소홀했다. 마지막 4집 F앨범 〈기억상실〉이 가장 음악적으로 완성도가 뛰어난 명반이지만 그 난해함 때문에 흥행에 참패한다. 남편이라는 자가 가장의 본분을 잊은 채, 마치 밴드멤버의 일원으로 행동하는 것을 본 아내는 일정치 않는 수입에 환멸을 느꼈을 거다. 경제력을 잃은 남편보다는 무질서한 가요계 생활에 염증을 느낀 아내가 이혼을 요구했을 때 나는 감히 한마디도 거부할 수 없었다. 절망 그 자체였다.

결국 [부활]4집을 끝으로 매니저생활을 청산하고 아내와 이혼한다. 1997년 가정법원에서 도장을 찍고 나오는 순간, 문득 유행가 가사가 생각났다. '님'이라는 글자에 점 하나 찍으니 '남'이 되어버렸다는……. 이혼후 내 인생 최대의 암흑기를 맞이했다. 삶으로부터 영원히 자유롭고 싶을 정도로 생활은 피폐해갔다. 한때 잠든 아들과 딸아이 얼굴을 바라보며 극단적인 생각도 했었다. 다시 살아야 한다며 마음을 되잡고 다짐 또 다짐했던 나날이었다. 부끄러운 기억이지만 당시 아이들은 초등학교 1학년, 2학년 때였다.

1999년 한 세기가 끝나갈 즈음 경제적으로는 완전 파산상태였다. 나는 다시 새로운 환경에 적응해야 했다. 그런데 그 새 환경이란 아이러니하게도 돈이 가장 많이 든다는 녹색의 세계, 그린green이라는 대자연의 스테이지였다. 바로 골프다.

신은 한쪽 문이 닫히면 다른 한쪽을 열어놓는다고 하던가. 더 이상 망설일 여유가 없었다. 나는 락밴드매니저가 아닌, 골프매니저로 나서는 데 주저하지 않았다. 골프는 절망의 끝에서 피어난 희망의 꽃으로 내게 다가왔다. 새로운 삶으로 향하는 열정의 길, 바람의 길, 골프로 향하는 길에 내 가슴은 다시 뛰기 시작했다.

충청도보육원에서 처음 골프채를 잡다

이제부터는 3곳의 보육원(?)을 돌며 골프 문외한이었던 필자가 아들을 KPGA 프로골퍼에 입문시키는 과정을 담은 골프도전기다.

구옥희 프로의 1988년 LPGA 최초 우승 10년 후, 1998년 박세리 프로의 맨발의 투혼으로 온 나라에 골프광풍이 불었던 그 이듬해인 1999년, 아들녀석이 초등학교 4학년 여름방학을 맞이할 무렵이다. 아내와 이혼하고 혼자 된 나에게 형님이 엉뚱한 제의를 해온다. 제법 세월이 지나 정확히 기억나지는 않지만, 다음과 같은 내용으로 형과 이야기를 나누었다. 그것은 어둠속의 한 줄기 빛처럼 희망으로 다가왔다. (그때 형님은 딸이 죽은 후 신학대를 졸업하고 목사가 되었다)

"아우야, 형이 보육원골프단 하나 만들려고 하는데 좀 도와줘야겠다."

"보육원요…… 아니 보육원은 뭐고 골프단은 뭐요? 무슨 보육원에서 골프를 한다는 겁니까?"

"충청도 연산에 있는 보육원 유창학 원장님 알지? 외삼촌이 운영하시는 고아원 말이야. 아, 지금은 고아원 대신 보육원이라고 하지."

"예, 말씀은 들었죠. 나는 친척왕래가 없어 잘 모르지만, 논산 어디선가 보육원을 운영하신다고 이야긴 들었죠."

"그래, 바로 거기 외삼촌이 운영하는 곳, 아는구나."

그런데 보육원에서 골프를? 이것이 어떻게 가능한지 형에게 묻지 않을 수 없었다.

 "형, 골프를 가르치려면 돈이 많이 들 텐데 경제적 재원은 어디서 마련해?"

 형은 침착하게, 목사님답게 하나님을 끌어들였다.

 "나도 몰라. 그냥 갑자기 하늘에서 하나님이 걱정하지 말고 창단부터 하라고 하시는 것 같다."

 "뭐요? 누, 누구요……?"

 "어…… 하나님아버지. 그리고 세라도 하늘나라에서 아빠! 나 대신 부모 없는 아이들 골프 가르쳐봐, 그러는 것 같아."

 나 원 참, 어이가 없어도 한참 없었다. 그러더니 덧붙이는 형님 말씀.

 "그리고 너도 이혼하고 혼자 애들 키우기 힘들고 하니, 이참에 네 아들 범이도 충청도보육원에 입소시켜서 골프를 가르쳐보자."

 도대체 이 양반, 어디까지 생각한 거야. 이것이 가당키나 한 얘기인가? 그러나 믿기지 않는 이 얘기가 현실로 이어지기까지는 그리 많은 시간이 걸리지 않았다. 이미 내 가슴은 뭔가 기적이 일어날 것 같은 알 수 없는 기대감으로 뛰기 시작했다. 과연 보육원에서 아들 범이에게 어떻게 골프를 가르친다지? 결단을 내리기 전 이에 대한 확신이 필요했다. 아니, 확신을 해야만 했다. 서둘러 외삼촌이 운영하는 논산군 연산면의 보육원으로 내려갔다. 지금도 충청보육원하면 기억나는 것은 사무실문을 들어서면 바로 벽 중앙 정면에 걸린 사각액자, 그 속에 담긴 '보육원의 유래'다. 그 내용은 다음과 같다. 여기서 '보육원'이란 '고아원'을 개명한 것이다. (지금은 ○○의집으로 고쳐쓴다)

보육원保育院의 유래

고아원을 고친 이름이다. 보육원은 그리스·로마 시대부터 있었으며, 중세에는 교회·사원·길드(guild)·자선단체 등에서 설치하여 운영하였다. 현대적 고아수용 시설의 시초는 1698년 A. H. 프랑케가 할레에 설립한 것으로 독일 각지에 고아원의 개설을 촉진시켰다. 18세기 페스탈로치가 실시한 고아교육사업은 전 유럽의 주목을 끌었다. 한국의 경우는 이미 고려시대에 고아를 사원에 집단수용하여 보호하거나 중으로 양성하였던 예가 있었으며, 조선의 현종·숙종·영조·정조 때에는 아동 수양(收養)에 대한 법과 자휼전칙(字恤典則)을 공포하여 유양(留養)·수양한 고아사업을 실시하였다. 현대적 의미의 고아시설로는 조선말인 1888년 프랑스 교회가 지금의 명동 소재 천주교회에 설치·운영한 천주교 고아원을 들 수 있다. 일제강점기 때인 1934년에는 고아원이 23개가 설립되어 2,192명이나 수용하였다. 광복 직후에는 미국 전문가의 내한으로 고아사업이 현대화되었고 광복 당시 33개였던 고아원이 군정 초기에는 96개 시설에 수용인원 약 9,000명으로 늘었다. 또한 중앙청에 고아행정기구를 강화하는 한편 후생시설 설치운영 기준도 대폭 강화하였다. 그후 전쟁 등의 원인으로 1970년에는 430개 고아원 시설에 수용인원 4만 2,155명으로 최고로 늘었다가 1975년 이후 감소하였다.

보육원 수용자는 부모사망·가정빈곤·유기·불량자동화·연고자 행방불명 등이 원인이 되어 발생하며 가출아·기아·미아 등의 순위로 나타난다. 요즈음에는 영아원이나 심신 불구장애자시설, 부랑아시설 등 다른 종류의 시설 증가와 국내외 양부모(養父母)와의 결연사업, 가정위탁 양육사업, 해외 입양사업 등의 확대로 차츰 감소되는 경향에 있다.

한동안 이곳저곳을 응시하고 있는데 외삼촌이 사무실 문을 열고 들어왔다. 나는 멋쩍은 듯 인사를 건넸다.

"안녕하세요? 워, 원장님. 아니, 사⋯⋯삼촌?"

친척이긴 하지만 형님과 달리 나는 아직까지 일면식도 없어 남처럼 어색하기만 했다.

"아! 그래 자네가 둘째인가? 애들 엄마와 헤어졌다는 얘긴 들었네, 애들 혼자 키운다고?"

"아, 예. 그렇게 되었습니다."

"애들 키우기가 힘들어서인가? 아님 운동을 시키려고 그러는가?"

"둘 다입니다."

내 입에서 마치 준비했다는 듯 자연스럽게 튀어나온 대답이었다. 아무리 힘들다 해도 애들을 덜컥 보육원에 맡길 나는 아니었다. 보육원이라니, 감히 상상도 할 수 없는 일이다. 이것이 어떻게 가능한가. 그러나 내 의지대로 진행되는 것처럼 보였던 모든 일은 마치 예정된 수순에 의한 듯 진행되었다. 내 생각과 무관하게 형님께서는 하루라도 빨리 범이에게 골프를 가르쳐야겠다며 보육원골프팀 창단을 서두르고 있었다.

김포의 폐업골프장 자재로 골프팀을 창단하다

담배 한 대 피워 물고 멀거니 당시를 회상해본다. 내 눈에 비친 그 황량한 장면들. 다 쓰러져가는 철구조물에 걸린 그물망이며 땅에 박힌 연습볼, 비에 젖은 쇠징 골프화. 나무로 된 드라이버, 그립도 없는 아이언과 퍼터, 다 떨어진 검은 고무판, 헌장갑 등. 온갖 것들이 아무렇게나 처박혀 있는 연습장은 온통 쓰레기더미다. 말문이 막히는 상황에서 다급하게 형이 재촉한다.

"야, 하나도 빠뜨리지 말고 트럭에 다 실어라."

나는 뭐라 대꾸할 의욕도 상실한 채 '정말 대단하신 나의 형님, 아니 목사님!' 하고 속으로 탄성을 질렀다. 형님은 뭐가 신나는지 연신 재촉이다.

"야, 빨리 실어라."

지금은 이렇게 웃으며 말할 수 있지만, 당시 우리 형제는 이렇듯 보잘것없는 보육원골프단을 창단했다. 그때를 생각하면 정말 친형님이지만 존경심, 경외심이 절로 든다. 그렇다. 시작만큼은 너무도 참혹한 환경이지만, 황무지에 나무를 심는 거룩함이 존재했다. 이때만 해도 앞으로 형님과 내가 단장과 감독으로서 대격돌을 하게 될 줄 예측이나 했겠는가. '나, 보육원골프 단장할 테니 강기 너 감독해라.' 이런 식이었다. 아이들 장난 같기도 하고, 〈공포의 외인구단〉 속 한 장면 같기도 하고.

"아! 알았시다."

"뭐 하나 빠트리지 말고 다 실어라. 니 새끼도 이걸로 연습할 거니까."

참나, 기가 막히고 코가 막힐 일이다. 말이 좋아 중고물품이지 이걸로, 이 쓰레기 같은 골프용품들로 내 아들이 연습을 한다? 그런데 순간, 왠지 이런 왜소한 시작이 앞으로 거대한 뭔가를 이루게 할 근사한 단서가 되리란 상상을 해본다. 꿈은 이렇게 1퍼센트의 가능성으로 시작된다는 것을 여전히 믿고픈 거다.

그러나 결코 쉽지 않은 나날이었다. 밀레니엄이 시작되는 2000년 1월 1일부로 담배를 끊었지만, 그때까지 내내 피우던 담배를 바닥에 내동댕이치면서 절망감에 몸을 떨었다. '엣다, 모르겠다 어떻게 되겠지!' 실제로 그땐 내가 뭘 어찌해야 할지, 앞날이 어떻게 전개될지 알 수 없는 막막한 상황이었다. 그저 답답하고 답답할 뿐, 자포자기 심정이랄까. 그때 또 한마디 기억나는 형님 말씀!

"야, 그래도 김포 골프연습장 사장님이 이런 걸 버리지 않고 다 주셔서 진짜 감사하다. 그렇지 않냐?"

"아! 물론 원론적으로야 고맙죠. 그러나 만일 우리 형제가 필요치 않았다면 다 돈 주고 버려야 할 물건 아닌가요?"

나는 다소 볼멘소리로 답했다.

"넌 이놈아, 그 욱하는 성질부터 고쳐. 고마운 건 고마운 거야."

솔직히 우리 형제가 필요로 해서 가져가기는 하지만 그렇지 않다면 다 난지도 쓰레기장으로 가야 할 폐품들이었다. 그러나 그야말로 무일

푼의 창단, 한 푼이라도 아쉬운 때다보니 폐품이라도 활용해야 했기에 어쩔 수 없었다.

다시 기억은 충청도보육원으로 내려가는 이야기로 이어진다. 앞서 말했듯 김포의 폐업한 골프연습장에서 중고폐품을 긁어모아 트럭 타이어가 펑크 날 정도로 잔뜩 싣고서 보육원으로 향했다. 날은 덥고 트럭은 덜컹거리고, 그 안에 앉아 있는 나는 미래에 대한 불안으로 목구멍은 바짝 타들어가기만 했다. 그런데 우리 짠돌이 형님, 이에 아랑곳 없이 콜라 한 병 사주지 않는다. 여하간 우리는 그럭저럭 보육원에 무사히 도착했다. 그리곤 곧장 보육원사무실에서 원장을 맡고 있는 삼촌과 함께 의논을 했다. 단장을 맡고 있는 형님이 먼저 삼촌(유창학 원장)에게 말을 건넨다.

"인원선발은 어떻게 할까요?"

원장은 전적으로 형을 믿고 맡기려는 듯 말했다.

"자네 알아서 하시게."

당시 나는 대꾸할 힘조차 없어 연신 물만 마시고 있었다. 다시 형님이 단호한 어투로 말을 이었다.

"우선 양부모 없는 아이들부터 합시다."

"그리하게."

아까처럼 삼촌의 짧고 명료한 대답이 있었고 여전히 나는 침묵으로 일관했다. 여기서 잠시 언급하자면 오늘날 보육원이라는 곳은 50, 60년대 전쟁고아들처럼 양친 모두 없는 경우는 드물었다. 70년대 이후 80, 90년대는 교통사고나 부모의 이혼에 의한 가족해체가 가장 큰 문제였다. 양친이 다 살아 있지만 경제활동을 할 수 없는 가정의 아이들이 임시로 생활하게 되는 곳이다. 형편이 나아지면 언제든지 부모가 데려가게 되어 있다. 행여 염려되는 점은 혹시라도 어느 정도 골퍼로 육성시켜 놓으면 부모가 나타나 데려가는 경우다. 그래서 양친 없는 아이를 확인해보았더니 예상외로 달랑 3~4명뿐이었다.

그렇다고 2백 명이나 되는 모든 원생을 단원으로 뽑을 순 없는 일. 그래서 할 수 없이 입소한 지 3년 이상 되는 아이들 중에서 골프하겠다는 원생을 자발적으로 참여시키기로 한다. 실제 원장이신 외삼촌 말씀으로는 피치 못할 사정으로 아이를 보육원에 잠시 맡기고 1~2년 안에 꼭 데려가겠노라 하지만, 그후로 3년이 넘으면 거의 다시 합치기 어렵다고 한다. 그래서 보육원에 입소한 지 3년 넘는 아이들 중에서 "골프하고픈 사람 손들어!" 했더니 놀랍게도 여기저기서 "나요 나요" 하는 것이다. 그렇게 남자아이들 20명, 여자아이들 5명 도합 25명이 지원한다.

그런데 과연 이 아이들이 골프가 어떤 운동인지 알고나 손을 들었을까? 걱정이 앞서는 가운데 우리는 보육원에서 골프에 '골'자도 모르는 아이들을 데리고 골프팀을 창단했다. 이때 창단에 가장 큰 힘이 되어 주신 분이 유협 SBS골프 해설위원이었다. 물론 아들 범이 또한 보육원골프팀에 곧바로 합류하게 되었다. 안양에 머물고 있는 아들 범이를 보육원으로 데려오는 데 큰 어려움은 없었으나 그동안 두 아이를 키워준 큰여동생과 상의했다. 1999년 당시, 안양 석수초등학교에 딸아이가 3학년, 한 살 터울의 오빠 범이가 4학년 여름방학을 맞고 있었다. 큰여동생은 걱정스러운 듯 내게 물었다.

"작은오빠? 골프 때문에 가는 거예요?"

"아, 뭐 꼭 그런 건 아니지만…… 내가 널 볼 낯이 없구나.'

"작은오빠, 내가 아이들 큰고모 노릇 한번 못하겠어요. 운동이 목적 아니면 내가 키울게요, 걱정마세요. 보육원에 입소시키지 마세요. 해경이가 공인인데 생각 잘 하셔야죠."

"야, 근데 사실 둘 다야. 그리고 해경인 출가외인이야."

그러나 미묘하고도 복잡한 일이었다. 작은여동생은 이미 밝혔듯 가수 민해경(예명)을 말하는 것이다. 즉 아이들 작은고모요, 자타가 공인하는 스타가수다. 그 여동생의 체면도 생각해주어야 했다. 물론 형님이 보육원골프단을 창단할 때 가장 큰 도움을 준 것도 해경이었음을 잘 알고 있다. 그러나 처음부터 보육원골프팀에 작은오빠의 아들 범이가 있다는 사실을 알았다면, 아마 그아이 성격상 난리를 쳤을 것이다. 창단자금도 지원해주지 않았을 것이 분명했다. 또 나도 자존심상 알리고 싶지 않기도 했고, 출가외인인데 나중에 알게 될 때까지 놔두자는 심산이었다.

그러나 그보다는 무엇보다 지난 3년 동안 아이들 고모노릇 하느라 고생 많았던 큰여동생 짐을 덜어줌과 동시에, 골프라는 묘한 매력을 지닌 운동을 아들에게 시켜보겠다는 호기심이 더 컸다. 그리고 당시 내 형편상 달리 선택의 여지도 없었다. 그렇게 보육원에 보낼 강한 의지를 보이며 죽이 되든 밥이 되든 골프를 시켜보겠다고 주장하자 동생이 한숨부터 내쉬며 말한다.

"작은오빠, 나도 골프에 한이 좀 있는데……."

"뭔데?"

"만일 내 짐을 덜어주기 위해 가는 거라면 난 반대하고 싶어. 정히 골프하러 가는 게 목적이라면 작은오빠가 꼭 옆에서 범이를 보호하고 지켜줘야 해. 큰오빠가 골프유망주였던 세라를 잃고 난 후 내게 찾아 와서 내 딸 주현이 또한 골프시키겠다고 데려갔다가 애만 바보 돼서 돌아왔어. 이도 저도 아니었지. 그래서 그래."

"알았어, 걱정 마. 내가 누구냐?"

"하긴 작은오빠라면 괜찮겠다. 아들 일이라면 그 누구도 지나친 개 입을 불사할 거니까. 아무리 큰오빠라도 충분히 커버할 수 있을 테니 까."

그땐 동생이 무슨 말을 하는지 그 의미를 잘 몰랐다. 그런데 나중에 알고보니 형님은 조카 세라가 죽은 다음 큰여동생의 딸 주현이가 육상 선수임을 알고 죽은 세라 대신 주현이를 골프선수로 키우겠다며 골프 에 입문시켰단다. 그러나 무슨 이유인지 몇 년 안 돼서 주현이는 골프 를 그만두었다. 당시 큰여동생은 이로 인한 충격과 서운한 감정을 뒤 로한 채 감히 큰오빠 앞에서 한마디 말조차 하지 못했다. 그놈의 골프 가 뭔지, 외조카 주현이는 이후 공부도 운동도 시기를 놓쳐버린 것이 다. 이런 하소연을 늘어놓으며 동생은 하염없이 범이 걱정을 했고, 나 는 그 동생을 한동안 진정시켜야 했다.

"아, 그런 걱정은 하지 마라. 내 아들 일인데 내가 옆에 있지 않으면 누가 옆에 있겠냐? 형 아니라 하나님이라 할지라도 절대 안 봐줄 거야. 그동안 정말로 고마웠다."

이렇게 해서 아들을 내 손으로 직접 보육원에 입소시킨다. 못난 아비 의 손에 이끌려 범이는 보육원에 보내졌고 영문도 모른 채 골프를 시작해야 했다. 다 내가 무능하여 생긴 일임에도 늘 이 대목에서 나는 감정이 격해진다. 그래서 고마워해야 할 형님이 어떤 때는 이유없이 미워진다. 나의 이기적인 사고를 여실히 드러내는 대목이어서 부끄럽기도 하지만, 왜 하필 보육원꿈나무인지 고통나무인지 그런 골프단을 만들었냐고 형님께 항변하고 싶어진다.

물론 모든 것이 형님의 발상에 의해 시작되었지만 일의 추진과정에서, 특히 아들이 골프에 입문하는 과정에서 아비인 내가 책임져야 할 부분이 있다. 이를테면 형님과 공모(?)해서 아들을 골프하도록 유도했다는 점이다. 골프유망주였던 형님 딸의 못 다 이룬 꿈을, 내 아이를 통해 이루고자 한 형님의 뜻에 나 또한 암묵적으로 동의한 셈이다. 형님이야 그렇다 치고 나는 범이의 아비로서 좀더 아이 장래를 위해 신중했어야 한다.

그러나 주사위는 이미 던져졌다. 나의 기억은 다시 1999년 혹독하게 무더웠던 그 여름날로 돌아간다. 찌는 더위 속에서 골프훈련장을 만들기 위해 여념이 없었다. 일단 아쉬운 대로 충청도보육원 앞마당 언덕을 쇠파이프로 박아 그물망을 치고, 맞은편 타석에 김포의 폐업한 골프연습장에서 뜯어온 폐품에 가까운 고무매트를 깔았다. 생각보다 그럴 듯한 연습장이 되었다.

그러나 본격적으로 볼을 치는 골프연습에 앞서 기초 몸다지기에 돌입했다. 먼저 자동차타이어를 땅에 반쯤 묻어놓고 드라이버 대신 쇠파이프로 타이어를 패는 운동을 시작한다. 그리고 날마다 산을 오르내리게 했다. 하나 둘, 하나 둘…… 구령에 맞춰 훈련하는 광경은 완전 육상선수들이 트레이닝하는 모습이다. 한 달 정도를 특전사 부대원처럼 뛰

1999년 충청도보육원에서 최초의 꿈나무골프단이 창단되다!

(사진1) 1999년 8월 충청도 꿈나무골프단 훈련장소(보육원 앞마당)
(사진2) 한국골프의 레전드, 박남신 프로의 원포인트 레슨지도
(사진3) 충청도 꿈나무골프단 후원회장과 아이들이 함께 모였던 추억의 한자리. 아래 왼쪽에서 2번째 아들 현범이 보인다(당시 11세). 아래 오른쪽에서 2번째는 김연섭 프로로 당시 13세다. 김연섭 프로는 2004년 Q스쿨 1차테스트에 합격(KPGA준회원), Q스쿨 2차테스트에도 합격(KPGA정회원)한 한국 최초의 프로골퍼 제1호다.

게 하고 나서 며칠후 레슨프로를 모셔왔다. 김종덕 프로골퍼가 최초로 골프를 하겠다는 아이들을 위해 골프용품을 갖고 자원봉사를 자청해 왔다. 일본 프로계를 정복하신 김종덕 프로의 경우, 자신도 어렵게 골 프를 해왔다면서 남다른 애정을 가지고 시간이 날 때마다 지도해주신 것으로 기억한다.

곧이어 몇몇 프로골퍼들도 자비를 들여가며 아이들을 위해 일부러 보육원을 찾아주었다. 전임 레슨프로는 김광수 프로가 맡았다. 그외 여러 분의 레슨프로가 가담했다. 본업에 충실해야 하는 상황에서 지방 보육원까지 찾아와 아이들을 가르쳐주니 얼마나 고마운 일인가. 형님 은 이렇게 찾아주는 선생들에게 미안해서인지, 아니면 다른 프로골퍼 들 또한 자청하고 나서주어서인지 이참에 주일별 날짜별로 시간표를 짜서 레슨해줄 것을 부탁한다. 이것이 자연스럽게 규칙으로 정착되면 서 무료레슨에 나서는 자원봉사자가 늘어났다.

'뜻이 있으면 길이 있다'는 말은 이럴 때를 두고 하는가보다. 일주일 에 3, 4명의 골프선생들이 서울서 논산까지 자비로 내려와 교대로 지 도해주고 올라가는 식으로 레슨이 이어졌다. 월요일, 수요일, 주말 등 을 이용해서 아이들에게 골프를 가르쳤는데 당연히 한 번 레슨을 마칠 때마다 과제가 주어졌다. 그런데 선생마다 스윙 교습방법이 달라 과제 를 이행하는 과정에서 근원적인 문제가 발생한다.

당시 충청도보육원 제1팀에 나이는 어리지만 아이들과 숙식을 같이 하며 안전을 관리하는 연습생 출신의 프로가 있었다. 말하자면 보조 코칭스태프로 보육원에 상주하면서 서울에서 오신 골프선생들이 제시 한 과제를 아이들과 함께 풀어가며 연습할 임무를 맡고 있었다. 그러나 만약 3, 4명의 지도선생이 각기 다른 스윙법을 익히도록 아이들에게 요구한다면 문제는 심각해진다. 가르치는 선생의 지시에 따라 서너가지의 티칭방법이 생기게 되다보니, 이 학습과제를 아이들과 함께 풀어갈 보조코치만이 중간에서 고생하게 되었다.

무엇보다 배우는 아이들도 어떤 선생의 스윙법이 올바른지 매우 혼란스러웠을 것이고, 가르치는 선생들도 학습결과를 두고 매우 불만족스러웠을 것이다. 자신이 과제로 연습시킨 동작이 서울을 갔다오는 동안 흐트러져 있곤 했으니 말이다. 아마도 골프를 접한 사람이라면 골프 입문기, 초창기에 누구나 한두 번쯤 겪었을 고충이기도 하다. 옆에서 가만 지켜보고 있는 나도 혼란스러운데 아이들은 어땠을까?

그러나 이보다 더 큰 문제는 그 아이들 속에 단장의 조카인 아들이 있다는 것이고, 정식 직위는 아니지만 부단장(?) 격의 감독을 맡고 있는 나의 입장에서도 지도선생의 레슨방법에 의문이 들어도 달리 이를 해결할 방법이 없었다는 것이다.

게다가 열악한 환경 속에서 보육원골프팀이 운영되고 있음이 주변에 서서히 알려지면서 이를 돕겠다고 성금을 보내고 골프용품을 후원해주시는 분들이 있었기에 더욱 함부로 여겨서도 행동해서도 안 되는 일이었다. 그럴수록 보육원골프팀을 잘 운영해야 하는 직무에 대한 책임이 있었다. 무엇보다 부담스러웠던 것은 바로 '단장조카'라며 '감독아들'이라며 수군대는 소리들이었다. 이런 상황에서 내가 할 수 있는 것은 아무것도 없었다. 단지 주변의 따가운 시선이 불편하게 느껴질 뿐이었다.

1999년 충청도보육원에서 골프팀을 창단하던 당시 겪었던 그 여름

날의 뜨거운 감자에 대해서는 책 한 권을 써도 모자랄 만큼 얘깃거리가 풍성하다. 그렇게 뛰고 달리고 산을 타고 오르내리며 드디어 나무 드라이버로 볼을 띄우고 새 희망의 싹을 키우던 그해 여름 막바지의 작열하던 태양을 결코 잊지 못한다. 천장도 없는 황량한 야산 연습장에서 그 뙤약볕을 온몸으로 맞아가며 그렇게 볼은 조금씩 조금씩 태양을 향해 희망을 향해 하늘로 하늘로 쏘아올려지고 있었던 것이다.

1999년 8월초부터인가 아침마다 구보를 했다. 평지에 이어 이번에는 앞산인지 뒷산인지 모르지만, 멀리 개태사를 마주보며 아이들을 데리고 산을 올랐다. 도대체 산악훈련을 하는 특수유격대원도 아니고, 골프를 하기에는 아직 여린 몸의 아이들에겐 무척 고된 훈련이 이어지고 있었다.

꿈나무, 보육원골프단 세상에 알려지다

1999년 그해, 세기의 마지막 겨울이 오고 있었다. 이쯤에서 작은 기적이 일어났다. 어느 날 방송국에서 취재촬영을 왔다. '인간극장' 프로그램이었다. 당시 이미 대전지역을 중심으로 소규모의 후원이 이뤄지고 있었지만, 이 KBS 방송이 나가고부터는 더 많은 단체에서 장비며 연습볼이며 연습타석을 제공해주었고, 몇몇 뜻있는 인사들로 육성단 및 후원회가 제법 큰 규모로 결성되었다.

또한 무엇보다 힘이 된 것은 전국에서 후원금과 격려편지가 날아든 것이다. 불가능을 극복하고 꿈을 이루라고……. 방송의 힘이 크다는 것을 새삼 느꼈다. 이제야말로 맨땅에 헤딩하는 듯한 절망적 느낌에서 벗어날 수 있었다. 그러나 방송을 타면서 가슴속 일말의 불안감은 더욱 커져만 갔다. 그놈의 '단장조카' '감독아들'이라는 꼬리표 때문이다. 말 못할 속내를 드러내놓을 수도 없고, 주위 시선을 의식하면서 눈치 아닌 눈치를 보기 시작했다.

반면, 아이들이 마음껏 골프장에서 연습할 수 있는 라운딩 비용이 해결되어 기뻤다. 골프가 육상처럼 그냥 뛰고 달리는 연습만 하면 되는 운동이라면 얼마나 좋을까. 결코 연습라운딩 과정을 거치지 않고는 진정한 승부세계에 진입할 수 없는 게 골프의 생리다. 이러한 한계를 알고 있으면서 보육원골프단을 결성했다는 자체가 어쩌면 무모한 시도일지 모른다. 이를테면 골프주니어를 둔 골프대디가 감당해야 할 경비 중 가장 많이 차지하는 것이 연습라운딩비다. 라운딩 한 번 갔다오는데 자동차기름값, 톨게이트비용, 먹고 마시는 비용은 기본이고 무엇보다 그린피, 캐디피가 장난 아니다. 다소 경제적 여유가 있는 집안에서도 연습라운딩을 자주 나가지 못하는 실정이다.

이렇게 컨트리클럽의 협조가 절실히 필요할 때, 아웃사이더 기질이 강한 나의 용감무쌍한 친애하는 형님께서 비장의 카드를 생각해냈다. 골프유망주이던 조카 세라의 장례식때 참석한 많은 골프장 사장님들이 위로차 건네준 말씀들, "아무 때나 언제든지 도움이 필요하면 찾아오라.""연습라운딩은 얼마든지 해주마." 이렇게 위로 차원에서 했던 말씀을 기억해내고 이들에게 협조를 구했던 것이라 추측된다.

각 골프장을 돌며 협조를 구한 결과 지금까지 가장 큰 도움을 주었던 골프장은 〈용인프라자〉와 〈오라CC〉〈제주CC〉〈중문CC〉〈파라다이스〉〈떼제베〉〈이븐데일〉 그리고 〈군산CC〉 등이다. 그외에도 많은 컨트리클럽에서 첫 티오프 전 9홀, 마지막 오후 티오프 후 9홀 등을 무상으로 돌게 해주었다. 이 고마운 분들이 한결같이 하시는 말씀은 "금전으로 도와주기는 좀 어려워도 라운딩으로야 충분히 도와줄 수 있다"는 것이었다. 열심히 하라고 격려까지 해주었다. 이런 말을 들을 때 정말로 힘이 났다. 또한 이러한 사연은 해외에까지 알려졌다.

불우한 처지에서 운동을 하는 딱한 사연을 알게 된 외국의 골프장 대표들, 태국이나 뉴질랜드 교포사회의 골프클럽 대표들도 "비행기티켓만 끊어갖고 오라! 그러면 숙식에 무료라운딩 보장해주겠다"고 용기를 북돋아주었다.

그런데 보육원골프단이 활성화될수록 일종의 회의감이 생겼다. 앞서도 언급했듯 "저사람 단장동생이라며, 범인가 하는 저애는 감독아들이라지……" 하며 수군덕거리는 소리가 귓가에서 맴도는 듯했다. 나를 바라보는 타인의 시선이 견딜 수 없이 불편해져갔다. 이럴 때마다 스스로 몇 번이고 자문해보았다.

'이 골프단에서 내 위치는 어디인가?'

'과연 내 아들의 진로는 어떻게 할 것인가?'

범이를 데리고 이곳 충청도보육원에 온 지도 1년이 지나고 있었다. 어쩌면 나는 이 보육원골프단과도 이별할 시점이 다가오고 있음을 직감하고 있었는지도 모르겠다. 형님에게조차 말할 수 없는 나만의 고민은 점점 커져가고, 대승적 차원에서라도 나와 아들은 삼촌이 운영하고 형님이 골프단장으로 있는 이 보육원에서 빠지는 게 순리라는 생각이 확신으로 변해갔다. 사실 곰곰이 생각해보면 내게 골프를 감독할 만한 소질도 없어 보였다. 이러한 회의가 깊어갈 무렵, 불안정한 나의 미래에 청신호를 밝히듯 형님이 한 가지 제안을 해온다.

"제주도에 보육원골프단 제2팀을 창단하는데 거기 감독으로 가지 않을래?"

"감독? 감독이라고……."

뜻하지 않은 형님의 제의에 다소 놀랐지만, 어쩌면 이 기회가 아들에게 새 돌파구로 작용할 수도 있겠다 싶었다. 갑자기 새 희망으로 가슴이 벅차올랐다. 제주도라…… 제주도는 이미 범이가 첫 출전하여 128

타로 꼴찌를 한 곳이다. 그해 우승한 서현초등학교 6학년이 오늘날의 골프퀸 박인비다. 어쨌든 형님의 뜻에 따라 나는 곧바로 제주에 내려가게 된다.

그러나 제주로 간다고 해서 그 어떤 보장을 받는 것은 하나도 없었다. 애초에 바라지도 않았지만, 형님 역시 "단 한 푼도 보태줄 수 없다"는 말로 못을 박았다. 이미 예상했던 일이다. 그동안 보육원골프단에서 레슨을 하여 사례를 받은 사람은 1팀에 상주하던 Y코치밖에 없었는데, 그 또한 방송이 나간 이후 후원하는 분들의 도움으로 아주 기본적인 소정의 사례비를 받았던 것으로 기억한다.

인색한 형님 말에 아랑곳하지 않고 나도 질세라 하나의 조건을 내걸었다. 범이를 데려가게 해달라고, 범이만 데려갈 수 있다면 제주도에 내려가겠노라고 형님에게 강력히 주장했다. 이 제안을 할 당시, 그 자리에는 단장과 외삼촌인 유창학 원장을 비롯하여 육성단 레슨프로들과 후원회 인사들이 모두 있었다. 그들은 뭔가 납득이 가지 않는다는 듯 멍한 표정을 짓고 있었다. 말이 제주도 보육원2팀 감독이지 안전관리자 노릇하러 가는 것이었다. 당연히 운전수 개념이었다. 제주도 보육원 제2골프팀에 내 아들만 보내주면 그 어떤 것도 필요없었다. 순발력 있는 나의 매니지먼트 본능이 되살아나는 순간이었다.

그제서야 아들을 데려 가는 것은 안 되고 약간의 월급을 주겠다는 말이 나왔다. 그것도 1팀 수준의 월급이라 한다. 나는 일언지하에 거절했다. 돈도 필요없다고 딱 잘라 말했다. 내 요구조건은 단 하나였다.

"아들과 함께 제주도보육원에 보내준다면 기꺼이 제주에 내려가 운전이며 관리감독을 도맡아 하겠습니다."

모두가 있는 자리에서 공개적으로 나도 보육원골프팀 감독으로 내 아들을 떳떳하게 골프를 시킬 수 있는 자격이 있음을 인정하라고 호소했다. 결국 내 주장은 관철되었다. 그 자리에서 아들을 제주도보육원으로 보내주겠다는 확답을 받고, 서둘러 제주도로 향했다. 나는 비로소 진정한 골프감독이 되는 것이다!

'제주보육원골프팀'에 대한 회상

제주의 하늘은 맑고 높았으며 바다는 푸르다 못해 장엄했다.

'아, 여기다. 여기서 뼈를 묻자.'

제주 도착 첫날밤의 각오였다. 이곳에서 보낸 약 2년간의 훈련일기를 써보겠다. 매일 새벽 바닷가를 달리는 것부터 시작했다.

제주도보육원 아이들에게 퍼팅훈련부터 시켰다. 사실 할 게 없어서 시킨 훈련이 퍼팅이었다. 그렇다고 주먹구구식으로 연습했던 것은 아니다. 월터 하겐과 보비 로크의 퍼팅훈련법을 적용해보았다. 지금 고백하지만 월터 하겐과 보비 로크의 이 훈련법은 차후 아들의 퍼팅강화에 엄청난 자신감을 갖게 하고, 훗날 큐스쿨 3차프로테스트 때 빛나는 퍼팅실력을 보여준다.

게임 속 또 하나의 게임, 마치 바둑의 끝내기에 해당하는 게임, 퍼팅!

> 오로지 구멍에 넣어라
>
> 자세고 뭐고 본능적으로 무조건 넣어라!
>
> 1m 2m 3m

이렇게 세 가지만 시켰다.

내가 있던 제주보육원은 검은 모래가 깔린, 해변이 아담한 삼양해수욕장이 가까운 곳이다. 이 삼양해수욕장 바로 위쪽이 함덕해수욕장으로 유명한 곳이다. 대한민국, 같은 나라 같은 하늘 아래 그렇게 파란 하늘과 바다가 공존하는지 몰랐을 정도로 아름다운 곳이었다. 제주보육원 바로 코앞, 삼양의 검은 모래 흑사장 너머 수평선을 바라볼 때면 저 끝에 아들의 태양이 솟아올라 말없이 희망의 미소를 보내주는 것 같았다.

"그래, 내일의 태양은 이곳 제주에서도 힘차게 떠오를 것이다."

"그래, 희망의 꽃은 절망의 끝에서 피는 법이다."

매일 매일 바다를 바라보며 다짐했다.

포기하지 말자.

포기하지 말자.

끝없는 도전이다.

육지의 충청도 제1팀 본부의 명령은 다름아닌 형님 단장님의 명령이라고 해도 과언이 아니었다. 형님 명령에 따라 아이들을 지도해줄 이기화 프로의 제자, 조인순 레슨프로가 올 때까지 일단 육지1팀에서 시키는 대로 골프희망자를 선별하여 새벽에 제주 삼양해변의 검은 모래밭을 뛰었다. 그 다음으로 맨땅에 구멍을 파고 퍼터 하나로 돌아가며 1~2미터 짧은 거리 위주로 퍼팅훈련만 시켰다.

"얘들아! 구멍은 기억 속에 두고 감으로 쳐라.

들어가든 안 들어가든 짧아서는 안 된다.

아이들 훈련시 무엇보다
'퍼팅'의 중요성을 강조했다!

골프라는 불가사의한 게임 중 가장
불가사의한 게임은 퍼팅이다 ―보비 존스

퍼팅에 대한 어록
퍼팅에는 매서드(법)도 스타일(품위)도 없다 ― 스코틀랜드 속담
평생 1개의 퍼터를 쓴다는 것은 매우 어려운 일이다. 아내에 대한 것
이상의 애정과 신뢰가 따르지 않고서는 불가능한 일이다 ― 헨리 코튼
귀로 퍼트하라 ― 잭 화이턴

길게 쳐라!

지금부터 세게 과감히 치는 법을 익혀야지

나중에 새가슴이 안 된단다."

그런데 이상하게도 애들이 무심히 치는 공이 백발백중 구멍에 들어
가는 것이다. 서로 신기한 듯 저마다 한 번이라도 더 쳐보려고 아우성
이다. 참으로 흐뭇한 시절이었다.

제주에서 제2팀 창단식을 하기엔 아직 시간이 남아 있었다. 내가 하
는 일은 고작 새벽에 달리고, 아이들 학교 갔다오면 제주관광고 골프
연습장으로 봉고차를 몰고 가서 연습볼을 치는 아주 단순훈련의 반복
이었다.

해를 넘겨 2000년이 되면서 육지팀에서 쓰다 남은 나무헤드의 드라
이버며 아이언세트, 퍼터 등이 도착했다. 그동안 매스컴을 통해 알려
진 덕에 육지1팀은 새 장비를 후원받아서인지 꽤 많은 고물클럽이 제
주로 넘어왔다. 그걸 깨끗이 수리하려고 나름대로 가까운 골프숍에 실
비로 수선을 부탁하기도 했다. 그런데 그 골프숍 주인이 어느 날부터
인가 돈을 받지 않는 것이다. 나중에 알게 된 사실이지만, 제주보육원
김종철 원장님 하면 이미 그 인품이 널리 알려져 있었고 골프연습장
사장님이나 골프숍 주인은 이런 김원장의 평판을 높이 평가하여 무상
으로 제주보육원 골프팀에게 편의를 제공해주었던 것이다.

또 어느 날인가, 아마 신제주시에서 가장 큰 실외연습장인 한라골프
연습장에서였을 거다. 난 언제나처럼 1층 연습장을 거치지 않고 2층으
로 향했다. 1층과 달리 2층의 연습타석은 대체적으로 한산하기 때문이

다. 그날도 곧장 2층으로 향했고 예상대로 사람들이 드물었다. 다시 1층으로 내려와 카운터를 보고 있는 사람에게 멋쩍은 듯 조심스럽게 물어보았다.

"실례지만 연습장 사장님 계십니까?"

"무슨 일로 오셨는지요?"

다행히도 공손히 대답을 해주었다. 바짝 마른침을 삼키며 용기를 내어 부탁해본다.

"제주보육원골프단 감독입니다만, 2층 한가한 곳에서 연습할 수 있게 배려해주세요. 손님이 오면 비켜드리고 쉬는 시간에는 볼도 주워드리겠습니다."

그날은 정말로 운이 좋았다. 상대방은 꼬치꼬치 묻지 않고 시원하게 그렇게 하라는 것이었다. 가끔 화통한 주인을 만나면 생색내지 않고 타석에서 연습하라고 바로 승낙사인을 받을 때가 있다. "볼도 줍지 말고 연습이나 열심히 하세요. 이미 제주 티비뉴스를 봐서 알고 있었습니다." 라고 말하는 것이었다. 이럴 때는 얼마나 고맙던지. 그렇게 해서 한 보름정도 한라연습장에서 연습했을까? 그날도 정해진 시간에 2층으로 올라가려는데 1층 맨끝에서 누군지 아는 사람이 보였다. 연예계 최초로 락그룹으로는 [부활]이 KBS방송국 '가요톱텐'에 출연했을 때 만났던 PD와 비슷했다. '아, 닮아도 참 너무 닮았다' 생각하며 지나치려는데 눈이 마주치며 "아니, 자네 백부장 아닌가?" 하는 거다. "어! 조의진PD님?" 아니 세상에, 그 당시 최고의 가요연출자를 제주에서 만난 것이다.

"어쩐 일이세요? 제주로 놀러오셨나 보네요?" 안부를 물었더니 암말 없으시다가 오히려 내 근황을 물어보았다. 그리곤 묵묵히 내 얘기를 듣더니 고개를 끄덕이고 이내 사라지는 것이었다. 난 카운터로 가서 "저분 누구세요? 자주 오시나요?"라고 물었고, 마침내 그가 제주KBS사장으로 부임해온 것을 알게 되었다. 이것이 계기가 되어 20분짜리 제주다큐 '휴먼극장'에 우리 제주골프팀을 소개하며 함께 출연했다. KBS제주 로컬방송이지만 대단한 반향을 불러일으켰다.

그리고 얼마후에는 제주MBC사장으로 취임한 추성춘 앵커도 방문하여 제주보육원골프팀에 관해 여러 가지 담소를 나누게 된다. 며칠후 제주MBC보도본부장 고태진씨가 직접 촬영팀을 이끌고 보육원을 찾아와 촬영도 하고 많은 후원도 받게 된다.

하지만 이렇게 정들었던 제주도를 불과 2년 만에 눈물을 머금고 떠날 때, 아니 아예 골프의 꿈을 접고 형님이 창단하신 보육원골프팀에서 퇴출 아니 방출(?)될 때 얼마나 가슴이 시려오던지……. 골프팀 단장을 맡고 있는 형님과 사사건건 훈련방법에 관한 마찰로 점점 사이가 벌어지다 못해 험악해졌다. 그것을 눈치챈 김종철 원장님은 단장과 감독 중간에서 이러지도 저러지도 못 하시고 힘드셨을 것이다.

나는 다시 결단을 내릴 시간이 다가오고 있음을 직감했다. 갈등의 골이 너무 깊어지면 아이를 프로골퍼로 키우겠다는 애초의 목적, 본질은 사라지고 결국 형제간의 반목과 원망이 암흑처럼 가슴을 지배하는 끔찍한 현실과 직면하게 될 것이다. 이 사실을 직시한 순간, 제주도를 떠날 시간을 앞당길 수밖에 없었다. 그럴수록 다시 제주에서의 추억이 새록새록 되살아났다.

특히 나라 안의 또 하나의 나라 같은 제주도민의 따뜻한 온정에 감사한다. 제주보육원골프팀 아이들 체력향상을 위해서 음식과 고기를 마음껏 배불리 먹여준 음식점 사장님들께 감사의 말을 전하고 싶다. 오라CC 구내식당 주인아주머니와 중문의 이어도 일식집 사장님! 그리고 말고기가 그리 맛있는지 몰랐다. 〈고수목마〉 마육전문점 사장님은 훈련하는 아이들에게 말고기를 먹이고 싶다며 보육원을 직접 방문해주었다. 덕분에 아이들은 매주 수요일 점심시간이 되면 파라다이스 퍼블릭코스를 돌고 나서 말고기로 만든 육회 전골 함박스테이크 등 푸짐한 말고기음식으로 허기진 배를 채울 수 있었다. 아들도 그분들의 온정 덕에 잘 먹고 무럭무럭 커가고 있었다. 참 고마운 분들이다.

아, 정말 제주도를 떠나고 싶지 않은데…… 그럴수록 제주에서의 아프고 시린 추억마저 향수처럼 되살아났다. 그때가 밀레니엄이 시작되던 2000년이었다.

제주보육원에서 아들 현범이가 원생과 함께

오늘은 꼴찌, 내일은 챔피언

제주에서의 가슴 아픈 그러나 아름다운 추억 하나가 있다. 아들 범이가 초등학교 5학년때 생애 첫 대회에 출전하는 날이다. 2000년 '제2회 제주도지사배'는 결코 잊을 수 없는 대회다. 이 대회에서 여자초등부는 박인비(분당서현초등)가 우승했고 남자초등부는 현범이친구 이정용(중화초등 5학년)이 우승했다. 난생처음 실전게임을 하기 위해 제주오라 CC를 아들과 함께 걸어 올라가던 그날, 길가의 아름드리 소나무는 마치 우리 부자를 환영해주듯 길게 뻗어 있었다. 대회 참가에 두려움은 전혀 없었다. 그저 설렘뿐이었다. 그러나 실전에서는 냉혹했다. 무려 128타로 꼴찌를 했다. 128타…… 아들 범이가 처음으로 눈물을 흘리고 있었다. 너무 어이가 없고 기가 막히고…… 함부로 위로의 말도 건네지 못했다. 그 어떤 말도 아들에게 해주지 못한 채 나는 속으로, 속으로 이렇게 말했다.

'너의 사전에 두 번 다시 꼴등은 없을 것이다. 오늘은 꼴찌! 그러나 우리 내일은 1등 하자, 아들아!'

해를 넘겨 두 번째 대회(이때는 충청도 연산초등학교에서 제주 삼양초등 6학년으로 전학옴), 2001년 제3회 제주도지사배에서도 85타를 기록하여 본선진출은 실패하나 1년 만에 43타를 줄인 셈이다. 그럭저럭 골프

아들아! 내일은 반드시 챔피언 하자……

제2회 제주도지사배 주니어골프대회에서 128타로 꼴찌하다

세계 최초로 창단된 '보육원꿈나무골프단'의 생애 첫 시합이다.
2000년 3월 26일부터 3월 31일까지 6일간 오라컨트리클럽에서 제2회
제주도지사배대회가 개최되었다. 뒷줄 정중앙 흰옷 입은 분이 나의 용감
한 형님, 백성기 단장이시다. 앞줄 왼쪽 맨끝에 김연섭(KPGA 프로1호),
오른쪽 맨끝에 백현범(2012년 시드프로).

당시, 형님 백단장은 서울에서 봉고차를 직접 대절하여 충청도보육원 골
프단원을 싣고 완도까지 운행했다. 다시 완도항에서 카페리호를 타고 4
시간 만에 제주항에 도착, 무사히 단원들을 골프시합에 출전케 하는 열정
을 보였다.

에 눈을 떠가던 제주 삼양초등학교 6학년, 그 아름답던 시절을 뒤로하고 졸업사진 한 장 찍지 못한 채 그해 늦가을 제주도를 떠나게 된다.

아들은 이때 무슨 생각을 하고 있었을까. 충청도에서 제주도로 보육원을 옮겨가며 골프를 해야 했던 당시의 생활이 행복했을까? 이에 대해 진지하게 범이한테 물어본 적 있는가? 아들과 제주도보육원을 떠나야 할 시점이 왔을 때는 모든 것이 극단으로 치닫고 있던 상황이었다. 형님과의 불화가 최고조에 이르렀던 것이다.

그러나 골프를 하지 않아도 된다는 사실에 아들은 마냥 행복한 듯 밝은 표정이었다.

"아빠 정말 나 골프 안 해도 되는 거지, 정말이지?"

"암, 그래. 그까짓 골프 그만 하고 다시 안양 가서 공부나 열심히 하자."

"진짜지, 아빠? 나 골프 안 하는 거지?"

"암, 그렇구말구. 안 해도 돼."

우선 말로는 아들을 안심시켰다. 다음날 제주도를 떠나기 전, 제주보육원 사무실에서 원장님과 면담이 있었다.

"원장님! 아무래도 범이 골프는 포기하고 육지로 가서 다시 공부나 시켜야 할 것 같아요."

"아니, 왜요?"

"단장님 뜻에 무조건 따를 수도 없고 매번 지시사항을 어기는 것도 모양새도 아니고. 좀 그렇네요, 이해해주세요."

"현범이는 제법 싹이 보이는 것 같은데 골픈 어쩌시려고요?"

원장님의 진심어린 걱정이시다.

"별 도리없죠. 더 늦기 전에 이쯤에서 스톱해야죠. 그리고 제가 없어도 코치님이신 조프로님도 계시고, 육지1팀에서 후임감독을 보내실 겁니다."

그렇게 아쉬움 속에서 제주도를 떠난다. 당시 형님과의 문제도 있었지만, 그보다 더 힘들었던 것은 내 아들에 대해 색안경을 끼고 보는 보육원후원회의 따가운 시선이었다. 날이 갈수록 이런 분위기는 고조되어갔다. 심지어 단장조카 위주로 훈련을 시킨다는 발언들이 심심찮게 튀어나오기도 했다. 이 순간 아차, 싶었다. 실상은 그렇지 않은데 말이다.

그 예로 미국이나 호주 등에도 어려운 환경에서 골프를 하는 보육원 아이들 소식이 전해지며 현지 골프관계자들의 후원이 있었다. 그런 기회가 자주 있었던 것은 아니지만, 전지훈련 갈 기회가 제공될 때면 그때마다 아들은 제외되곤 했다. 감독의 아들, 단장의 조카라는 이유에서였다. 원칙과 기준이 없었다. 어린 나이순으로 간다든지, 어떤 시합을 기준으로 자체 테스트를 통과해야 된다든지 하는 원칙 말이다. 항상 범이는 나중 기회로 밀리며 매번 다른 아이들에게 양보를 해야 했다. 이럴 거면 그만두자. 나의 솔직한 마음이었다.

2001년 10월쯤 안양 뭍으로 올라온다. 그리고 골프의 꿈을 접고 안양중학교에 입학한다. 그러나 사람 마음이 어떠한가? 이미 공부할 시기는 놓쳐버렸고 그나마 골프에 희망을 걸고 있었는데 쉽게 포기할 일이 아니었다. 그때 골프 신이 또 운명적으로 나타났던 것이다.

뜻하지 않은 인연,
H보육원과 A보육원에서 골프감독을 맡다

월드컵의 해인 2002년 초인가? 안양으로 올라와 안양중학교 입학절차도 알아보며 이런저런 생각 속에 나도 쉬고 아들도 쉬고 제일 마음 편한 시간을 보냈다. 그동안 얼마나 힘들었을까. 범이녀석도 골프 안하니까 그리 좋은지, 모처럼 밝은 얼굴로 한가롭게 휴식을 취하고 있었다. '그래, 골프가 어디 한두 달, 일이 년에 되는 것도 아니고……. 에라, 또 모르겠다!'

그게 당시의 내 심정이었다. 실제로 한 2년 골프를 했지만, 연습라운딩 베스트 말고 시합베스트가 85타에 머물렀고, 아직 90타도 완벽히 소화하지 못하는 보기플레이 수준이고 보니 골프에 미련은 전혀 없었다. 그래, 어떻게 되겠지……. 일단은 당장 먹고살 길이 더 막막하던 시절이었다. 그때까지만 해도 L군이 과거 매니저였던 나에게 그렇게까지 안 좋은 감정이 있었는지 몰랐다. 김태원만큼은 아니지만 그래도 최초로 자신을 픽업했던 매니저였는데 그렇게 홀대야 하겠냐는 생각이었다. 그때 막 떠오르는 예능 늦둥이 김태원에게는 전혀 기댈 수 없는 처지였고.

락그룹 [부활]의 잠정 해체 이후 승승장구하며 라이브황제에까지 등

극할 정도로 L군은 저멀리 높은 곳에 있었다. 마음속에서 갈등이 생겼다. 취직부탁을 해볼까? 몇 번 망설였지만, 도저히 전화할 수 없었다. 술수가 끊이지 않는 복마전의 연예계로 컴백하는 것이 자신도 없었고 싫었다.

'그래, 공사판 일이라도 하자!'

우선 당장 놀 수도 없고 막노동이라도 해야겠다 싶어 찾아간 곳이 건물 담벼락을 헐어내는 일이었다. 한 번도 해보지 않았던 힘겨운 일……. 조금 엄살을 부리자면 며칠 하면서 아주 죽는 줄 알았다. 오함마라는 내 키만 한 커다란 망치로 담벼락 밑둥을 쳐낸 다음에 드릴로 부숴내는 작업이다. 처음 3일은 온몸이 쑤셔 일어날 수조차 없을 정도였지만 이대로 물러설 수는 없었다. 한 4, 5일 지나니 조금 적응되기 시작했다. 그러나 한 10일 정도 하고 이 일을 그만둘 수밖에 없었다. 어디서 집단몰매라도 맞은 듯 아프고 결리는데, 파스며 약값이 더 든다고 해도 과언이 아닐 정도였다. 이미 40대로 접어든 나에게는 무리한 일이었다. 그렇다고 이대로 두 손 놓고 있을 수만은 없는 일. 어느 날은 전철에서 물건도 팔아보고, 어느 날은 미술계에 발을 들여놓을 뻔한 일도 있고, 어느 화가의 큐레이터 비슷한 기획일을 도와준 적도 있었다. 전시홍보 기획이야 나름 한가닥 한다고 자부했던 나니까. 그러나 돌이켜보면 역시 [부활]의 매니저였던 시절이 가장 행복한 순간이었다.

물론 골프감독 이후 겪은 생활고는 또 다른 삶의 원동력으로 작용하는 값진 체험이었다. 다소 쓸쓸하지만, 이 또한 아름다운 추억이었다고 말하고 싶다. 나는 어디까지나 세상을 꿋꿋이 살아가는 긍정맨이니까. 그렇게 어려운 가운데 2002년 2월쯤, 안양중학교 입학을 앞둔 아들에게 골프연습이나 하자고 근처 아성골프장으로 데려간다. 아들이 시큰둥하게 말한다.

"왜? 골프 안 해도 된다며……."

"야, 범아? 골픈 안 해도 너희들 때는 성인이 되어 어떤 비즈니스를 해도 골프라는 운동을 해야 사회생활에 도움이 되는 거야. 그러니 취미로 하자, 응?"

별로 내키지는 않았어도 2001년 10월부터 5개월 정도 골프채를 잡아보지 않았던 때라 녀석도 싫지는 않았는지 그러자고 따라나선다. 그것은 참으로 모순된 감정이었다. 이제 골프 따윈 하지 않겠다고 포기했는데 하루, 이틀, 사흘을 쉬고 보니 덜컥 겁이 났다. 정말 이대로 끝인 걸까? ……그런데 말이다. 아주 간단하게 결론부터 말하자면 진짜 기적 같은(?) 일이 다시 벌어진다. 그것도 동시다발적으로 여러 가지 일이 마치 준비하고 있었다는 듯 일어나기 시작했다.

2002년 2월말쯤 아성골프연습장을 방문하면서 사그라지던 골프에 대한 희망이 다시 싹트기 시작했다.

"딱, 따아악~"

여기저기 바람을 가르며 힘차게 하늘로 솟는 골프공을 바라보며 갑자기 내 심장박동이 빨라진다. 역시 높고 푸른 하늘 아래 펼쳐진 그린은 늘 나를 설레게 한다. 다시 어설픈 용기가 발동한다. 연습쿠폰 좀 싸게 끊어볼 생각으로 프런트로 향했다. 젊은 친구가 접수대를 지키고 있었다. 나중에 알고보니 사장의 아들이었다. 이미 골프를 포기한 자의 입에서 나오는 자신감 없는 목소리가 목구멍을 타고 미세하게 흘러나왔다.

"저 제가, 제…… 제…… 주 보육원에서 골프를 가르치던 사람인데요. 한 달 쿠폰 할인혜택을 받을 수 있을까요?"

젊은 친구가 불안해하는 내 모습을 흘깃 보더니 의문에 가득 찬 얼굴로 묻는다.

"보육원요? H보육원에서 오셨나요?"

"아뇨, H보육원이 아니고 제……제주보육원에서 왔는데요……" 하고 말끝을 흐렸다. 그러자 갑자기 어딘가에 전화를 하더니, "어머니께서 그냥 연습하시라네요. 이층 아무데서나 치세요!" 한다.

이런 감사할 데가. 앞뒤 생각할 것도 없이 꾸벅꾸벅 두세 번 크게 허리 굽혀 절하고 2층으로 올라갔다. 2층에는 주로 학생들이 볼을 치고 있었다. 그런데 그때 "안녕하세요? 백감독님!" 하며 누군가 인사를 한다. 첨엔 누군지 기억이 안 났으나 제주도에서 한번 뵌 학부모였다.

"아니, 언제 제주에서 오셨나요?"

"아, 예 몇 달 됐어요."

"H보육원으로 옮기셨나요?"

"H보육원요? 아뇨."

여기서도 또 H보육원 이야기가 나온다. 좀 이상하다는 생각이 들었지만, 일단 사정이 생겨 제주보육원 퇴소하고 골프를 때려쳤다고 간단히 말했다. 이번엔 내가 물었다.

"자택이 안양이신가요?"

"네. 여기서 주니어 아이들 레슨하고 있는 표창환 프로입니다."

세상에 이럴 수가. 제주에서 같은 골프를 하는 학부형으로 알고 지낸 짧은 인연이 안양으로까지 이어지다니. 게다가 이분은 자신의 아들의 골프대디이자 아성 골프아카데미에서 주니어 레슨지도를 하고 있는 KPGA 현역 프로골퍼.

우연치고는 정말 희한한 일이지만, 안양에서도 보육원골프팀과의 인연은 이어지고 있었던 것이었다. 바로 H보육원과 A보육원이다.

앞서 말했듯 어머니의 재능을 물려받은 두 여동생은 어려서부터 노래를 잘 불렀고 훗날 가수가 되었다. 그러나 가정형편상 두 딸을 모두 가수로 키울 수 없다고 판단한 어머니는 리틀 김추자로 불리며 동네 꼬마스타로 날리던 비주얼 좋은 작은동생을 가수로 데뷔시켰다.

그런데 노래에 대한 재능이 더 특출났던 것은 큰여동생이다. 최근 이 동생이 신이 나서 말한다. "작은오빠, 나도 한풀이하려고 민재연이라

2011년 8월 구리시에서 열린 '튤립축제'에서 여동생 민재연과 민해경이 나란히 한 무대에 섰다.

는 예명으로 앨범 하나 냈어요. 그리고 백제예술대학에 진학했어요." 정말 대견하다. 요즘 "뻥이야, 뻥이야!" 하며 인터넷 무명 트로트가수로 약간 반응을 얻고 있다는데, 동생 말로는 '민해경 친언니'라고 하면 모두들 '뻥'이라 한다고. 노래제목 '뻥이야' 컨셉은 잘 잡았다고 생각한다. 큰여동생 나이도 이제 쉰하고 일곱이 넘었는데 그

용기가 가상하다.

1997년 집안에 알리지 않고 전격 이혼했을 때 이 동생이 내 대신 아이들 큰고모로서 조카 둘을 잘 키워주었다. 동생은 노래재능으로 안양지역의 양로원이나 노인회관을 정기적으로 돌며 봉사활동을 하고 있었다. 앨범을 발표하진 않았지만, 안양시에 향토가수로 등록되어 있을 만큼 활발한 활동을 펴고 있었다. 그러다보니 동생 소개로 안양시 관계자를 만날 기회가 있었다. 여기서도 물불 가리지 않고 들이대는 내 성격은 발휘된다. 그분을 대면하자마자 "혹시 안양 소재의 보육원 한 곳 추천해주시겠습니까?" 했더니 그 즉시 "H보육원 추천해드릴까요?"라고 한다.

어라? 또 H보육원이라……. 궁금한 나머지 그 이유에 대해 물었다. 알고보니 H보육원 소유의 땅을 임대해서 골프연습장을 하는 곳이 바로 아성골프장이었다. 참 우연치곤 희한했다. 이제사 왜 아성골프장에서 H보육원 이야기가 자꾸 들리는지 어렴풋이 짐작되었다.

이튿날 아들과 H보육원을 찾아간다. 나만의 보육원골프팀을 창단할 수 있을까, 상의하려고 찾아가면서 머릿속이 복잡해졌다.

'그래, 나도 형님 따라 해보자. 나라고 보육원골프팀 운영 못할 것 없잖은가?'

이제 생각해보니 아성골프장에서 내게 호의를 베푼 이유를 조금 이해할 것 같았다. 내 입에서 자꾸 "보육원, 보육원" 소리가 나오니 당연 H보육원과 무슨 관계가 있겠거니 하고 아성골프장 사장은 대수롭지 않은 듯 편하게 2층에서 연습하라고 허락해주었던 것 아닌가 추측해본다.

H보육원에서도 골프팀 창단에 협조적이었다. 그러나 1인골프팀은 불과 며칠후 엉뚱한 곳, 즉 안양 소재의 또 다른 보육원인 길 건너편 안양유원지 숲속의 아늑한 A보육원에서 창단하게 된다. 이 모든 일이 보름 간격으로 순식간에 벌어진다. 정말 이상한 일이 아닐 수 없다. 아들을 지도해줄 사부와 나만의 1인골프팀을 가지게 되었다.

이때부터는 나 스스로 아들의 아버지가 아닌 매니저 노릇을 자청하기로 굳게 다짐한다. 아들에게 최초의 스승이요 최고의 매니저가 되겠다는 골프대디의 꿈을 다시 갖게 된다.

좋다, 형님을 따라 해보자!
그래, 부모의 자격을 잃은 대신 매니저로 한번 만회해보자.
나도 용감한 동생이다!
어디 한번 해보자!

실전 속에 피는 골프 GAME이여

처음 A보육원 사지숙 원장님을 뵈던 날 'A보육원 여자골프팀'이 탄생한다. 감독 백강기, 선수 겸 원생 겸 코치 백현범, 이하 전원 A보육원 여자원생으로 구성된 10명의 골프팀이다. 아성골프연습장 사장님은 이미 창단된 H보육원골프팀과 A보육원골프팀이 무상으로 자유롭게 골프연습장을 사용할 수 있도록 배려해주었다. 이때 A보육원팀의 레슨은 제주에서 학부형과의 인연으로 알게 된 표창환 프로가 맡게 된다. 중학교 3년, 고등학교 3년 가장 중요한 시기에 범이의 골프를 다듬고 완성시켜준 고마운 분이시다.

이제 레슨은 표프로에게 믿고 맡길 수 있으니 나는 나대로 용품협찬과 후원받을 곳을 찾아다녔다. 경기도에서는 제주처럼 쉽지만은 않았다. 그래도 팩터스 골프신발 회사에서는 사장님이 직접 A보육원까지 방문하여 여자골프부원 전원에게 팩터스골프화 신제품을 한 켤레씩 지원해주었다. YES퍼터회사에서는 최신형 퍼터를 제공해주었다. 이렇게 2002년 3월 느닷없이 A보육원에 재입소하고 안양중학교 입학과 함께 포기해야 했던 운명의 골프를 다시 시작하게 되었다.

2002년 4월 안양중학교 1학년생으로 제주오라CC에서 열리는 '제4회 제주도지사배'에 현범이 혼자 출전할 준비를 하고 있었다. 그리고 이때부터 나는 아들의 골프입문기록을 책으로 출판해보겠다는 마음이 점점 굳어진다. 아들의 골프인생에 찾아올 슬럼프 때를 위해서라도 이 기록은 반드시 필요할 것이란 확신이 들었다. 비록 완성된 도전일기는 아니더라도 미완성의 미약한 글이나마 이땅의 골프 지망생들에게 포기가 아닌, 희망을 줄 수 있는 글이길 바라는 마음에서 열심히 〈골프일기〉를 썼다. 다시 이야기는 제주도지사배대회로 전환된다.

2002년 A보육원 재입소 후, 보육원 사무실에서 진지한 얘기가 오고 간다.

"원장님! 이번 2002년 제4회 제주도지사배대회는 현범이 혼자 출전하겠습니다. 아직 여자부원들을 출전시키기에는 좀 무리가 있을 것 같습니다."

조심스레 말을 꺼내자 원장님이 격려의 말씀으로 용기를 북돋아준다.

"승패는 병가지상사입니다. 잘하고 있는 현범이를 너무 심하게 몰아치지 마세요. 갔다오시면 할 말이 있는데, 시합 잘 하고 오세요."

하시며 봉투를 주신다. 비행기표값을 넣어준 것이었다. 나는 도로 건네드리며 강력히 사양했다.

"원장님, 제 아들을 포함하여 전체 골프팀 운영에 관한 경비는 걱정마세요. 보육원 예산은 사양하겠습니다. 제 힘으로만 꾸려가보겠습니다."

얼토당토않은 말이 서슴없이 나왔다. 그러자 원장님이 웃으시며 말씀하신다.

"뜻은 알겠지만 서로 돕는 것이 아이들을 위해 좋지 않을까요."

"승패는 병가지상사입니다.
시합 잘 하고 오세요.
서로 돕는 것이 아이들을 위해 좋지 않을까요."

사랑하는 헌범아

오늘 또 다시 떠나가는구나
집에 있을때도 너랑 얘기를 많이 나누지못하는게
아쉽지만 헌범이가 열심히 훈련을하고 있으니 참좋다
아무것도 도와주시못해서 보는 게 안타다
그래도 혼자너 목표를 향해 꾸준히 한단계씩 진전해
가고 있는 너가 대단히 대견하고 기쁘다
나는 가만히 있다가 너의 좋은 낭과에 그 영광에 동참하
기만하나 수지맞는 일인것같다.
헌범이가 외출에 가있을때 대회가 있을때는 너의건강과
좋은 성과 수있걸되해 언제나 기도하고 있다

하나님의 도우심 안에서 이번에도 크게 발전하는 기회가 되질건
바라며 다음을위한 더 완전한준비가 될수 있걸 바란다.

더 건강하고 더 멋있는 너를 만나게되 조원을 기대하고
있을께. 잘다녀오너라
                                    2009년 12월 12일
                                    안양 돈사에서

또 가슴이 뭉클해지는 순간이다.

'아이들을 위해서라, 아이들을 위해서…….'

A보육원 사지숙 원장님의 그 한마디가 전에 있었던 제주보육원원장님 말씀처럼 내게 커다란 힘이 되어주었다. '아이들을 위해서'라는 말에는 뭔가 거역할 수 없는 힘이 들어 있었다.

"예, 알겠습니다. 명심, 명심하겠습니다."

드디어 제주도로 내려간다. 다시는 갈 수 없는 곳이라 생각했던 그 섬으로. 인천에서 청해진해운의 오하바나호를 타고 장장 16~17시간의 긴 항해를 하며 꿈의 섬으로 간다. 오하바나호는 3천톤급 대형 여객선이다. 첫 승선한 느낌은 배는 넓은데 무척이나 낡았다는 것. 이때 디카프리오 주연의 타이타닉호가 생각난 것은 왜였을까?

나는 아들과 함께 배의 선실 비상구계단 옆에 잠자리를 정했다. 그리고 파도가 심하게 요동칠 때면 반사적으로 갑판 위로 올라가서 배의 상태를 확인했다. 더불어 비상보트며 구명조끼가 어디에 있는지부터 숙지해놓았다.

그건 본능적이었다. 내 주머니 속엔 호루라기도 있었다. 왜 준비했는지는 나도 몰랐다. 왠지 그래야만 했었을 뿐이다. 갑판 위에서 하늘을 쳐다보니 비행기가 날아가는 게 보였다.

'저 비행기 안에는 제주도지사배에 참가하는 주니어와 골프대디들이 있겠구나.'

파도가 잠잠해지자 씁쓸한 미소를 지우며 선실로 내려와 멀미약을 먹고 곤히 잠든 아들의 얼굴을 바라보고 또 선상으로 올라가 바다를

본다.

그래! 어쩌면 시작 자체가 불가능한 꿈이었을지도 모른다. 그러나 도전은 멈추지 않겠다. 끝까지 도전할 것이다. 수없이 수없이 맹세했다. 시작할 때부터 큰 벽이 있었던 이룰 수 없는 프로골퍼의 꿈……. 많은 이들이 격려해주었지만 나는 안다. 물론 소수의 몇몇 분들은 진심으로 잘 되길 바라는 마음이 전해졌지만, 개중에는 더러 가당치도 않는 일이라며 코웃음치고 있다는 것을. 그래, 보란 듯이 해내고야 말겠다! 그렇게 꿈에도 그리운 제주행 배를 타고 만감에 젖어 새벽 갑판에 올라 오래도록 어둠속 별빛을 바라보고 있었다.

그리고 언젠가는 내 아들도 비행기를 타고 월드투어 할 날이 있겠지……. 중1짜리 아들녀석은 다행히 세상모르고 쿨쿨 자고 있었다.

'A보육원'의 희망 백현범 선수 장하다! 2012년 코리언투어 시드를 획득한 Q스쿨 3차테스트에 합격한 후 아들 범이와 찍은 사진.

아들아, 실전을 연습이라 생각하거라!

인천항에서 전날 저녁 7시에 출항하면 다음날 아침 10시나 11시 넘어 제주항에 도착한다. 배라는 것이 그냥 타는 것만으로도 몸이 피곤한 법이다. 어른일지라도 그런데 하물며 시합을 앞둔 중1짜리 아이에겐 피곤 그 자체였을 것이다. 하지만 나는 두 가지 목적으로 배를 탔다. 첫째는 경비절감이다. 인천 해운회사에서 어려운 우리 형편을 안 관계자 한 분이 면세금 2천 원만 내는 조건으로 승선허락을 해주었다. 두 번째는 왠지 모르겠으나 시합전 아들의 컨디션을 인위적으로 최악의 상태로 만들어 출전시켜보는 것은 어떨까? 하는 나만의 말도 안 되는 독특한 발상 때문이었다. 다들 최적의 상태를 만들려고 하는데 난 오히려 정반대의 개념을 갖고 있었다. 다만 이때 중요한 것은 아들이 눈치채면 안 된다는 것이다.

먼 훗날 프로골퍼가 되어 투어플레이를 하려면 체력안배가 중요하다던데, 막연한 생각이지만 이것도 훈련 아닌 훈련이다. 현재상황을 훈련이라고 긍정적으로 해석하려는, 말은 좀 안 되지만 내 나름대로의 구실이었다. 어차피 풍요롭지 못한 조건에서 어렵사리 하는 골프라면 궁색하지만 제법 그럴 듯한 핑계를 대보는 것이다. 옛날에 락그룹 [부활]도 6프로라는 말도 안 되는 상황에서 어렵게 첫 앨범을 녹음했다 이

거다. 이것이 매니저인 나, 백강기 방식이란 말이다. 아놀드 파머가 '자신감 넘치는 자기류는 확신없는 정통류를 이긴다'고 했듯 이것은 세상에 둘도 없는 '자기류'였다. 말도 안 되는⋯⋯.

"범아, 괜찮냐? 피곤하지?"

비릿한 바닷바람 냄새가 떠도는 제주항에 내리며 아들에게 물었다.

"아니, 뭐 별로⋯⋯."

다행이었다. "우리 택시 탈까?" 했더니 아들이 한술 더 뜬다. 이미 아빠의 경제사정을 알고 있던 범이는 가볍게 한마디 한다.

"에이, 비싸잖아. 버스 타자 아빠."

"그러자, 그 돈으로 밥이나 사먹자."

그렇게 해서 A보육원 출신의 주니어선수는 배를 타고 버스를 타고 오라컨트리까지, 그랜드호텔까지 간다. 그랜드호텔 앞에서는 매시간 마다 골프장으로 가는 오라CC행 셔틀버스가 있었다. 그때 아들에게 이런 말을 했다.

"이제 중학교부터는 뺙티, 챔피언티에서 친다! 고등학교 형들하고 같은 티에서 티업을 하니까. 넌 아직 중학생이니까 고등학생 형들보다 못 친다고, 거리가 안 난다고 해도 크게 신경 쓸 거 없다. 괜찮다. 긴장하지 말고 쫄지만 마라!"

범이는 항상 짧게 대답한다. "응."

"시합성적에 대해선 절대 100타를 쳐도 책임을 묻지도 따지지도 않겠다. 다만 앞으로 6년후 2007년 고3이 되었을 때, 그때는 정말 이 제주도지사배대회 때 3등 안에 입상해서 아시아태평양선수권대회에 출전해주었으면 한다. 그전까지 이 제주에서 치르는 시합은 연습라운딩으로 생각해라, 알았지?"

그외 이런저런 이야기를 최면 걸 듯 주입시켰다. 하지만 그때 중1짜리 아들이, 내키지도 않는 골프를 다시 하게 된 놈이 이런 내 말을 경청이나 했겠는가?

대회기간 동안 묵을 숙소로 역시 제주에서 알게 되어 숙박편의를 제공해주었던 쌍둥이펜션에서 값싸게 방 하나를 정하고, 당장 가서 인사드리고 싶은 제주보육원을 찾았다. 김종철 원장이 반갑게는 맞아주었지만 아이들이 안 보인다. 그 사이 제2팀 '제주보육원팀'이 해산된 것이다. 아뿔싸, 무거운 발걸음으로 돌아서며 '내가 뭍으로 떠나지 말고 그냥 형과 대립 각을 세우며 제주보육원팀에 있었어야 했나?' 하는 생각이 들었다. 그러나 후에 안 사실이지만 이때 형님도 제3세력에 의해 육지 1팀인 충청도보육원팀에서 소외된 상태였다고 한다. A보육원 원장님이 해준 말이 생각났다. '아이들을 위해서……' 이 말이 자꾸 맘에 걸렸다.

아이들을 위해서 그냥 있었어야 했던가?

친형님이자 단장님과 더 싸워서라도 내 자릴 지켰어야 했을까?

부모 없는 아이들을 위해서 형님과 더 싸웠어야 했을까?

지금도 의문이다.

오늘은 기다리고 기다리던 '제4회 제주도지사배대회' 날이다.

장소는 오라컨트리클럽. 제주 삼양초등학교를 졸업하고 안양으로 돌아온 범이는 사실 한동안 골프를 포기하고 클럽 한 번 안 잡은 상태였다. 당연히 크게 기대할 수 없는 대회였다. 초등학교 때보다 훨씬 뒤에서 티업하게 되어 있다. 뭐 하나 유리한 조건이 없는 대회다. 목표는 보기플레이 90타만 깨도 대성공이다. 결과는 87타였다. 물론 예선탈락이었지만 그래도 가슴은 뿌듯했다. 대회에 참가할 수 있어 기뻤고 골프를 다시 할 수 있어서 기뻤을 뿐이다.

저멀리 충북보육원 골프팀을 이끌고 내려오신 형님 백단장님을 봤다. 크게 아는 척 안 하려고 돌아서는데 "골프 다시 하는 거냐?" 하신다. "왜 내가 못 하기라도 바랬수?" 나는 퉁명스럽게 내뱉고 홱 돌아섰다. 그래도 형만 한 동생 없다고 "도울 일 있으면 얘기해라!" 하신다. "알았시다."

지금 생각해보니 굳이 퉁명스럽게 대답할 일도 아니었는데 말이다. 그러고는 '제주도지사배' 예선통과후 계열회사인 제주그랜드호텔에서 열어주는 연회에 참석하는 본선진출 선수와 부모들을 하염없이 부러운 마음으로 바라보았다.

보통 제주도지사배는 주니어 골퍼들이 최고의 기회로 여기는 큰 대회다. 동계훈련이 끝나고 그동안 갈고닦은 기량을 체크해보는 동시에, 국가대표나 상비군 선발점수 비중도 상당히 커서 주니어시합치고는 마스터즈급에 속한다. 특히 컷오프만 통과해도 선수는 물론이요 응원 온 가족들에게도 경사 중의 경사다. 제주시내가 온통 축제의 도가니로 난리가 난다. 실제 제주 관광수입 중 제주도지사배대회의 비중이 꽤 큰 것으로 알려져 있다. 오라CC의 자매회사인 제주그랜드호텔에서 연회를 베풀어주는 유일한 대회다. 전국주니어대회에서 본선 진출자들을 위한 파티를 열어주는 대회는 오직 제주도에서만 열리는 제주도지사배뿐이다. 그만큼 최고의 권위를 자랑한다.

시합일은 매년 3월말에서 4월초 사이에 열리는데 예선전 하루, 본선전 이틀이다. 본선에 진출한 선수나 코칭스테프, 가족들의 기쁨은 하늘에 와닿지만 예선통과에 실패하여 연회 참석은커녕 탈락의 보따리를 싸서 서울행 비행기를 타러 가는 부모들의 축 처진 어깨를 생각해보라. 초상집이 따로 없다.

그때는 서로 아무 말 않는 게 예의다. 우리 부자는 그런 것에 아랑곳하지 않고 다시 인천으로 가기 위해 오하바나호가 있는 제주항으로 갔다. 역시 16시간 이상의 긴 항해를 해야 했다. 고된 항해지만 다시 골프를 시작했다는 기쁨이 더 컸다고나 할까. 굳이 위안을 하자면 언젠가는 한 번 정도야 예선통과를 하겠지 뭐, 그 정도였다. 이렇게 해마다 (고등학교 2학년 때까지 5년간) 우리 부자는 인천과 제주 간 맹골수로를 왕복했던 것이다.

조급하고 성급하면 괴물골퍼가 탄생한다?

예선통과에 실패하고 'A보육원'에 도착하자마자 사지숙 원장부터 만나 인사드렸다.

"원장님, 이번 제4회 제주도지사배 본선에 진출하지 못해 죄송합니다."

"아니요, 수고하셨습니다."

그리고는 참가자 전원에게 선물로 주는 서귀포특산품 감귤 한 세트를 내놓았다. 현범이에게 늘 미소로 대해주시는 사원장님은 감귤 하나를 드시더니 웃으며 말씀하신다.

"현범이가 가져온 귤이라 더 맛있네요."

"골프는 쉬어서는 안 되는 운동인데 몇 달 쉬었더니 별로 성적이 나지 않네요. 내년엔 더 좋은 성적을 내겠습니다."

"별말씀을요. 내가 골픈 잘 모르지만, 우리 A보육원 원생이 그것도 중1짜리가 87타 쳤다니까 다들 놀라던데요."

또다시 입가에 미소를 지으신다. 사실 골프도 전혀 모르시고 좀처럼 웃지 않는 근엄한 분이시라 새삼 놀랐다.

"참, 감독님! 앉아보세요. 할 얘기가 있어요."

"무슨 말씀인데요?"

"여자팀 운영을 포기하시고 범이 하나에만 집중하시면 어떻겠어요?"

"아니, 왜 그런 말씀을……."

"백감독님이 무슨 뜻을 가지고 우리 A보육원에 왔는지 그건 중요하지 않습니다. 다만 이것이 인연이라면, 오직 현범이 하나에만 집중해서 좋은 결과가 나온다면 더 뜻 깊은 일이 될 것 같아서 드리는 말씀입니다."

순간 뒤통수를 맞은 듯한 충격을 받았다. 정곡을 찔렀다고나 할까. 감히 거역할 수 없는 진실의 말이었다.

"정말 그리해도 괜찮겠습니까? 원장님!"

"그럼요, 오히려 분산됨을 막으세요. 또 한 가지 당부할 것은 아들을 너무 다그치지 마세요. 제가 보기에는 너무 잘하기를 바라시는 것 같아요. 잘하는 아이를 뭐라고 하면 역효과가 나올 수 있습니다. 유념하세요."

역시 정말 많은 문제를 안고 살아가는 아이들을 키워내시고 보호관리 육성한 분이라 그러신지 예사말씀이 아니었다.

"예, 늘 명심하겠습니다. 그럼 1인골프팀으로 가겠습니다."

"네, 그렇게 하세요. 그리고 천천히 하세요. 아름다운 빛깔의 나비가 태어나는 것은 다 때가 되어야지, 빨리 보고 싶다고 해서 누에고치를 숙성시키면 흉물스런 괴물날개를 가진 나비가 탄생됩니다."

보육원 사무실을 나오면서 가슴이 찡함을 느꼈다. 언젠가 〈고도원의 아침편지〉에서 읽었던 글 아닌가? 조급하고 성급하면 괴물골퍼가 탄생한다. 천천히 순응하고 때를 기다리라는 계시의 말인가?

'그래, 어쩌면 이 A보육원에서 내 아들의 꿈을 완성시킬 시드프로를 만들 수 있겠구나. 그것이 단 1퍼센트의 확률이라도……' 하는 막연한 생각에 가슴 벅차 오르던 순간이었다. 이렇게 하여 보육원 1인 골프팀 이 탄생하게 되었다.

'그래 반드시 코리언 큐스쿨 3차테스트에 통과하여 시드프로가 되자!'

A보육원 숙소로 들어가는 아들의 뒷모습을 보며 나는 뒤돌아서 정 문을 나섰다. 주책맞게 눈가에 이슬이 맺혔다.

단 1퍼센트에 도전한다
아들을 '시드프로'로 만들라!

75타의 작은 기적

　10년 넘게 프로골퍼가 되기 위하여 타수를 줄여가는데 75타란 참으로 묘한 타수다. 아무리 골프에 소질이 없는 주니어라도 누구나 도달 가능한 타수가 바로 75타다. 그러나 투오버 74타와 원오버 73타는 하늘과 땅 차이다. 특히 이븐, 72타라는 스코어는 더욱 절대적이다. 이븐 스코어의 벽을 넘어야만 언더파 대열의 진정한 주니어선수가 되는 것이기 때문이다. 80대 타수에서 3년여를 헤매던 보육원 1인골프팀 시절, 당장 육지에서 열리는 2개의 시합을 준비해야 했다.

　'충청일보배'와 '목포대총장배' 대회에 전문을 띄웠다. 다행히 목포대 측으로부터 특별출전을 허락한다는 회신을 받아낸다. 그리하여 '충청일보배'를 포기하고 '목포대총장배'에 주력한다. 이번에도 김태원의 경제적 도움이 컸다. 게다가 무안CC에 묵을 숙소가 없어 목포대학교 주임교수님에게서 숙소를 제공받은 덕분에 대회에 참가할 수 있다. 무안CC에서 단 한 번의 연습라운딩 경험도 없이 참가하지만, 무안은 평지이고 해안선에 위치해 제주 중문라운딩 경험이 있는 아들에게 유리할 것 같은 생각이 들었다. 일단 시합에 참가하는 아들에게 자신감을 불러일으키는 것이 중요했다.

　"아들아? 이번 대회는 호남권의 몇 명밖에는 뭐, 특별한 선수가 없을 거다. 입상 한 번 해보자!"

그런데 그건 아들 범이를 안심시키기 위한 변명이었다. 호남 최강의 전국구 주니어선수권자들이 목포대총장배에 10명이 버티고 있었다. 그러나 뜻밖에도 범이는 호조를 보였다. 3일 플레이에서 첫날 79타를 기록, 예상을 뛰어넘는 베스트스코어였다. 둘째 날 82타를 기록, 이날도 역시 마음에 드는 타수였다. 그때 난 순간적으로 압박골프를 연출하는 모험을 하기로 마음먹었다. 대단히 무모한 발상이었지만, 다소 의도적인 행동으로 아들을 윽박지르기 시작했다.

"아들아, 너 그걸 골프라고 하고 있냐? 지금······."

"······."

"짐 챙겨서 올라가자!"

"······."

"아들아? 잘 들어! 아빠로서도 좋고 감독으로서도 좋으니까 내가 너한테 새로운 주문을 하마! 오늘 아빠는 네가 1등을 하든 꼴등을 하든 연연하진 않겠다. 다만 네가 지난 연습라운딩 때 기록한 베스트스코어 76타를 깨라, 알았지?"

나는 다소 비장감이 들게 이야기했다. 녀석은 전 같지 않은 내 말에 그저 무표정하게 답한다.

"네, 아빠."

사실 말은 그렇게 해놓고도 내심 속으로 심한 갈등을 느꼈다. 아직 골프가 뭔지 잘 모르는 아이에게 어른입장에서 심리적으로 불안감을 가중시키고 있는 것은 아닌지. 아니나다를까 멀리서 망원경으로 지켜보자니 1번홀 첫 홀부터 OB*를 내는 것이 아닌가? 아뿔싸, 출발부터

---

* **OB(Out of Bounds)** 게임을 할 수 없는 금지된 지역. 즉 경계말뚝을 벗어난 지역을 OB라고 한다.

마이너스 2벌타. 순간 때늦은 후회를 하며 차마 이를 지켜볼 수 없어 라커로 들어왔다. 그래, 100타를 치고 들어오더라도 그 이유를 설명해 주어야겠다고 맘 편히 먹고 그날 게임은 포기했었다. 그리고 2시간쯤 지나 전반 9홀을 마치고 들어오는 범이를 보기 위해 걸어가며 멀리서 손가락 6, 7개를 펴보였다. '식스오버? 세븐오버?' 하고 사인을 보낸 것이다. 실제 나는 그날 텐오버, 46타까지도 생각하고 있었다. 그때 범이가 싱긋 웃으며 손가락 1개를 펴보이는 게 아닌가. '원오버'

아니, 1개? 그럼 37타라고? 어머나 세상에! 우리 아들에게 어떻게 이런 일이? 그건 일종의 작은 기적이었다. 우리 부자만이 느끼는 전율 그 자체였다.

골퍼에겐 단 한 번의 치명적인 OB! 첫 홀부터 미스샷에 2벌타를 먹고도 원오버 37타로 전반홀을 마칠 줄은 정말 꿈에도 몰랐다. 아무튼 후반 9홀도 투오버로 마무리짓고 약속대로 75타를 치고 들어오는 내 아들에게서 무한한 잠재력을 확인한 날이었다. 이윽고 백카운트에서 앞선 범이가 6등을 차지, 최초로 전국 공식대회에서 입상하는 순간을 맞이했다.

1등부터 5등까지는 상장과 부상이 주어지고 6등은 아무런 부상없이 상장만 딸랑 하나 받는 것이었지만, 그 어떤 우승상장보다도 귀한 상이었다. 시합이 끝난 후 조용히 아들을 불러 물어봤다.

"너 1번홀인가 오비를 내고 가길래 아이고 오늘 틀렸구나 하고 라커로 들어갔는데 아들아, 그때 심정이 어떠했니?"

"아, 그때! 오늘 죽었구나! 장난이 아니네. 보기로 못 막으면 작살나겠지? 버디를 잡아야겠구나 생각하고 다시 힘껏 쳤어!"

"아들아? 내 아들이라서가 아니라 넌 오늘 너만의 골프를 한 거야. 무슨 얘기냐 하면, 네가 이해할런지 몰라도 오늘 넌 무너졌어야 할 압박골프를 훌륭히 소화해낸 거야. 난 네가 오늘 베스트스코어를 깰 줄은 전혀 기대 안 했어. 그것도 시합에서……."

"나도 그래, 아빠."

"내 다시는 이런 치졸한 방법은 안 쓰마. 정말 수고했다, 잘했다."

"……."

그때 조용히 산들바람이 스쳤다. 풀벌레 소리도 유난히 기억되는 그날은 범이가 골프에 입문한 지 정확히 2년 5개월째 되는 날이었다. 그것도 독학으로…….

이를 회상하며 훗날 안양 양명고등학교에 올라간 아들에게 물어본 기억이 난다.

"아들아? 너 3년전 중1 때 출전한 무안CC 대회 기억나냐? [부활] 태원이 삼촌이 경비 보내줘서 출전한 2002년 제1회 목포대총장배……."

"아, 그거. 난 그때 아빠가 갑자기 왜 이러나 했지. 첫날 79타 정도면 잘 쳤다고 할 텐데……."

"왜 그랬는지 이젠 이해하겠니?"

"응, 알 것 같아. 아마 아빠가 아무 말 없었으면 다음날 75타 치긴 힘들었을 거야."

"그래, 너 지금 고등학생이지만 무안에 가서 OB 안 내고 다시 75타 칠 수 있을까? 아마 힘들걸."

"맞아! 아빠. OB 내고는 더 힘들 거야, 혼나지 않으려고 정말 열심히 쳤어! 그때 이상하게 아빠가 화를 내더라고. 정말 이상할 정도로……. 그런데 아빠가 그러지 않았으면 아마 첫날 79타도 못 냈을 거야. 그리고 아빠가 늘 얘기한 대로, 합주시 51프로만 발휘하면 성공한 라이브콘서트라는 태원이 삼촌말이 떠올랐어. 연습라운딩 50프로만 하자고 했는데 200프로 이상 실력이 발휘된 것 같아."

'어~라 이놈 봐라, 별걸 다 기억하네…….' 이러고는 둘이 한바탕 웃으며 영화를 보고 나왔던 기억이 났다. 그리고 언제나처럼 녀석은 A보육원 정문으로 씩씩하게 걸어 들어갔다. 푸른 달빛이 녀석의 뒷모습을 환하게 비춰주고 있었다.

또 까닭없는 눈물이 흘렀다. 가끔 어릴 적 이현세와 더불어 가장 좋아했던 고 이상무 화백의 만화제목이 떠오른다. 일본만화 가자마 에이지의 〈바람의 대지〉보다 먼저 섭렵한 작품 〈내 이름은 독고탁〉이다. 절망의 순간에도 삶을 포기하지 않고 팀을 우승으로 이끄는 독고탁의 투혼! 나 또한 마음속으로 다짐한다.

그래, 내 이름도 감독이다!
뮤직디렉터도 감독이요
골프감독도 감독이다.
이제 나만의 '1인골프팀' 감독인 것이다.

'목포대총장배' 6등상장을 갖고 A보육원으로 오는 길은 위풍당당했다. 무안에서 출발하자마자 좁디좁은 티코 뒷자석에서 자고 있는 아들의 모습에서 최초로 골프의 가능성을 보았다.

'아! 재능이 결코 없는 것은 아니다'라는 확신이 왔다. 솔직히 5~6개월이나 쉬었는데 그렇게 잘 칠 줄은 정말 몰랐다. '분명 소질있다.'

얼마 동안은 이런 확신에 가득 차 있었다.

그러나 그것은 대단한 착각이었다. 그 예가 바로 '목포대총장배'에 이어 육지에서 열린 명실공히 전국규모 대회로 중고골프연맹이 주관하는 '파맥스배'에서 92타로 예선탈락한 것이다. 연이어 출전한 '스포츠조선배'에서도 예선탈락한다. 이것이 당시 아들녀석의 골프 현주소였다. 그만큼 주니어들의 실력은 몇몇 엘리트를 제외하고는 한치 앞을 내다볼 수 없는 들쑥날쑥 고무줄 실력이라 할 수 있다. 따라서 빠르다고 빠른 것도 아니요, 느리다고 느린 것이 결코 아니다.

지인 중 딸의 골프인생에 모든 것을 건 분이 계시다. 아직 얼굴을 보고 인사한 사이는 아니지만, 같은 길을 걷는 이로서 오랜 지기이기도 하다. 그는 '무아지경'이란 필명으로 활동하면서 '골프스카이'라는 인터넷 공간에서 '어부비토' 김기호씨와 함께 유명했다. 골프대디로서 자신만의 골프론을 펼쳐 관심을 모았다. 지면을 통해 주니어 골프실력을 등급별로 평가하는 그분 글을 참조하여 올려본다.

- **비기너** : 80대를 못 쳐본 선수들
- **초급자** : 70대를 못 쳐본 선수들. 이제 골프를 알아가기 시작하는 아이들
- **중급자** : 이븐을 못 쳐본 선수들. 공 다룰 줄도 알고 대회 경험도 많이 쌓였지만, 아직까지 예선통과는 해보지 못한 아이들
- **상급자** : 이븐, 언더를 쳐본 선수들. 이들부터 입상자가 나오기 시작한다. 대략 자기 스윙을 가진 아이들이고 쇼트게임은 대부분 정상급이다. 부모들 표현으로 '지역구'에서 '전국구'로 발돋움하는 아이들

- **최상급자** : 평균타 언더를 때리는 아이들. 예비스타들로
  서 이른바 '전국구' 선수들이자 '본선멤버'들이다.

이러한 기준으로 볼 때 아들의 수준은 정확히 고2 때까지도 이븐을
못 쳐본 중급자 등급이었다. 투어프로를 만드는 데 가장 많은 비용은
레슨비로 충당된다. 연습라운딩비(그린피)와 그에 따른 교통비, 식대,
용품비는 별도다. 이 모든 경비가 부모의 호주머니에서 나온다.

주니어골퍼를 둔 부모라면 많은 관심을 갖고 읽어야 할 부분이다. 여
기에 한겨울에는 더운 나라로 동계훈련을 간다. 천차만별이지만 2개월
에서 3개월 동안 동계훈련비, 숙식비에 비행기티켓값…… 그리고 운동
잘하는지 격려차 부모가 방문할 경우 그 비용은 상상을 초월한다. 골
프가 이런 비싼 운동인 줄 정말 몰랐다. 아들의 동계훈련은 상상도 못
했다. 제주도에서의 아픈 기억이 다시 떠오른다. 감독의 아들, 단장의
조카라는 이유만으로 해외동계훈련에서 제외되었던…….

2002년 안양중학교 1학년 겨울을 맞이하며 범이의 동계훈련을 걱정
하지 않을 수 없었다. 달리 방법이 없어 백단장(형님)에게 전화했던 기
억이 새롭다. 2년 동안 제주도에서 일 원 한 푼 안 받고 아이언에 머리
까지 깨져가며 고생한 대가를 형님에게 요구한 것이다. 순 땡깡 수준
이었다.

제주도에서 상처받은 마음을 해외동계훈련으로 보상받고자 했다.
공손하게 말했어도 될 것을 무작정 거칠게 쏘아붙였다. 알량한 자존심
과 형님에 대한 열등감마저 작용하여 반 미친 듯 행동했다. 아들이 골
프만 할 수 있다면, 오로지 그 하나에 목숨을 걸었다. 내가 할 수 있는

거라면 무엇이든 했다. 체면이고 뭐고 없었다. 억지 아닌 억지를 부리며 형님 가슴에 비수를 꽂는 말조차 서슴없이 퍼부었다. 이때만 해도 형님은 내가 A보육원 1인골프팀 감독인 줄 모르셨다.

"야, 이제 네 아들 일반인이잖아. 우리 보육원골프단 소속도 아니잖아."

"아! 그건 걱정마쇼. 나도 A보육원 1인골프팀 육성합니다. A보육원 재원증명서라도 보내줄까요?"

"정말이냐?"

"그래요, 나도 A보육원 골프팀 감독이외다. 비록 선수 하나에 감독 하나지만, 이젠 당당하게 백감독이외다."

결국 그해 태국으로 전지훈련을 보낼 수 있었다. 지금 생각해보면 얼굴을 들 수 없을 정도로 부끄러운 일이지만, 형님은 아무 말 없이 동계 전지훈련에 조카 범이를 데려가주셨다. 참으로 나는 나쁜 아우다.

요즘 스포츠는 옛날과 달리 운동화 한 켤레 갖고 하던 시절이 아니다. 축구도 야구도 개인레슨을 하는 시대다. 골프용품이 어디 싸기나 한가? 모자, 신발, 바람막이옷 등…… 게다가 볼 하나에 수천 원. 1년에 억단위의 경비가 든다는 걸 이해하겠는가.

그렇게 투자대비 성공확률은 상위 0.1프로 미만의 게임이 바로 골프라고 단언한다. 이런 점들을 꼼꼼히 따져보면 더욱 난감하고 자신이 없어진다. 그 무엇도 온전히 뒷받침할 수 있는 준비가 되어 있지 않은 상태에서 아들이 골프를 잘하길 기대한다는 게 가당키나 한 일인가? 지나친 부모의 욕심이다. 부모의 경제적 지원이 절대적으로 필요한 운동이 골프다. 이러니 아들의 골프성적이 어찌 들쭉날쭉하지 않겠는가?

이런 와중에 '목포대총장배'에서 6등을 한 것은 우리 부자에게는 작은 기적이었다. 부상없이 딸랑 상장만 들고 A보육원으로 돌아오자 원장선생님이 진심으로 반겨주신다.

"그것 보세요. 범이 하나에게만 집중하세요."

"네, 알겠습니다. 고맙습니다."

아성골프연습장에 와서 프로골퍼 표선생에게 범이의 6등 소식을 알려드렸더니, 조금 의외라는 표정을 지으며 환히 웃으신다. 이때부터 표선생이 범이를 더욱 적극적으로 지도해주셨다. 골퍼에겐 두 가지 타입이 있다. 연습에 강한 골퍼와 실전에 강한 골퍼다.

연습보다 실전에 강한 범이의 골프실력은 이후로도 자주 연출된다. 나는 실전게임이 있을 때마다 이러한 경험을 기록으로 남겨두었다. 비록 충분히 연습할 수 있는 좋은 환경은 아니었지만, '찬스에 강한 골프' 실력을 보여준 범이에게 여전히 희망을 걸고 있었다.

가자, 코리언투어로!

2003년 MBC청소년최강전

　해를 넘겨 다시 제주도에서 또 한 번 행운의 찬스를 잡는다. 2003년 'MBC청소년최강전'에 문화방송 주최측의 스폰서십 출전자격으로 특별출전하게 되었다. 이제 겨우 80대 타수 초반에 진입한 아들의 실력으로 전국골프주니어 유자격대회에 출전한다는 것은 어림없는 일이었다. 경험만이 으뜸이라는 공자님 말씀대로 꼴찌라도 좋으니 큰 무대에서 경험이라도 한 번 쌓게 하려는 의도로 이 대회 출전을 위해 총매진했다. 'MBC청소년최강전'은 국가대표급 최강의 주니어 선수만 50여 명 선발하여 겨루는 말 그대로 최강대회다. 당시 아들 또한 이 대회 출전에 회의적이었다.

　"아들아? 너 MBC청소년최강전에 한번 출전해볼래?"

　"에이, 그거 난 자격 없어. 그 대회 못 나가. 거긴 유자격 선수들만 나가는 대회야!"

　"만약 자격이 주어지면 할래, 말래? 그것만 말해."

　"참가하면 좋지."

　그래서 나는 가급적 이 대회에 아들이 출전할 수 있는 기회를 살피고 있었다. 'MBC청소년최강전' 대회요강을 살펴보니 주최측에 약간의 선수를 출전시킬 수 있는 스폰서십 자격이 주어진다는 것이었다. '스폰서십이라······' 그래, 밑져봐야 본전이다. 그 즉시 나는 제주문화방송에 전화를 걸었고 당시 제주 MBC 보도국장을 맡고 있던 고태진씨와 어렵사리 통화할 수 있었다. 전화내용을 요약하자면 MBC청소년최강전에 추천 좀 해줄 수 있냐는 것이었다. 물론 자회사인 제주 MBC에서 추천한다고 대한골프협회에서 모두 오케이 사인을 내린다는 보장은 없었지만 시작은 이러했다.

그런데 며칠 후 MBC미디어테크와 연결되면서 다행히 이 대회에 참가할 수 있는 자격이 주어졌다. 이러한 정황으로 보면 아주 쉽사리 아들에게 출전자격이 주어진 것처럼 보이지만, 당시 기록해두었던 〈골프일기〉에 의하면 MBC 관계자에게서 연락이 오길 하염없이 기다렸던 절박한 심정이 그대로 적혀 있다.

이러한 과정을 통해 아들은 극적으로 'MBC청소년최강전'에 출전하게 된다. 29일이 연습라운딩이고 시합대진표까지 나온 상태에서 곧바로 시합에 출전하라는 결정이 내려지기까지 얼마나 긴박했는지 〈골프일기〉의 기록을 보면 알 수 있다. 연습라운딩 할 시간조차 없는 가운데 단지 그린피 할인혜택만이라도 해줄 것을 요청하는 내용의 팩스를 보낸다. 중앙CC에서는 감사하게도 아들이 출전하게 된 사연을 어찌 알았는지 캐디피만 내는 조건으로 그린피는 면제해주겠다는 답을 보내왔다.

시합은 7월 30일, 31일 2라운드다.

첫날 76타. 최정예선수 50명 중 공동 15위로 예상치 않은 훌륭한 성적이었다. 중앙컨트리클럽 K차장님이 의외라는 듯 격려해주었다.

月 28 日

001 —土

002 —日

2003 —月

2004 —水

2005 —木

2003/7/10(목) 제주 MBC에 전화를 걸다. 고태진 보도국장이 MBC 미디어테크의 친구분에게 연결해주겠다는 호의적 반응을 보였다. 그런데 직함이 총괄국장님이시다. 이건 뜻밖이다. 일이 성사되지 않아도 그저 고마울 따름이다.

2003/7/11(금) 여의도 MBC미디어테크로 사연의 글과 프로필을 등기 우편발송!

7/18(금) 오후 늦게 MBC미디어테크의 전화를 받다. 포기하고 있었는데… 일주일만의 회답이다

7/19(토) 어제 전화연락을 준다고 했는데 전화는 오지 않고… 속이 탄다. 이제 낼모레 최종 월요일만 남았다. 초조하다…

7/21(월) 어쩌면 이변이 없는 한 출전할 수 있다는 애매모호?한 답을 받았다. 어쩌면? 에라~ 그것도 만세다! 기뻤다. 되든 안 되든.

7/23(수) 내일 최종심의 결정한다는 전화를 받다! 조금은 불안하다.
7/25(금) 전화가 오긴 했는데 또 기다려 보아야 한다는 내용이다. 출전여부 또 내일 심의 연기! (아마 지금 생각해보니 이 문제로 주관회사인 MBC와 대한골프협회가 좀 복잡했으리라 추측된다)

7/26(토) 오늘도 최종확인 연락이 오지 않고 있음! 과연 어떤 결론을 내려줄 것인가? 긍정적인 소식이 올 것이다! 확신한다.

7/28(월) 청소년MBC최강전 드디어 최종 출전확인 통보받음.
대한독립만세다! 내일 29일 연습라운딩 포기. 연습라운딩 없이 바로 30일 시합준비결정! (28일 사실상 거의 포기했었다)

29일 연습라운딩은 아예 생각지도 못했다. 출전통보를 받은 것만도 감지덕지였다. 다음날 29일 대회가 열리는 중앙CC 관계자께 한 통의 협조문 팩스를 보낸다.

"내일만 잘하면 베스트10 안에는 무난하겠습니다. 힘내서 열심히 하세요."

연습라운딩을 할 수 있게 미리 출전여부가 판가름 났으면 얼마나 좋았을까 하는 아쉬운 마음을 전하며 걱정해주었다.

그런데 역시 범이가 극도의 긴장을 하였나보다. 어렸을 때 장파열로 병원신세를 진 적이 있었는데, 시합 둘째 날 갑자기 복통을 일으키며 장이 찢어질 듯 아프다고 호소했다. 다급한 상황이라 중앙CC내 구급실에서 간단한 치료를 받고 도저히 시합에 출전할 수 없다고 판단, 그길로 게임을 포기하고 안양으로 올라왔다.

극도의 긴장과 복통으로 대회 둘째 날 게임을 포기해야 했지만 그날의 경험 이후 범이의 골프는 한 단계 업그레이드 되었다고 확신한다. 최고의 또래 아이들과 기량을 겨룬 추억의 게임이었다.

'제주도지사배' 전국대회 첫 예선통과
'골프저널배'에서 첫 우승

2004년 중3이 되어서야 드디어 '제주도지사배대회'에서 처음으로
예선을 통과한다. 당시의 목표는 본선이 아니라 오직 예선통과였다.
아들이라고 예선탈락을 원하겠는가? 크게 기대하지는 않았지만, 예선
전 결과는 기대 이상이었다.

전반 9홀을 원오버 37타로 통과, 후반 9홀을 걸어들어가며 아들놈이
갤러리에 있는 나를 보고 씽긋 웃는다. "제발 후반 3개 이상 39타를 넘
지 않게 해주세요!" 기도가 절로 나왔다. 보통 78타 백카운터에 컷오
프로 예선탈락 되던 시절이다. 후반 9홀도 투오버 38타로 나이스 굿!
토털 쓰리오버(+3), 75타로 통과!

꿈에 그리던 우리의 소원, 예선을 통과한 것이다. 이로써 우리 부자
의 소박한 꿈, 본선진출을 하게 된다. 그토록 참석해보고 싶었던 예선
통과자들을 위한 제주그랜드호텔 연회에도 참석하게 되었다. 아, 이런
기분인가? 다시 생각해도 즐겁기만 하다.

그러나 본선성적은 부진했다. 본선은 예선통과한 40여 명의 선수가
총 2라운드의 게임을 치르는데, 예선 성적만큼만 유지해도 좋은 등수
지만 아직 범이가 고루 좋은 스코어를 내기엔 커리어가 짧았다. 본선

첫날 80타, 둘째 날 78타를 기록하여 총 158타를 쳐 하위권에 머물렀다. 그래도 상심하지 않았다. 이미 본선멤버에 합류한 것만 해도 최고의 기쁨을 안겨주었으니까. 힘을 잃지 않도록 범이에게 용기를 주었다.

"야! 범아 내년 고등학교 올라가면 뭔가 일 좀 한번 내볼 수 있겠다, 그치?"

"응, 아빠!"

그때 나는 어리석게도 중학생이나 고등학생이나 같은 레귤러티에서 치니까 내년에는 무조건 예선을 통과할 것이요 본선에서도 베스트10 안에 무난히 들지 않을까? 하는 착각 아닌 헛된 망상을 했었다. 골프를 아주 우습게 봤던 거다. "뭐, 별거 아니네. 하면 되네"라는 식으로 말이다.

2004년 예선통과자들을 위한 제주그랜드호텔 파티에 참석해서도 어깨를 절로 들썩이며 "그래, 여기가 디 오픈(브리티시오픈)이요 US오픈이지 별거냐?"라며 뿌듯해했다. 아마 이때쯤에서야 동생 해경이도 조카가 큰오빠가 창단한 할렐루야보육원 골프단에서 A보육원으로 옮겨와 훈련하고 있는 것으로 알고 나 몰래 조카 범이를 위해 물심양면 도와주고 있었던 것으로 안다.

그해 2004년 범이가 중3 때에는 지역대회이기는 하나 기념할 만한 대회가 하나 있었다. '월간골프저널배'다. '제주도지사배' 예선을 통과하고 상승세를 탔는지 '골프저널배'에서 우승하며 중학생활을 멋있게 마무리한다. 중고연맹이 주관하는 메이저급 대회와는 달리 (로컬)마이너급 지역대회이기는 하지만 범이의 골프인생에 터닝포인트가 되는 중요한 대회로 기억된다.

다시 이야기는 8월 한여름, 제3회 '골프저널배'가 센추리컨트리클럽에서 거행되던 시점으로 돌아간다. 단지 아성골프장 회원게시판에 붙은 포스터를 본 순간, 기필코 이 대회에 참가하리라 마음먹었다. 과거 [부활] 매니저 시절에도 그랬다. 꼭 필요한 방송은 어떻게든 담당피디를 만나 설득하여 출연시키고야 말았다. 당시 경기도교육감배인지 아니면 경기도골프협회에서 주관하는 대회가 열릴 예정이었지만, 그것을 포기하고 '골프저널배'를 노크했다.

처음 이 대회를 주최하는 골프저널 측은 A보육원 골프단을 형님이 이끄는 할렐루야보육원 골프단으로 혼동하기도 했다. 나는 직접 사연을 적은 편지를 팩스로 보내 독자적으로 운영하는 팀이라고 소개했더니 오케이 사인을 주었다. 게다가 할렐루야보육원 골프팀까지 초청해 주는 배려를 잊지 않았다.

운이 좋았을까? 상승세를 타고 있던 범이가 '골프저널배'에서 우승했다. 그것도 역전이다. 최선을 다해 좋은 성적으로 보답하겠다고 했는데 덜컥 우승한 것이다. 최초의 감격적인 우승이다.

사실 이 대회 첫날에는 여러 사정상 경기장에 응원을 가지 못했다. 대회 첫날 한동안 마의 벽 같았던 타수, 75타로 2등을 달리고 있다는 소식에 직접 가서 응원이라도 해줘야겠다는 마음으로 대회가 열리는 센추리CC로 출발했다. 어쩌면 이번이 우승할 수 있는 절호의 기회라는 직감이 들었다.

경기장으로 달려가는데 차창 밖으로 비가 내리고 있었다. 비가 오는 것이 유리할까? 불리할까? 안절부절, 도무지 마음을 잡을 수 없었다.

이윽고 센추리클럽에 도착하여 늦었지만 마지막 홀에 파퍼팅하는 장면을 숨가쁘게 지켜볼 수 있었다. 전날 선두 원오버(73타)에 2타 뒤진 상태에서 OB까지 내가며 게임 초반까지는 우승권에서 멀어진 듯했으나 끝까지 포기하지 않고 후반 원언더(71타), 극적인 1타차로 역전우승을 만들어낸 것이다. 골프를 하고 처음으로 언더파 대열의 선수가 된 것이다. 당시를 생각하면 지금도 꿈인 듯 믿기지 않는 역전승이었다.

무엇보다 이 우승으로 제일 기뻐한 것은 본인 자신이었다. 당장 다음 날부터 스스로 연습장비를 챙기며 골프장으로 향하는 모습 등 작은 변화가 나타났다. 이러한 변모된 모습이 이제 중닭에서 서서히 싸움닭으로 성장해나가는 중요한 과정의 하나라고 생각한다. 우승도 해본 사람이 한다는 말처럼 이번 대회가 아들의 골프인생에 커다란 영향을 미칠 것이라 확신한다. 어떤 불리한 상황이나 제한된 환경 속에 있다 할지라도 그것이 골프를 하는 데 절대적인 방해요소가 될 순 없다는 것을 입증해준 경기였다. 문제는 어떤 역경 속에서도 기필코 해내겠다는 굳은 의지가 중요하다는 것.

이 대회에서 상장과 함께 부상으로 태국 한 달 전지훈련을 할 수 있는 비행기티켓과 신형 드라이버를 받았다. 처음으로 상장과 함께 상품을 부상으로 받는 쾌거였다. 상품으로 받은 드라이버는 꼭 필요했기에 아들녀석에게 주고, 한 달 태국전지훈련을 할 수 있는 티켓은 2등을 한 선수에게 양보하겠다는 편지를 〈골프저널〉 사장에게 전달했다. 물론 편지 속에는 〈골프저널〉에 감사한다는 말도 아끼지 않았다.

경기장에서 〈골프저널〉 대표를 직접 뵐 기회가 있었는데, 그간 내가 몸담고 있는 A보육원을 생각하면서 마음이 아프셨다는 말씀에 오히려 내가 당혹스러울 정도였다. 세상은 강자의 편에서 돌아가고 있는 것 같지만, 사실 어려운 처지에서 불가능에 도전하는 약자에게 더 큰 애정과 관심을 가지고 있다는 사실을 깨달은 경기였다. 또한 대표는 "골프선수로서의 인격수양을 강조하며 용기를 잃지 않고 열심히 최선을 다하면 좋은 결과가 있을 것"이라고 범이를 격려해주며 환히 웃으셨다.

참으로 훌륭하고 의미심장한 말 아닌가. 어쩌면 그분이 강조한 '인격수양'과 '용기' 이 두 가지는 골프뿐만 아니라 우리네 삶속에서 끊임없이 자신을 들여다보며 갈고닦아야 할 훌륭한 덕목 아닐까……

2004년 안양중 3학년 '골프저널배대회' 남중부 우승한 아들 백현범 인터뷰 기사가 월간 〈골프저널〉 9월호에 게재된 바 있다. 이 기사를 그대로 재현해본다.

이번 대회 남중부 우승 트로피를 노리는 선수들이 많았다. 그 중 예선전을 거쳐 올라온 25명의 선수들 중 예선 2위로 결승에 진출한 백현범(안양중 3년) 학생이 우승컵을 안았다. 백현범 학생은 "경험을 쌓으면서 우승을 하고 조금씩 자신감이 붙어 골프가 더 재미있다"고 말한다. 하루 5시간 연습에 몰두하는 백현범 학생은 "열심히 노력해서 더 큰 무대로 가고 싶다"고 "언젠가는 그 큰 무대의 정상에 우뚝 설 수 있는 선수가 되겠다"고 강한 의지를 보인다.

충청보육원팀에서 최초의 프로가 탄생하다

2004년은 여러모로 의미가 있다. 아들 범이가 '제주도지사배' 예선을 통과했을 뿐만 아니라 형님이 창단한 보육원골프단 역사상 첫 세미프로가 탄생한 해이기도 하다.

정말 대단한 쾌거다. 2004년 범이가 안양중학시절을 마감할 무렵, 형님이 창단한 보육원 꿈나무골프단 제1팀인 충청도 팀에서 큐스쿨 프로1차테스트에 합격, 보육원골프단의 첫 결과물이 나온 것이다.

이름은 김연섭. 연섭이는 연산김씨 시조로, 충청도보육원 문앞에 보자기에 싸인 채 놓여 있었다. 이름도 성도 없이 보육원생활을 하면서 유창학 원장님께서 '연산김씨'로 호적에 새로 올려주었는데, 보육원 소재지가 연산이었기 때문이다. 그는 범이보다 두 살 위인 논산공고 2학년생으로 먼저 두각을 나타내고 있었다. 매스컴에서 인터뷰도 요청할 정도로 그야말로 감격적인 경사였다. 모든 분들이 보육원 제1호 프로의 꿈을 이루었다고, 큰일을 해냈다고 축하해주었다. 그는 왜소한 체격으로 장타자는 아니지만 정확한 샷을 구사하는 정교한 플레이와 퍼팅에 강했다. 김연섭은 당당히 KPGA준회원이 된 것이다.

당시 이 소식을 접하면서 나도 이제 2년만 기다렸다가 2006년도가 되면 범이로 하여금 큐스쿨 1차테스트에 나가 세미프로시험을 보게 해야겠다고 생각했었다. 그러나 그 계산은 빗나가 무려 2009년 범이가 대학 2학년이 될 때까지 늦어지고 말았다. 그만큼 세미프로의 길도 생각보다 쉽지 않고 험난하다. 비록 KPGA준회원이었지만, 김연섭 프로는 그 이후 어려운 역경을 딛고 국내 최초의 세미프로가 되었다는 사실 하나로 개인후원회가 결성됐을 정도다. 이어서 강태혁과 임준혁까지 가세되며 2008년까지 무려 3명의 세미프로가 충청도보육원 제1팀에서 배출된다.

그리고 6년후, 김연섭 세미프로는 2010년 대망의 큐스쿨 2차테스트에 합격! 당당히 KPGA정회원이 된다. 역시 대한민국 최초로 충청보육원 출신이 대한골프협회 정회원 자격을 획득하는 쾌거를 올린다.

세미프로(KPGA준회원)! 어떤 이들은 풀밭에 걸려 넘어지는 것이 세미프로라고도 하지만, 대한골프협회 준회원 되기도 그리 녹록한 일이 아니다. 게다가 1차프로테스트에 이어 큐스쿨 2차전을 통과한 정회원은 다르다. 정말 대단한 것이다. 70년대초만 하더라도 한 마을에 프로골퍼가 탄생하면 집안뿐만 아니라 마을 전체의 경사였다.

보육원 출신의 프로골퍼!

기적도 이런 기적이 없다고 충청도 보육원 전체가 축제 분위기였다고 한다. 이때 범이는 대불대학교 1학년생으로 골프는커녕 친구들과 놀러 다니면서 골프와 담을 쌓던 시절이었다.

큐스쿨 1차와 달리 큐스쿨 2차테스트에 합격하여 정회원자격을 획득하는 것은 엘리트훈련을 받은 일반 골프주니어들도 힘든 관문이다. 이제 남은 최종관문은 지옥의 레이스라는 큐스쿨 3차전, 시드전이다.

프로 중의 톱프로! '시드프로'는 코리언 1부 투어프로대회에 참가할 수 있는 선수를 뜻한다. 이 큐스쿨 3차테스트 단계를 두고 지옥의 관문이라 일컫기도 한다. 2차테스트보다 수십수백 배 뚫기 힘든 어려운 단계다. 그런데 그 어디에도 큐스쿨 2차테스트에 합격한 김연섭 프로 뒤에 형님 백단장이 있었음을 언급하는 기사가 단 한 줄도 없었다. 물론 이것이 꼭 중요한 것은 아니지만 뭔지 이상하다는 느낌을 받았다. 기사마다 김연섭 프로의 탄생에 도움을 준 사람들이 거론되는데, 그 중 보육원골프단 창시자인 내 용감한 형님의 이름 석 자는 단 한 줄도 없었다.

왜일까? 훗날에야 알게 된 사실은 이렇다. 앞서도 언급했지만, 유창학 보육원 원장님은 나와는 사촌간으로 집안의 어르신이다. 그런데 어느 날인가 후원금 횡령사건이 터진 것이다. 이 사건으로 유원장이 보육원골프단 아이들을 직접 가르치고 형님 백단장은 소외당하고 만다. 아, 이건 아닌데 내가 우려했던 일이 현실에서 벌어졌다. 내 장담컨대 그런 일은 없었다. 부모 없는 아이들을 혹독하게 스파르타식으로 훈련시키는 과정에서 체벌이 가해졌고, 이 점에서 형과 나의 이견으로 자주 다투긴 했지만 후원금을 횡령하는 그런 일은 절대 없었다.

당시 용품과 훈련도구 위주로 협찬을 받은 것이 전부였고 금전으로 후원받은 것은 글쎄, 내 기억 속에 그다지 없다. 있었어도 그건 형님 개인의 인연으로 친구 동창들의 경제적 지원과 동생인 가수 민해경이 도와준 것이 전부이지 않았을까. 그것도 다 죽은 조카의 한을 알기에 형님의 지인들이 도와주겠다며 후원했던 것으로 알고 있다. 형님은 친동생인 나에겐 단 1원도 지급하지 않으신 분이니까 더 이상 할 말이 없다. 관계기관에 불려가서 조사까지 받고 무혐의로 나오시고도, 형님은 그저 "하늘만 알면 되지 뭐……" 하고 웃어버리신다.

"형님, 보육원골프단 그만두쇼. 그 꼴을 당하고도 계속할 거요?" 했더니 "아, 그럼 해야지. 하나님과의 약속인데, 내가 개인적 영광 보자고 하는 거 아니다. 나만 아니면 돼. 하나님만 내 마음 알면 되지!" 하신다.

내가 안양에서 보육원 1인골프팀을 운영한다는 사실을 알고 덧붙여 말씀하신다.

"아우야! 너는 하나님을 안 믿겠지만 하나님은 제일 먼저 화나시면 너의 건강을 치신다."

"아, 칠 테면 치라고 하쇼. 나 겁 안 나니까."

"아, 그리고 돈, 특히 후원금 가지고 장난치면 더 큰 벌을 내린다."

"아, 맘대로 하라고 하쇼. 겁 안 나니까."

그래도 내가 꿈쩍 않자, 핵폭탄급의 말을 날리신다.

"잘 들어! 네가 가지고 있는 가장 귀하고 귀히 여기는 보물을 깨트려버리신다. 이 형이 그 증거다. 세라를 하늘나라로 데려가셨잖니?"

갑자기 그 말 한마디에 충격과 전율, 공포가 엄습해왔다. 내가 가진 보물이 뭐지? 가장 귀히 여기는 그게 뭐지…… 범이? 아니, 이 양반이 악담을 해도 유분수지. 그런데 이후 그 이야기는 내 마음 깊은 곳에 각인되어 나를 꼼짝 못하게 했다. 그래서 나는 A보육원 1인골프단 후원회 결성을 아예 마음먹지 않았다. 그것은 정말 형님이 내게 해준 최고의 덕담이었다.

'그래, 내 힘으로 한다.'

그런데 말이다. 그 내 힘이라는 것도 생각해보니 하늘의 절대자께서 가상히 여겨 오늘날 이 자리에 서게 해준 것이 아닌가 싶어 감사드린

다.(물론 나는 크리스천은 아니다)

또 이야기가 막다른 길로 새나가는 느낌이지만, 충청도 보육원골프팀에서 연섭이가 큐스쿨 1차와 2차 테스트에 합격하고 나서 인터뷰한 기사를 보고, 갑자기 이런 생각이 들었다. 역도에서 1차, 2차시기를 놓친 선수가 아예 3차시기에 도전하여 단 한 번의 기회를, 찬스를 쓰지 않는가.

'그래, 여차하면 범이도 큐스쿨 3차전으로 바로 직행시키겠다!'

지금은 폐쇄된 인터넷사이트 '골프스카이'에 날마다 날마다 이 같은 글을 올렸다. 아마 당시 그 글을 읽은 골프스카이 독자들 중 몇몇은 내게 용기를 준 분들도 있지만, 대다수는 차마 내색은 못하고 비웃었을 가능성이 크다. 사실 골프가 어디 마음먹은 대로 되는 것인가? 나도 모르는 바는 아니지만, 날마다 일기에 이렇게 적었다.

'시드프로는 내가 먼저 딸 테다. 내가 먼저다! 범이가 해낼 거야!'

인디언들 격언에 '만 번의 주문을 외우면 하늘에서 그 기도를 들어준다!'는 말이 있다. 매일 기도하면서 정말 말도 안 되는 망상의 일기를 하루도 빠짐없이 써내려갔다. 이 시기 일기내용은 온통 시드프로에 대한 열망으로 가득 차 있다.

큐스쿨 3차전, 즉 코리언 투어시드를 획득하기 위해 외국인들도 먼 이국땅에서 한국까지 비행기를 타고 오는 골프사법고시다. 정말 아무나 오를 수 있는 경지가 아닌 것이다. 부러우면 진다는데 부러우면 진다는데……. 준회원, 정회원 자격을 취득한 충청도보육원 출신의 프로골퍼 제1호, 김연섭이 한없이 부럽기만 했다. 그러나 부러운 가운데서도 한 가지 분명한 것은 '나도 할 수 있다'는 자신감, 그것이 중요했다. 은퇴한 김미현 프로의 인터뷰기사가 떠오른다. 박세리 선수에 고무되어 '나도 할 수 있다'는 자신감을 얻어 미국행을 결심했다는……. 김미현 선수처럼 나도 읊조렸다.

'그래, 나도 할 수 있다. 그래 범이 너는 꼭 해낼 거야!'

'나도 할 수 있다'는 자신감이 중요!
아들아, 너는 반드시 해낼 거야!

잉어빵의 기적, 필리핀으로 전지훈련 보내다

2005년 안양중을 졸업하고 양명고등학교 1학년에 입학한 아들이 주니어대회에서 뭔가 크게 사고 한번 칠 줄 알았다. 지난 2004년 중3때 오라CC에서 열린 제6회 '제주도지사배대회'에서 감격의 예선통과를 했기 때문이다. 그래, 이제 고등학생인데 바로 작년에도 쳤던 곳이니 가뿐히 예선은 통과하겠지. 고지가 얼마 남지 않았어! 하며 기대에 부풀었다. 그러나 천만의 말씀, 자만심이었다. 지나친 기대감에 부풀어 있던 내 자신이 갑자기 부끄러울 정도였다.

고등학교 때부터는 키가 부쩍 크고 볼도 제법 멀리 날리기에 기대심리가 커졌지만, 골프가 그리 만만치 않음을 또 확인한 계기였다. 2005년까지 제주오라CC에서 치른 대회성적표를 적어보았다.

> 2000년 1월 골프입문
> 2000년 제2회 제주도지사배대회 (128타)-충남 연산초5
> 2001년 제3회 제주도지사배대회 (85타)-제주 삼양초6
> 2002년 제4회 제주도지사배대회 (87타)-안양중1
> 2003년 제5회 제주도지사배대회 (80타)-안양중2
> 2004년 제6회 제주도지사배대회 (75타)-안양중3-**첫 예선통과**

2005년 '제주도지사배' 고교 첫 대회에 참가한 범이는 무참히 예선에서 또 고배를 마신다. 겨우 80타를 면한 79타이던가? 작년 중3때도 같은 코스에서 75타로 예선을 통과해서 그랜드호텔 연회에도 참석하는 기쁨도 누렸는데 이게 뭐야? 그러나 속내는 드러내지 못하고 "아들아, 그래 수고했다. 내년 고2때는 잘 치자!" 했다.

이번에도 당연히 제주그랜드호텔에서 열어주는 연회파티에 갈 줄 알고 의기양양 양복 한 벌까지 맞춰 입었는데 말이다.

고등부 주니어들은 이때부터 큐스쿨 프로테스트에 도전장을 내미는 시기이기도 하다. 한때 제주보육원에서 한솥밥을 먹었던 윤성준도 세미프로가 됐다는 반가운 소식을 접했다. 어지간한 고등부 선수들은 대학부 선수들 못지않은 실력을 갖추고 있다. 하지만 나는 아들의 지리멸렬한 골프실력에 초조하기만 했다.

아! 멀었구나, 멀었구나.
그래, 처음부터 다시 시작이다!
부러워 말자. 때를 기다리자.
일찍 허물 벗은 누에는 괴물나비가 된다.
때가 되어야 아름다운 빛깔의 나비가 된다.
아직은 아니다, 아니다!

고등부시절은 각종 용품이 필요하며 연습라운딩이 더욱 절실해지는 시기이기도 했다. 그런데 이때 아들은 스승인 표프로에게서 파문을 당한다. 더는 범이를 가르칠 수 없다는 것이다. 당장 생활고에도 허덕이는 나에게 청천벽력이었다. 딱히 어디 맡길 데도 없고, 엎드려 절을 하고 애원해도 소용없었다. 아직도 그 원인은 잘 모르지만 그렇게 아들은 1차 사부의 곁을 떠나야 했다. 그냥 무조건 손 놓고 있을 수는 없었다.

이때 생각난 분이 강원도 홍천에 계시는 이기화 선생이었다. 여자 프로골프 선생인데, 이를 계기로 범이는 또 다른 검법을 배우러 강원도로 보내진다. 잡초 같은 범이의 골프내공은 아마도 이렇게 본의 아니게 형성된 것 같다. 다행히 이프로께서 범이에게 남다른 사랑을 주셨고, 무엇보다 중요한 것은 골프철학을 심어주셨다.

"잘 치는 선수는 많아. 그러나 인격이 먼저다. 기술은 그 다음이다."

기술은 다음이라? 아니, 이기화 선생의 이 말은 어니 엘스의 아버지가 아들에게 해준 말인데…….

그런데 어니 엘스, 그가 누구인가? 위로 호랑이 천재골퍼 하나 잘못 만나긴 했지만, 이 시대의 골프황태자 아닌가! 넘버 투, 두 번째 자리를 고수하고 있긴 하지만 역시 현역 레전드다. 아직도 타이거 우즈와 함께 그만한 선수가 없다. '골프스카이' 사이트가 운영될 시절 헤이주드님●이 엘스의 아버지가 아들을 위해 기록했던 영어원본을 그대로 옮겨본다. 엘스의 아버지가 말하는 어니 엘스의 어린 시절이다. 혹여 내 책을 읽는 주니어나 골프대디들에게 조금이나마 도움이 되길 바라면서…….

> 어니는 4살 때부터 내가 골프장을 갈 때는 꼭 따라와 같이 걷고, 구경하며 골프를 즐겼다. 어린 어니는 나의 캐디를 해주는 것을 좋아했다. 나의 비거리에 맞추어 클럽을 골라주고 퍼팅라인을 봐주었다. 어니는 이런 것을 정말 좋아했고 그것이 그의 게임을 남과 다르게 한 것이라고 나는 믿는다.

● 헤이주드 폐쇄된 '골프스카이' 사이트 동호회 방장이자 어니 엘스 열혈팬이었던 '헤이주드' 님이 영어원문을 해석해놓은 글임.

어니는 8세 때부터 클럽을 잡았다. 어니와 그의 형 더크는 주니어로서는 빠른 발전을 보였다. 13세 때 어니는 나보다 더 장타자가 되었고 14세 때는 스크래치골퍼가 되었다. 어니는 골프만이 아니라 럭비, 테니스, 크리켓 등 모든 스포츠를 좋아하고 또 잘했지만 그때까지는 모두 단순한 취미였다.

그러던 어느 날 미국 아마추어대회에서 우승을 하고 돌아온 어니를 보고 나는 그가 그저 골프를 즐기는 아이 정도가 아니란 것을 감지했다. 어니는 그후 16세 때 런던에서 열리는 아마추어 대회에서 우승을 했다. 이 대회는 보비 로크가 17세에 우승을 한 것이었다.

나는 그제서야 어니에게 '이젠 네가 즐기는 모든 스포츠 중 한 가지를 선택해야 한다'고 말했다. 그때까지 그는 테니스에서 더 많은 것을 이루어 놓았기 때문에 당연히 테니스를 선택하리라 생각했지만 "60세가 되어서도 할 수 있는 것은 테니스가 아니라 골프"라며 어니는 골프를 선택했다. 어니는 그때 바로 미국에 가려고 했지만 나는 학업 등 이유로 그의 발길을 막았다.

그후 어니는 군대에 들어갔고 1989년 프로로 데뷔한 뒤에는 혼자 미국에 건너가 투어참가 티켓을 얻기 위해 수없이 도전하고 좌절하는 시기를 보냈다. 그 시기가 어니에게는 가장 힘든 때였을 것이다.

골프백을 짊어지고 싼 호텔을 전전하며 1년 동안 미국투어를 돌다가 고향으로 돌아온 어니는 그해 남아공의 모든 대회를 석권한 뒤 브리티시 오픈에 출전해 5위로 세계무대에 이름을 알렸다.

어니의 스윙은 아버지인 내가 보아도 최고이다. 그것은 결코 쉽게 얻어질 수 없는 것이다. 어니는 자신의 스윙이 최고 상태가 아니라고 생각되면 연습티에서 내려올 줄을 모르는 아이였다. 어니는 항상 최고를 원했으며 2등은 그의 안중에도 없다.

골프클럽을 잡을 때부터 엘스의 우상은 세베 바예스테로스Seve Ballesteros였다. 어니의 자연스럽고 순수하고 편안한 스윙은 세베에서 출발한 것이다. 어니는 누구의 도움없이 자신의 스윙을 스스로 완성했다. 그는 자신을 믿고 자신의 스윙을 믿었으며 자신의 능력을 믿었다. 또한 그렇게 만들어진 자신의 스윙을 한 번도 바꾼 적이 없었다. 그것이 지금의 엘스스윙을 만든 이유라고 나는 믿는다.

코치가 필요해진 것은 훨씬 뒤 기술적인 샷이 필요해졌을 때였다.

새삼 어니 엘스 아버지가 아들에게 해준 말이 내게 큰 위안이 되었던 기억이 났다. 엘스는 4살 때부터 할아버지와 아버지가 라운딩할 때 형과 함께 따라가 캐디를 봐주었다는데 상상만 해도 너무 아름다운 장면이다. 암튼 이 집안은 골프에는 일가견이 있는 것 같다. 전성기때 아버지 핸디캡은 '0'이었고 형 더크 엘스도 400야드(약 366미터)의 드라이버샷을 날렸다니, 장난 아니다. 무엇보다 '코치가 필요해진 것은 훨씬 뒤 기술적인 샷이 필요해졌을 때였다'라는 이 말은 진정 내 마음을 사로잡았다. 이것은 '골프에서의 테크닉은 2할에 불과하다. 나머지 8할은 철학, 유머, 로맨스, 멜로드라마, 우정, 동지애, 고집 그리고 회화다'라고 말한 댄 젠킨스만큼 유명한 미국 스포츠평론가 그랜트랜드 라이스의 말과도 일치되는 것이었다.

'그래, 기술은 다음이다.'

그런데 대명콘도 골프아카데미의 이기화 프로께서 이 말을 한 것이다. 다시 희망이 고개를 쳐드는 순간이다. 나는 아들에게 편안하게 주문했다.

"강원도 산골짜기 연습장에서만이라도 푹 처박혀 살아라. 볼은 치든 말든, 소리라도 듣고 있어라. 눈으로만이라도 보고 있어라!"

이렇게 아들에게 당부하고 이제 생활비를 마련해야 했다. 그렇게 아이를 강원도 홍천으로 내려보낸 뒤 연습을 잘 하고 있는지 궁금해하지 않았다. 단지 아들을 믿어야 했다.

'뭐 잘하고 있겠지. 길게 가자. 바둑에서 어차피 '한판'이라는 말처럼 끝내기까지 가보자. 승부는 하늘에 맡기자!'

이런 마음이었다. 그나저나 지금 당장 골프보다는 생활 자체가 걱정이었다.

2006년 봄, 고2가 되고서도 제8회 '제주도지사배'에서 역시 예선탈락했다. 중3때는 똑같은 코스에서 보란 듯이 예선을 통과하더니 고등학교 올라와서 고1 때에 이어 이번에도 탈락, 골프실력이 퇴보된 듯했다. 진짜 골프에 재능이 없는 것은 아닐까, 또 별 생각이 다 났다.

2006년 여름이 지나고 가을도 가고 겨울 동계훈련시즌이 다가오자 덜컥 겁이 났다. 해마다 동계훈련은 미우나 고우나 형님 목사님 배려로 외국에 전지훈련을 갈 수 있었는데, 올해는 범이를 데리고 갈 수 없다는 통보를 받았기 때문이다.

이제 무슨 명목으로 형님에게 기댈 것인가. 자구책을 마련해야 했다.

항상 길은 구하는 자에게 열리는 법이니까. 때마침 수많은 사람들이 오가는 골목길 뒤켠에서 호떡을 파는 노점상 풍광이 눈에 들어왔다.

그래, 나도 노점을 하자. 나는 가시 없는 고기를 팔기로 마음먹는다. 그것은 황금보다 귀한 고기였다. 수년 전부터 겨울철에 군밤이나 군고구마 장사를 하고픈 마음만 있었을 뿐, 막상 하려니 포장마차는 어디다 보관하며 도무지 무엇을 어디서부터 시작해야 할지 몰라 실행에 옮길 엄두도 못 내고 있었다. 우선 이에 관한 정보를 얻기 위해 인터넷을 검색했다. 노점이라는 단어를 쳐보니 '황금식품'이라는 한 사이트가 눈에 띄었다. 그리고 그외 여러 노점사이트의 많은 글들 속에서 정보를 얻고 장사 아이템으로 붕어빵, 그 중에서도 황금식품의 황금잉어빵을 택했다. 물론 사전답사가 중요하니 실제로도 '소문난 잉어' '장군잉어' '행복한 잉어' 등 여러 빵맛을 보러 다닌 후에 결정했다. 그런데 반죽재료를 공급해주는 재료상으로부터 노점경험이 있냐는 질문을 받았다. 없다고 했더니 며칠 뜸을 들이며 머뭇거리는 것이다.

그래서 다시 전화를 걸어 약간 짜증을 내면서 "처음 하는 사람한테 용기 줄 생각은 안 하고 사기 떨어지게 왜 머뭇거리냐?" 했더니 "각오 단단히 했냐?"고 으름장을 놓았다. 난 서슴없이 "장난 아니다"라고 답했고, 그렇게 해서 잉어빵장사를 시작할 수 있는 재료상은 확보되었다. 그런데 다음은 장사밑천이 문제였다. 다시 재료상에 전화를 하는데, 잔뜩 긴장을 해서인지 목소리가 떨리고 있었다.

"실은 수중에 돈도 별로 없지만 마차보다도, 제일 싼 트럭을 사서 장살 하려면 어, 얼마나 있어야 합니까?"

"처음 하신다고 했죠? 그럼 포장마차부터 하세요. 첨부터 트럭으로

해서 성공한 사람 별로 보질 못했습니다."

지금도 그때 그 사람이 해준 말을 기억하고 있다. 정말 진심으로 고마웠다. 어쨌든 포장마차를 얻어 그동안 적당하다고 눈여겨봐왔던 장소로 끌고 왔다. 전봇대가 있는 골목길로 사람통행이 빈번한 곳이었다. 아, 그때 초도경비가 가스통값 2개, 조정기, 호스설치비, 운반비 등등 20여 만 원이 소요되었다. 이로써 또 다른 언더그라운드 생활에 도전하게 되었다. 그리고 그 도전은 시도하자마자 거친 세파 속에 강력한 도전을 받게 된다.

장사 첫날은 2006년 11월 1일 오후 5시쯤으로 기억한다. 당시 오전에 용인주유소를 다녔다. 서둘러 주유소 일을 마치고 잉어빵장사 위치로 이동했다. 이른바 투잡의 시작이다.

일단 반죽 2덩이, 팥 2덩으로 시작했다. 당시 원가로 치자면 반죽이 5,500원 팥이 4,400원 합쳐 9,900원이었다. 재료배달상은 설치와 동시에 잘 보고 배우라며 시범으로 빵 한 개 딸랑 구워주곤 다른 거래처로 배달갔다. 마치 황량한 들판에 버려진 어린아이처럼 나는 뭘 어찌해야 할지 몰랐다. 정신없이 쩔쩔매다가 드디어 반죽을 온통 흘리고 태워가며 겨우 완성된 몇 개의 잉어빵을 구워냈을 때였다.

"어머, 언제 생겼지?" 하며 아줌마 한 분이 다가온다. 반가워야 할 손님인데 겁부터 덜컥 났다.

"얼마예요?"

"아, 그게 그러니까 세…… 세 개 처……천 원입니다."

입안에서 말이 뱅뱅 돈다. 이건 숫제 말더듬이가 따로 없다.

"아, 그래요. 3천 원에 한 개 더 주나요?"

"예, 예. 드…… 드립니다, 드려요."

순간 식은땀이 등줄기를 타고 폭포처럼 흘러내렸다. 어떻게 구워냈는지조차 기억이 안 났다. 마치 시간이 멈춰선 듯했다. 왜 그리 빵은 더디 구워지던지, 지금 생각해보니 또 다른 감회다.

"그런데 아저씨, 장사 첨이세요?"

"아, 예. 오늘이 처, 처음입니다."

"어쩐지, 그래도 대단하시네요. 넥타이도 매시고……."

"아, 예…… 예."

사실 넥타이를 맨 이유는 호떡 파는 어떤 부회장 출신의 노점상 이야기를 들었기 때문이다. 그렇게 첫 손님을 보내고 가슴을 쓸어내린다. 이번에 두 번째 아줌마가 나타났다.

"얼마예요?"

"예, 처 천 원에 세, 세 갭니다."

"어머, 뭐가 이렇게 비싸?"

쌀쌀하게 돌아선다. 아차, 이거 몇 개에 천 원을 받아야 하나? 하지만 이미 늦었다. 당시 천 원에 다섯 개 하던 시절이다. 천 원어치를 사간 아줌마가 다시 또 오고, 그뒤 손님이 정신없이 들이닥친 것이다. 소위 대박이 났다. 그때 잉어빵 가격조차 제대로 모르고 팔았던 것이다. 그저 적당한 값이려니 생각하고 언뜻 말했을 뿐이다. 본의 아니게 폭리를 취하게 되었다고나 할까. 하지만 이미 처음부터 세 개 팔았던 원칙을 지킬 수밖에 없었다. 만일 처음 사간 아줌마가 이 사실을 알면 가만히 있질 않겠지. 그래서 할 수 없이 비싸다는 몇몇 아줌마들에겐 팔지 못했다. 그럼에도 불구하고 장사는 쏠쏠했다. 훗날 아주머니들 이야기로는 노점이지만 깨끗한 포장마차며 넥타이를 맨 인상이 아주 좋았다는 평판이 돌았다고 한다.

저녁 5시 10분에 불 피우고 반죽 2덩이를 모두 소화한 시간이 고작 세 시간도 안 걸렸다. 7시 반쯤 장사를 끝냈다. 총매출 약 7만원. 재료값 19,800원 빼고도 약 5만 원이 수중에 남았다. 장사를 해서 손에 쥔 돈이라는 것이 너무도 신기하고 믿기질 않았다.

그런데 역시 수월한 것은 하나도 없었다. 잉어빵장사 첫날 올린 매출로 한참 신이 나 있는데, 갑자기 아파트민원이 들어왔다면서 거리노점단속반 용역이 나타났다. 졸지에 불법떴다방 노점상 신세가 되고 말았다. 지금이야 웃으면서 그날을 회상하지만, 눈앞이 캄캄해져왔다. 당장 어디로 포장마차를 옮겨야 한단 말인가, 난감하기 이를 데 없었다. 그렇다고 이대로 물러설 수만은 없었다. 이상한 오기가 발동했다. 7전 8기의 정신이 불끈 솟아올랐다.

장사 2일째 되던 날, 마음을 단단히 먹고 잉어빵장사 하던 곳으로 다시 나갔다. 당시 장사하던 그곳 주변을 다시 살펴보니 2개의 마트가 있었다. 오거리 지점에 A마트가 있는데 제법 크고 사람들 왕래가 많아 장사가 꽤 잘 되는 곳이다. 삼거리 쪽의 B마트는 좀 작은 규모다. 그 거리가 900미터쯤 된다. 결국 그 도로를 7~8번 옮겨다니며 단단히 실전체험을 하게 되었다.

마침 가랑비는 내리고, 용역과 크게 부딪쳐봐야 좋을 것 같지도 않아 마차에 찍찍이텐트를 3면으로 치고 건너편 외환은행 쪽으로 옮겼다. 이날은 반죽 3덩이, 팥 3덩이를 주문했다. 좀더 적극적으로 장사를 하고자 마음먹었다. 시간은 전날보다 한 시간쯤 이른 시각인 오후 4시 반쯤 시작했다. 한참 팔고 있는데 이번에는 은행경비원이 오더니 치우라고 한다. 동네이다보니 조용한 게 상수다 싶어 오늘 하루만 하고 내일부턴 다른 곳으로 가겠다고 하고서 그날도 무사히 다 팔았다. 시간은 8시가 채 못 된 것으로 기억된다. 총매출 11만원. 재료비 29,700원 빼고도 8만 원이 넘는 돈이다. 어라! 장난이 아니네……

그시절 겨울철에 잉어빵, 아니 붕어빵을 천 원에 다섯 개 팔아가지곤 5킬로그램 한 포에 2만 원 남기기가 힘들다. 순이익이 50퍼센트일 때였다. 하지만 멋모르고 천 원에 세 개 팔았던 나는 본의 아니게 70~80퍼센트 이익을 남기게 된 것이다. 서툰 솜씨로 그것도 엄청 반죽을 흘려가면서 말이다.

그런데 그날도 문제가 발생했다. 포장마차를 정리하고 들어가려는데 또 한 무리의 사람들이 다가온다. 어라, 빵 다 팔았는데 어인 일이지? 또 불길하다. 이번에는 전국노점연합회에서 나왔다고 한다. 여기서 계속 장사할 거면 전노련협회에 가입하라며 압력을 가한다. 그들 말에 의하면 하루살이 생계형 노점이라 할지라도 협회회원이면 불법장사로 경찰에 걸려들 일은 없다는 것이다. 순간, 머리가 지끈 아파왔지만, 현실과 타협하지 않을 수 없었다. 어쩔 수 없이 울며 겨자 먹기식으로 전노련에 가입한다.

그러나 자리잡기가 영 힘에 부친다. 3일째는 떡집 앞으로 갔으나 떡집주인이 쳐다보며 "여기서 팔면 안 되죠" 하는 것이다. 나는 오늘만 팔고 내일은 다른 곳으로 가겠다고 강조했고, 그렇게 정처없이 며칠이 지나가고 있었다. 근처 24시 편의점에서는 호빵 판다고 안 된다, 사우나 앞에서는 입구 막혀서 안 된다, 중국집 앞에선 짜장 덜 팔린다며 손

사래치고 휴대폰가게는 매장 가린다고 저리 가란다. 힘들다 힘들어! 그래도 지역주민들, 특히 상인들하고는 절대 미운털 박혀서는 안 된다는 생각에 장사가 끝날 땐 일부러 덜 팔고서 남긴 빵 좀 드시라고 권하며 주위상인들과 친목을 다져나갔다. 그러는 동안에도 장사수입은 제법 짭짤했다.

속도 모르는 동네아줌마들은 "아저씨? 왜 그리 자주 옮겨다녀요?" 한다. 사실 장사가 신통치 않았다면 벌써 때려치우고 포기했을 것이다. 그나마 운이 좋은 편이다. 정말이지 오기로 옮겨다니기도 했지만 나를 찾아준 아줌마들이 있기에 용기백배했던 것이다.

4포를 팔면 재료비 빼고도 10여 만 원이 남고, 5포를 팔면 12만 원 넘는 돈이 남았다. 그렇게 또 7~8일이 지났다. 이제 마지막으로 삼거리 B마트 앞까지 왔다. 차마 마트입구에선 할 수 없는지라 건널목 끼고 옆으로 건너서 마차를 폈다. 고작 건널목 한걸음 차이인데 파리만 날린다. 목의 중요성을 내공으로 체험하는 순간이었다. 이렇게 목이란 길을 걸을 때마다 발길이 자주 머무는 곳, 사람이 북적대는 곳이 최적의 조건임을 몸으로 체험하는 순간이었다. 이때 공자님 말씀이 또 떠오른다.

배움에는 경험이 으뜸이니라.
그리고 경험에는 반드시 고통이 수반되느니라.

나는 마음을 굳게 먹고 B마트 사장님을 찾았다.
"사장님, 마트 앞에서 장사 좀 하면 안 되겠습니까? 입구가 가리지 않도록 최대한 비켜서 하겠습니다."

간절한 마음을 담아 말했다. 그 옛날 방송국 피디들에게도 당당했던 나는 어디로 가고, 아들의 동계전지 훈련비를 한 푼이라도 벌기 위해 어떻게든 최선을 다했다. 제발 허락만 해준다면 소원이 없을 것 같았다. 엎드려 절이라도 할 수 있을 것 같은 이 다급함을 뭐에 비유할까. 다행히 평소 안면도 있었고 마트도 자주 이용했으며, 잉어빵도 열심히 갖다준 터라 그런지 쾌히 승낙해주었다. 하나님 감사하다는 말이 절로 나왔다. 그렇게 매일 열심히 잉어빵을 구웠고, 보름 정도 매출을 모아 보니 백만 원이 좀 넘는 것이다. 백만 원이라, 이런 추세라면 아들녀석 전지훈련비를 천만 원 가량 마련할 수 있겠다 싶어 골프아카데미로 전화를 했다. 아들을 먼저 필리핀으로 동계훈련을 보내주시면 매달 분납하겠다는 조건으로. 내 형편을 안 골프아카데미는 그렇게 편의를 제공해주었다. 모두들 아들의 골프인생에 도움을 준 분들이다.

다시 장사의 추억으로 돌아가자. 장사를 하면서 재료를 아끼지 말라는 말은 상식적으로 누구든 안다. 하지만 실제론 그렇게 하는 사람과 안 하는 사람과는 분명 차이가 난다. 물론 나도 처음부터 반죽 속에 팥을 많이 넣은 게 아니다. 순전히 실수였다. 손놀림이 둔하다보니 그렇게 뚝뚝 퍼넣은 것이다. 그런데 그게 제대로 먹힌 것이다. 게다가 사연이야 어찌되었든 난 폭리를 취하고 있지 않은가. 그래서 주저없이 팥고물을 왕창 밀어넣었다. 희망의 생물, 나의 황금잉어에게.

난 이참에 나만의 방식으로 만드는 잉어빵을 브랜드화하기로 마음먹고 상술로 삼았다. 어떤 땐 내가 봐도 심할 정도로 잉어빵 꼬리에까지 팥을 마구 집어넣었다. 그리고 손님과 날씨이야기도 하고, 아이들의 환한 미소가 사랑스러워 덤으로 한 개 더 주고, 씩씩하다고 한 개 더 주고……. 부모 마음 중에 가장 약한 감성이 자식사랑 아니겠는가?

나이 쉰에 처음 장사라는 것을 하면서 지난날 잃어버린 용기마저 되찾은 것 같아 참으로 다행스럽게 생각한다. 이렇게 글을 쓰는 데에도 몇 가지 이유가 있다. 하나는 지푸라기라도 잡는 심정으로 노점을 시작하려는 사람들께 도움이 되었으면 해서이고, 둘째는 골프하는 아들 녀석에게 행여 나태해졌을 때 이를 상기시키며 새롭게 각오를 다지길 바라는 마음에서다. 세 번째는 언젠가 이런 사소한 골프기록이 책으로 출간될 날이 있지 않을까 하는 막연한 기대감이 있기 때문이다. 말하자면 모든 가능성을 열어두었다고 할까.

한때 난 쇼비즈니스계에서 돈보다는 내가 좋아하는 일에 종사했던 사람이다. 참으로 열정적이었다. 그건 내가 좋아하는 일이었으니까. 하지만 앤드류 매튜의 말처럼 이젠 내가 해야 하는 현재 이 일을(노점상) 좋아해야 하는 처지에 있고, 그게 행복의 비결이리라 생각하기도 했다. 그 정도로 나는 내가 처한 그 어떠한 현실도 사랑할 수 있었다. 아니, 사랑하려고 최선을 다해 노력했다.

2006년 11월 처음 장사를 시작했을 당시에는 아들에게 이 사실을 알리지 않았다. 그리고 이듬해인 2007년 아들은 필리핀 전지훈련을 다녀와서 알게 되었다. 노점상까지는 눈치채지 못했겠지만, 아빠가 힘들게 막노동을 했다는 사실은 어렴풋이 알고 있는 듯했다. 서로 말은 깊게 안 했어도 좀더 새로이 각오를 다지며 운동에 임했으리라 그렇게 생각했다. 아니, 그렇게 믿고 있었다.

어쨌든 당시 나는 아들을 동계훈련지로 보내기 위해 잉어빵장사에

총매진했다. 지역주민들과도 원만히 지내며 다니던 주유소 야간주임
직도 그만두었다. 단정하게 옷차림에도 신경쓰고 넥타이 또한 빨주노
초 매주 다른 색으로 바꿔매며 손님에게 좋은 인상을 주려 노력했다.
어떤 때는 기분전환으로 나비넥타이를 매기도 했다. 또 리어카 한편에
는 멋지게 스윙하는 아들의 모습을 액자로 담아 걸었다. 그런데 이게
완전 히트였다. 아들의 성공을 기원해주는 아주머니 팬들도 생겨났다.
소문을 듣고 이웃지역 아주머니들도 찾아줄 정도였다.

　"아저씨, 소문대로 맛있네요."

　"아들이 골프 유망주라면서요? 미리 사인 받아야겠네요" 등등 덕담
을 많이 해주었다.

　"아저씨? 팥을 그리 많이 넣으면 남는 게 있어요?"

　"아저씨? 왜 넥타이 매세요?"

　"공직에 계셨어요?"

　"명퇴하셨나요?"

　"왜 우리집 아이들은 아저씨네 것만 찾는지 모르겠어요."

　등등 질문이 많았다. 난 그저 진심을 담아 웃음으로 화답했다.

　감사한다. 아주머니들 덕분에 내가 살았다. 아들이 동계훈련을 가게
된 것은 용인의 어머니들 덕이다…….

　매해 겨울이면 나는 이런 추억을 떠올리며 잉어빵을 맛있게 사먹는
다. 그럴 때마다 따끈한 잉어빵에서 추억이 새록새록 되살아났다.

　　아, 행복하다.

　　잉어(붕어)빵은 나에겐 살아있는 생물이다.

'제주도지사배대회'에서 날아온 극적인 승전보

2007년 대명콘도의 이기화 골프아카데미에서 훈련하던 아들이 다시 표창환 프로님께 지도를 받게 됐다. 이프로님과 표프로님 두 분은 서로 잘 아는 사이이고 아들 범이의 입장을 늘 배려해주시는 분들이기에 가능했다. 지나간 일은 모두 추억으로 덮었다.

이제 범이도 고교 주니어시절을 마감하는 때가 도래했다. 이렇게 골프 성적이 부진한 채 고교시절을 마치고 말 것인가. 2007년 4월, 설레는 마음과 두려운 마음으로 제9회 '제주도지사배'에 참가하게 된다. 이것이 주니어시절을 마감하는 마지막 대회인 셈이다. 장소는 역시 제주 오라컨트리클럽이다. 나는 출전하기 전, 아들에게 단단히 일러둔다.

"범아, 이번 대회는 고교 마지막 대회다. 유감없이 최선을 다해라!"

"응!"

또 짧은 한마디로 범이는 대답한다. 어떻게든 힘을 실어주고픈 아비 마음을 아들은 알까?

"이번에는 비행기를 타고 가라!"

난생처음으로 배편이 아닌 비행기티켓을 끊어주고 격전지 제주 삼다도로 내려보낸다. 생각해보면 골프시합 전 아들녀석은 무척 피곤했을 것이다. 인천에서 제주까지 거친 파도넘어, 연습라운딩 한 번 없이 실전에 임해야 했던 그날들을 회상해보니 다시 마음이 짠해진다.

그런데 비행기 타고 간 효력이 있었던 것일까. 실상은 기대도 안 했는데…… 그날도 나는 용인의 노점에서 한산하게 잉어빵을 굽고 있었다. 봄이 되면서 날이 따뜻해지자 잉어빵장사도 안 되고, 한참 맥을 놓고 있는데 전화가 왔다. 아들이 힘없는 소리로 말했다.

"아빠 미안해, 77타야. 겨우 턱걸이로 예선통과했어!"

나도 힘없는 소리가 나오기는 마찬가지였지만 태연하게 말했다.

"수고했다. 이제 다 잊고 본선 이틀만 잘 치자. 예선성적은 잊어라!"

다행히 주니어대회는 프로대회와 달리, 본선 2라운드는 예선 1라운드의 성적이 포함되지 않는다. 본선전만 잘 준비하면 되는 것이다.

이제 본선 첫날이다. 나는 그저 본선에 올라간 것만으로도 다행이다 싶었는데 전혀 생각지도 않던 순간에 낭보가 들려온다. 아들의 전화다.

"아빠, 한 개 오버야."

본선 첫날 스코어가 73타 원오버(+1)였다. 그렇게도 꿈에 그리던 이븐(72타)에 근접한 스코어였다. 등수가 중요한 게 아니라 타수가 중요했던 그 시점에서 훌륭한 성적이었다. 당연히 본선 1라운드 등수도 14위, 톱10을 바라볼 수 있었다. 흥분을 가라앉히지 못한 쪽은 나였다. 말을 더듬으면서 아들에게 주문을 했다.

"아 아 아들아, 더 더도 말고 덜 덜도 말고 내일 2라운드 딱 한 타! 한 타만 줄여 이븐(72타)만 쳐라, 알았지?"

역시 또 짧게 답한다. "응."

다음날 잉어빵장사보다 2라운드 성적을 알리는 아들의 휴대폰소리만 기다리며 안절부절못하고 있었다. 용인지역에서 이미 파다하게 소문이 나 있었다. 잉어빵 리어카 앞에 아들의 스윙장면 사진이 담긴 액자를 걸어둔 것도 소문에 한몫 했을 것이다. 동네 단골 아주머니들도 아들의 골프성적이 어떻게 됐냐고 정말 관심 있게 물어오신다. 다시 전화가 왔다.

"아빠! 17홀까지 원언더 유지하다가 마지막 홀 파5에서 투온에 성공, 원퍼트 성공으로 이글 잡았어. 쓰리언더 69타야, 토털 142타야."

드디어 아들이 해냈다. 고교시절을 마감하는 대회에서 라베! 자신의 최고기록을 경신한다. 2007년 제9회 '제주도지사배'에서 상위권에 진입, 처음으로 전국대회에서 4위로 입상한다. 전국대회 시작을 알리는 '제주도지사배' 4강은 믿지 못할 성적이었다. 4위 입상보다도 더욱 의미가 큰 것은 언더스코어였다.

정말 이제나저제나 등수에 관계없이 언더파 원언더(-1) 한 번 쳐보았으면 했는데, 2라운드 '쓰리언더'라니 눈물나도록 고마웠다.

"이제 됐다. 육지대회에서 제대로 한판 붙자!"

골프의 테크닉은 2할에 불과하다는 그래니의 말이 떠올랐다.

'기술이 필요한 것은 훗날이었다.'

바로 이 말, 그랜트랜드 라이스(애칭 그래니)* 말의 의미를 그제야 깨달을 수 있었다.

또한 '기술은 그 다음'이라고 했던 어니 엘스의 아버지 이야기가 다시 가슴에 와닿는 순간이었다.

아, 바로 멘탈, 정신의 문제로구나.

살아남는 자가 바로 강한 자라는 것!

Grantland Rice

스포츠평론가 그랜트랜드 라이스 어록
"골프의 테크닉, 스킬은 20%다.
나머지 80%는 희로애락"이라 했다.
오늘 29일 공식 연습라운딩이다.
리듬을 살려라.
인생도 사랑도……
그리고
골프도 리듬이다.
리듬!
아들아!
너는 화이트 타이거다!

오전 10:47 – 2012년 5월 28일(페이스북)

아들아, 살아남았구나.

고맙다!

그러나 그 기쁨도 잠시였다. 초등학교 2년, 중고교 6년 도합 8년의 기나긴 수련 끝에 찾아온 '제주도지사배' 전국 4강의 행복감은 달디달았으나, 아들의 골프는 또다시 긴 어둠의 터널속으로 빠져들고 있었다. 골프라는 운동은 정말 삶과 비슷하여 고지가 바로 저기인 양, 될 듯 될 듯하다가 안개 속으로 사라져버리듯 종잡을 수 없었다. 과연 아들의 골프에도 최고의 순간이 올 수 있을까? 언제 오려나…… 그때는 언제인가? 어쩌면 이 삶이 끝날 때까지 아니 올 수도 있다. 꿈꾼다고 다 이루어지는 건 아니지 않는가. 문득 빙상스타 이규혁 선수가 은퇴식에서 한 말이 떠오른다.

"처음부터 불가능에 도전하는 것이 슬펐다."

우리 부자 역시 처음부터 서글픈 불가능한 꿈을 꾼 것은 아닌지…….

• **그랜트랜드 라이스** 야구와 골프 역사에 있어서 가장 뛰어난 미국스포츠평론가다. 그는 야구에서 "바뀐 투수의 초구를 노려라"라는 바이블과 같은 격언을 남겼다. 또한 수많은 골프어록을 남긴 인물로도 유명한데 "골프는 인간 본성에 대한 통찰력을 준다. 당신의 상대는 물론 당신 자신을 꿰뚫어볼 수 있도록 한다. 골프의 가장 큰 철칙이면서 가장 지켜지지 않는 철칙은 '볼에서 눈을 떼지 말라'이다"라는 말로 유명하다.

삶은 부메랑이다. 우리들의 생각, 말, 행동은
언제가 될지 모르나 틀림없이 되돌아온다.
그리고 희한하게도 우리 자신을 명중시킨다.
말이나 글에는 창조의 힘이 숨어 있다.
원하는 것을 말하고 또 말하라. ─플로랑스 스코벨 쉰

3부
방황, 그리고 다시 시작

전지훈련 中 아멘홀에서

아들의 잠적, 골프를 놓다

사라졌다.

골프를 시작한 지 8년 만에 처음으로 언더스코어로, 보육원 출신의 주니어선수로 '제주도지사배' 4강신화를 만들어놓고서는 아들이 사라졌다. 오호라 통재여! 그야말로 날벼락 같은 사건이 발생했다.

오랫동안 아들의 골프를 지도해온 표프로에게서 전화가 온 것이다. 제주도 시합후, 범이가 연습장에도 나타나지 않고 어디로 사라졌다는 당혹스런 전화였다. 4월초 열렸던 '제주도지사배'에 이어 5월부터는 육지에서 열리는 중고골프연맹이 주관하는 각종 대회가 즐비한데 행방불명되었다니…… 특히 5월에 열리는 '스포츠조선배'는 크게 기대를 걸고 있었는데, 대회신청도 하지 않았다는 청천벽력 같은 소식을 들었다. 죽은 조카 세라를 위해서라도 꼭 우승했으면 하는 장소가 프라자CC에서 열리는 '스포츠조선배'였다. 결국 사춘기 아들녀석의 이러한 이유없는 까칠한 행동들이 나중에 표프로님께 2차파문을 당하는 원인이 되었을 것이다.

그렇게 한 달이 속수무책으로 흘렀다. 5월 중순경 연락이 끊긴 지 한 달 만에 수척해진 모습으로 아들이 나타났다. 수척하다 못해 뼈만 앙상하게 남은 초췌한 몰골을 보자 나는 이상하게 화조차 나지 않을 정도로 차분해졌다. 아들과 마주 앉은 나는 암담한 심정으로 조용히 물었다.

"무슨 이유냐? 이유를 대라. 왜 '스포츠조선배'는 신청조차 하지 않았느냐?"

아들의 대답은 그저 골프가 싫다는 것이다. 그저 싫다, 그냥 싫다, 아무 이유가 없다고 했다. 그 상태가 심각했다. 순간, 이제 정말 억지로 밀어붙여 될 일이 아니구나 직감했다.

"아들아, 잘 들어라. 말을 물가까지는 끌고 갈 수 있어도 그 물을 마시고 안 마시고는 말에 달린 것이다."

그리고 또 하나, 탈무드 이야기를 들려줬던 기억이 난다.

"불씨마저 꺼트리지 말길 바란다. 불씨만 살아 있으면 온 산을 다시 태울 수 있는 것이다."

그리고 두말없이 일어나서 당분간 서로 연락하지 말자면서 내가 먼저 그 자리를 나왔다. 회한이 밀려왔다. 담담하면서도 착잡한 심정, 상반된 두 감정이 동시에 요동치며 머리를 뒤흔들었다. 갑자기 영사기필름이 거꾸로 돌아가듯 과거의 모든 기억이 물밀듯 몰려왔다. 그렇게 머릿속을 떠돌던 기억들은 이번에는 급체하듯 더 이상의 저장공간을 잃어 머릿속을 텅 비워내고 있었다. 그럴수록 머리가 멍해졌다.

지금은 회상을 하는 시점이니 이렇게 초연히 쓸 수 있지만 당시에는 참으로 캄캄했다. 그때의 절박함을 무엇에 비유할 수 있을까. 이젠 무얼 하나? 어디로 갈까? 나침판 없는 배를 타고 정처없이 홀로 표류하는 꼴이 되었다. 고작 이렇게 골프를 끝내려고 형님과 싸워가며 무모하게 보육원골프단을 창단했단 말인가. 이럴 줄 알았더라면 차라리

2001년말, 제주초등학교를 졸업하고 안양으로 올라올 때 모든 것을 포기할걸……. 이제 A보육원 사지숙 원장님을 어떻게 또 대면한단 말인가. 다시 후회가 밀려왔다.

당시 아무리 이혼의 아픔으로 가정에 충실할 수 없었다 해도 골프를 시킨다는 명분으로 범이를 보육원에 보낸 것은 가슴 아픈 일이었다. 그때 어린 아들에게 무슨 거짓말을 했던가.

"범아, 이번 여름방학때 충청도에 삼촌할아버지가 운영하시는 보육원에 가서 수영하고 오자."

정말 나쁜 아빠이지 않은가. 물을 좋아해서 수영이라면 자다가도 벌떡 일어나는 아들을 살살 구슬려 아닌 밤중에 홍두깨 식으로 보육원에 입소해서 본인 의사와 관계없이 강제로 시킨 골프! 그렇게 시작한 어설프고 이상한 골프! 8년 동안 불평불만 없이 훈련에 잘 따라준 착하디 착한 아들 범이. 늘 고맙고 미안하고 그랬었는데……. 일반 학생들처럼 엘리트 정통 골프교육을 받지는 못했지만, 동네골프처럼 더러 어설픈 모습도 보이지만 나름 독창적이고 잡초처럼 질기게 생존하며 8년 동안 잘 버텨주었는데…….

그래, 그랬겠지. 어느 순간, 아들은 자신이 진정 골프를 좋아하는지 의문을 던지기 시작했을 거야. 자신이 무얼 원하는지, 자신의 꿈이 무엇인지 자문도 했겠지. 단 한 번도 반항하지 않고 아비의 뜻을 따르면서도 사춘기 아들은 어쩌면 가슴속에 더 큰 회의의 나무를 뿌리 깊게 심고 있었는지도 모를 일이지. 지금에 와서 생각해보니 그렇다는 얘기다.

2007년 봄은 그렇게 잔인하게 가고 있었다. 아들이 골프를 하기 싫다고 선언함으로써, 천신만고 끝에 얻은 실낱같은 골프에 대한 가능성을 보았을 때 다시 모든 것을 포기해야 하는 순간을 맞이하고 있었다. 만감이 교차했다.

다시 나의 감정은 격해지며 1999년 충청도보육원에 입소할 당시 범이와 생이별했던 장면이 떠오른다. 충청보육원에 아들을 두고 산을 내려오던 날 무척이나 비가 내렸다. 눈물에 빗물이 더해 하염없이 눈물이 흘러내렸다.

아들아 미안해 사랑해

미안해 사랑해……

사랑해 사랑해…….

'비와 당신의 이야기'가 아니라 '비와 아들의 이야기'였다. 아! 이러려고 했던 것은 아닌데…… 이러려고 널 보육원에 입소시켜가며 골프를 시킨 것이 아닌데……. 여기까지인가. 어쩔 수 없는 것인가. 하늘의 뜻인가. 이젠 정말 뭐하지?

갑자기 태원이가 보고 싶어졌다. 2007년은 김태원이 또 한 번 추락했다 떠오르던 시기였다. 2002년 김태원은 '네버엔딩 스토리'로 화려하게 부활했지만 '○○○with부활'이라는 팀명칭 앞에, with라는 단어 하나 때문에 또 한 번 L군과 격돌하고 결별의 수순을 밟고 언제나처럼 당연한 듯 나락으로 떨어진 해였다.

또다시 강조하지만, '○○○with부활'은 크게 잘못된 이름이다. 뮤지션들에게 with라는 명칭은 팀을 개인밴드화하려는 의도다. L군이 [부활]이라는 밴드를 자기 개인밴드로 만들려 했다고밖에 해석할 수 없었다. 김태원이 반발하지 않았다면 전 매니저 자격으로라도 내가 나서서 잘못을 고치려 했을 것이다. [부활] 태동기 멤버에 있지도 않았던 L군이 아무리 유명가수라도 [부활]의 약세를 잡은 것이라고 생각했다. 초창기때 L군에게 잘 하라고 가벼이 야단친 일을 두고 나를 무뢰한으로 몰고가는 것까진 참겠는데, [부활]을 마치 L군 개인의 밴드처럼 사유화하려는 태도에는 정말 참기가 힘들었다. 내 성격상……

그런데 2007년은 김태원이 2002년 이후 그토록 오랜 부침의 시간을 끝내고 자신이 이끄는 그룹 [부활]의 이름처럼 예능으로 온몸이 망가져 가면서 화려하게 부활한 해이기도 했다. 이것은 김태원 개인의 부활만이 아니었다. 이를 계기로 침체되었던 대한민국의 젊은 인디락밴드들에게도 엄청난 에너지원이 되었다.

그때 절실한 상황에서 나도 모르게 태원이를 찾고 있었다. 그저 하소연을 하고 싶어서 무작정 전화를 했다.

"태원아, 나 강기 형이다. 어쩌니? 이제 나 어쩌면 좋니?"

전화상으로 긴 시간 두서없는 내 넋두리를 잠자코 듣고 있던 태원이가 한마디 일침을 가했다. 귀가 번쩍 뜨였다

"강기형, 아들을 믿죠? 그럼 아들을 믿어야 해요. 우리 아버지 알죠? 나 김태원을 믿어주신 것은 나의 아버지예요. 조카 범이는 돌아올 거예요. 형이 믿어야만 해요. 믿어야 돌아옵니다."

그때 그 한마디가 그렇게 힘이 될 수가 없었다.

'아들을 믿어라, 믿어야 한다. 돌아올 거라 믿으라고……?'

그날 저녁, 이슬비가 내리던 날 오래된 LP판을 턴테이블에 올려놓았다. 로드 스튜어트Rod Stewart의 노래다.

Reason To Believe, Sailing

그 음악을 들으며 회한의 눈물을 흘렸다. 그래 믿자. 태원이 말처럼 믿자! 그 길밖에는 없구나. 그때서야 잊고 있었던 딸아이가 생각났다. 내 평생 가장 미안한 아이, 불쌍한 아이, 그리운 이름을 불러보고 싶었다.

'백세은, 사랑하는 내 딸 백세은! 세은아, 세은아……'

그제서야 한 살 터울의 연년생인 딸의 얼굴이 보고 싶었다. 1999년 보육원에 입소시킬 때도 알아들었는지 못 알아들었는지는 모르겠으나 나는 일방적으로 딸에게 부탁했다.

"세은아, 아빠가 지금부터 오빠에게만 집중할 거야. 미안해. 너는 똑똑해서 아빠가 걱정이 없지만 오빠는 바보 같아서 아빠가 옆에서 돌봐주지 않으면 아무것도 안 돼. 넌 이해할 수 있겠지. 너를 위해서라도 아빠는 꼭 오빠를 프로골퍼로 만들 거야, 알았지?"

딸은 조용히 웃기만 한다.

"그렇게 해, 아빠."

그러나 그때 딸아이는 이미 아빠가 처한 현실에 대해서 알고 있었다. 1997년 아내와 이혼할 때 범이는 초등학교 2학년, 딸아이는 초등학교 1학년생이었다. 나는 두 아이에게 이혼사실을 숨기고자 딸 입학과 동시에 엄마가 미국으로 공부하러 간다고 거짓말을 했는데, 세은이는 이미 이 사실을 알고 있었다. 다만 모른 척하고 있었을 뿐이다. 그렇게 영리한 아이다. 언제인지 정확히 기억은 나지 않지만, 아빠 엄마가 이혼한 사실을 언제 알았냐고 아들에게 물었더니 고2 때까지도 전혀 눈치 채지 못했다고, 고3 올라가서야 그 사실을 알았다고 한다. 딸아이는 달랐다.

"세은아, 엄마 아빠 이혼한 거 넌 언제 알았니?"

딸이 웃는다.

"에이, 아빠. 난 그날로 바로 알았어."

그러고 보니 한 살 오라비인 아들이 감각이 둔한 바보녀석이 맞는 것 같다. 그래, 여기까지 온 것이라도 감사하자. 약간 아쉽지만 본인 스스로 골프가 싫어 안 한다는 데야 어쩔 수 없지 않은가. 그렇게 생각하자 담담해졌다. 오히려 시간 내어 딸을 자주 만날 수 있어 행복했다. 포기를 넘어 체념했다고나 할까. 이제 현실로 돌아와 바쁘게 일상생활에 젖어들고 있었다. 시간이 말해주고 있었다. 세월이 약이라더니 점점 아들에 대한 절망감으로부터 벗어나고 있었다. 조금 과장되게 말하자면 아들이 골프를 했다는 사실조차 잊기 시작했다.

'그래, 원래 처음부터 골프할 형편은 아니었잖아. 서운할 게 없는 거지. 다른 운동도 아니고 골프를 했으니 더욱더 꿈이나 희망, 그건 애초에 없었던…… 불가능한 것이었지. 그래 여기까지 온 것도 신의 축복이다!'

욕망에 눈이 어두워 주술로 불러들인 '메피스토'도 나와의 약속을 지키기 버거워 도망가버린 걸까. 아무튼 내 속은 까맣게 타들어갔지만, 남들 눈에는 한결 편안해 보일 정도로 내 행동은 차분해졌고 냉정을 회복해갔다.

청천벽력과 같은 아들 목소리!

2007년 골프를 포기하고 잠적한 후 해를 넘긴 2008년, 또 하나의 결정적인 악재가 엎친 데 덮친 격으로 내 가슴을 비수로 찌른 것이다.

또 교통사고 소식이다. 그것도 아들의…… 정말이지 내 생에 교통사고 소식의 '교' 자는 자다가도 심장발작을 일으킬 정도로 끔찍한 단어였다. 2008년 7월 무렵의 일이었다.

"아빠, 나 교통사고 났어!"

다급한 아들의 전화 목소리였다. 2007년 '제주도지사배대회'가 끝난 5월 이후 무작정 골프가 싫다고 선언하고 잠적한 아들에게서 온 첫 소식이었다. 연락이 끊긴 지 근 1년 3개월 만에 전화기를 통해 들려온 아들의 첫 목소리는 차사고 소식이었다. 이때는 골프는 물론이요, 아들녀석의 존재마저 잊고 있었던 시기다. 그래서 맘이 가장 편했던 시절이었는데……. 꿈인지 생시인지 정신이 아득해졌다. 나에게 교통사고에 대한 기억은 두 번 다시 떠올리기 싫은 악몽 중의 악몽이다. 그 순간 조카 세라의 주검과 비운의 천재가수 김재기의 주검이 오버랩되었다. 최악의 악몽이다.

필자는 자주 병적으로 내 생의 끝이 교통사고로 마감되지 않길 기도하곤 했다.

'신이시여! 어떠한 방법으로 저를 이 세상에서 떠나게 해도 좋사옵니다. 다만 제게 교통사고만은 일어나지 않게 하옵소서!'

그런데 이것이 어인 일인가. 나는 그만 이성을 잃었다. 무조건 골프를 하기 싫다는 말에도 흥분을 안 했던 내가 드디어 참았던 감정이 폭발하기 시작했다. 지금 생각해보니 심히 부끄러운 일이지만 당시로서는 머리끝까지 화가 났다. 그때 아들을 향해 던진 말은 나 자신조차 믿기지 않는 뜻밖의 질문이었다. 아들의 안위를 먼저 걱정한 말이 결코 아니었다.

"손은? 발은?"

어째서 그 말이 먼저 내 입에서 튀어나올 수 있었을까. 녀석은 아주 조그맣게 기어들어가는 목소리로 말했다.

"안전벨트 안 맸으면 밖으로 튕겨져 나갔을 텐데 안전띠 때문에 괜찮아. 다친 데는 없어."

이 말을 듣는 순간, 도저히 아비라 할 수 없을 정도로 이성을 잃고 말았다. 아들녀석이 나를 안심시키려고 거짓말을 하고 있다고 생각했던 것이다.

'아! 이제 끝장이구나, 골프는……. 손발이 병신 되었구나!'

아들의 안전이 먼저가 아니고 골프를 하고 못하고가 먼저였다. 태산이 무너진 듯 앞이 깜깜했다. 억장이 무너지고 화가 치솟아 올랐다. 내 평생의 욕이란 욕은 그때 다 했다.

"야 이놈아, 차라리 한 번 죽으면 한 번 울고 말겠지만 병신이 된 너를 보면 내가 평생을 울 거 아니냐."

어쩌면 아비로서 이럴 수 있지? 도대체 골프가 뭐지? 스스로에게 혐

오감마저 일었지만, 이성을 잃은 나는 전화를 끊자마자 황급히 녀석을 만나러 갔다. 다행히 전화에서 말한 대로 손끝 하나 다친 곳 없이 말끔한 상태였다. 사람 마음이 간사하기 그지없었다. 내 입에서 신에 대한 감사기도가 절로 새나왔다.

'하나님 아버지 목사님 부처님 공자님 모두 모두 감사합니다. 감사합니다.'

그제서야 정신이 든 나는 단호하게 말했다.

"아들아, 이젠 골프에 대한 미련을 완전히 버리겠다. 이제 마음 편히 가져라."

갑작스런 아들의 교통사고 소식을 듣고 비로소 내 자신의 실체를 정확히 파악할 수 있게 되었다. 그동안 내 인생뿐만 아니라 내 영혼조차도 송두리째 '골프의 신'에게 빼앗기고 있었음을. 섣부르게 메피스토를 끌어들인 것이 얼마나 위험한 거래였는지를. 그까짓 골프가 무슨 대수란 말인가. 다시, 아들을 살려주신 신께 감사의 기도를 드렸다.

"신이시여, 목숨만은 살려주셔서 감사드립니다. 이제 골프 따위는 버리겠나이다. 아들의 목숨만은 살려주셔서 진심으로 감사하나이다."

나는 눈물을 머금고 아들에게 말했다.

"이젠 골프를 잊자. 진짜 잊자! 지금까지의 너의 골프실력만으로도 레슨이나 티칭프로로 밥 벌어먹고 사는 데는 지장없을 거야. 아빠가 너무 흥분했다. 세라 사촌누나가 교통사고를 당해서인지 아빠가 잠시 흥분했다. 이젠 정말 골프! 아빠가 잊겠다. 그저 건강만 해라, 진심이다. 이젠 정말 골프 안 해도 된다." 마음에도 없는 말이 저절로 나왔다.

마음속의 근심 한 가닥을 내려놓고 나자 갑자기 참고 있던 눈물이 또 앞을 가렸다. 그러나 속은 시원해졌다. 그래, 여기까지도 기적이다. 신께서 아들을 새로 주셨구나 생각하니 이제 진정 골프를 잊을 수 있을 것 같았다.

그러나 어찌 잊겠는가.
그게 마음대로 되는 것인가.
골프와 자식!
그것은 마음대로 되는 것이 아니었다.

그로부터 약 1년 6개월이 지난 어느 날, 골프채를 다시 잡은 아들녀석이 환히 웃어보이며 이런 말을 해주었다.
"아빠의 수만 가지 잔소리 중에 최고는 불씨론이었어."

기적은 있다, 다시 시작하여
세미프로(KPGA준회원)가 되다

2008년 여름 교통사고 이후 시간은 또 속절없이 흘러 한 해가 가고 2009년 꽃피는 봄을 맞이한다. 범이가 대불대학 2학년때다. 2007년 고3 봄부터 골프를 손에서 놓은 지 어느덧 햇수로 2년이 되었다. 하루 이틀이 아닌 1년, 2년을 쉰 것이다. 슬프지만 돌이킬 수 없는 기억이요 사실이다. '골프학개론'을 적용해도 이젠 게임 끝이다. 현대 골프에서 2년을 쉬었다는 것은 치명적 결함이다. 한창 훈련할 시기에 연덕춘* 선수가 전쟁이 나서 골프채를 손에서 놓은 것과 비슷한 개념이다.

그런데 2009년 4월 그야말로 황무지 같은 마음에 단비가 또 내린다. 포기를 넘어 체념했던 그 순간, 다시 작은 기적이 일어난다. 이래서 삶

• **연덕춘(1916~2004)** 한국인 최초로, 1935년 일본프로골프협회가 주는 프로골프선수 자격을 땄다. 일제치하에서 한국골프의 위상을 올리기 위하여 연덕춘옹은 부득불 '노부하라'라는 이름으로 창씨개명을 했다. 1941년 여섯 번 도전 끝에 일본골프 우승컵을 한반도로 가져왔다. 한국골프계는 손기정옹의 마라톤 재패만큼 기뻐했다. 일본신문은 이를 대서특필한다. '골프에 혜택받지 못한 자가 우승했다'고. 한국골프의 대부 연덕춘옹에게 감사해야 할 이유다. 그는 하루에 3600여 개의 공을 친 것으로 유명하다. 연습이 필요한 자가 연습을 열심히 한 것이다.
한국에서 골프보급이 시급함을 인식한 그는 1963년 한국프로골프협회 창립에 앞장선다. 1972년 제2대 한국프로골프협회 회장직을 맡기도 했다. 평생 한국골프의 발전을 위해 헌신한 그를 기리기 위해 한국프로골프협회는 '덕춘상'을 제정했다. 1980년부터 매년 시즌 최저타수 1위 선수에게 '덕춘상'을 주고 있다.

은 끝까지 가봐야 아는 걸까.

2009년 봄, 아들에게서 한 통의 전화를 받는다.

"아빠! 나 2009년 Q스쿨 1차테스트 보려는데……."

하고 말끝을 흐린다. 순간 또 울컥하며 말에 가시가 돋는다.

"뭐, 뭐라고 했냐? 지금 뭐…… 프로테스트라고 했냐?"

이녀석이 제정신으로 하는 소린가. 근 2년이나 골프를 쉬어놓고 이
제와서? 내 귀를 의심했다.

"뭐라고? 범아, 하루 이틀도 아니고 자그마치 2년을 쉬고 1차프로테
스트를 보겠다고?"

또 나의 욱하는 성격이 터져나왔다. 이번에도 참지 못하고 전에 교통
사고 때만큼 야단을 쳤다. 뭔가 지난 세월 헛고생했다는 자괴감도 들
고, 어렵사리 단념을 넘어 체념을 했더니 이제 와서 다시 골프를 하겠
다는 아들놈의 말이 괘씸하고 약이 오르기까지 했다. 당시 모처럼 골
프를 잊고 편히 지내는 내 마음에 평지풍파를 일으키는 소리였다. 무
엇보다 다시 골프라니, 솔직히 두려움이 앞섰다. 또다시 안 되는 줄 알
면서 불가능에 재도전한다? 다시 시작하기가 몸서리칠 만큼 싫었다.

"얌마, 골프하는 것 잊고 잘 지내는 아빠에게 이제 와서 뭐 골프한다
고? 너 안 한다고 했잖아. 너 지금 아빠 가지고 장난하냐? 아빠 약 올릴
일 있냐?"

"아냐, 아빠…… 아빠…… 이번 봄 한 번만."

"뭐? 한 번만이라고?"

(한 번만이라……) 겉으론 화를 내고 있었지만, 마음속으로는 전광석
화처럼 쾌재를 불렀다. 만세삼창을 할 정도로 기뻤다. 다시 골프를 하
겠다고 말하는 아들과 통화하면서 여전히 나는 언성을 높이며 의도적

으로 아들을 호통치고 있었다.

"야, 임마. 너 말 잘 들어. 골프가 무슨 동네 구슬치기냐? 그리고 너 2년전 고3 봄에 치른 시즌 첫 대회, 2007년 '제주도지사배' 끝난 후 골프 안 한다고 했잖아. 그때 '전국주니어선수권대회' 풀시드를 받고도 골프가 이유없이 하기 싫다며. 그리고 작년엔 친구들과 놀러간다고 렌트카 타고 가다가 교통사고 나서 죽다 살아난 뒤 골프채 한 번 잡지도 안 했을 거 아냐? 근데 뭐, 이제와서 시험 보게 참가비 달라고?"

아들녀석은 전화기에 대고 아무 말도 못한다. 나야 그동안 쌓아둔 화를 이참에 확 풀어버리니 속은 좀 시원했지만, 한편으로 슬쩍 미안해지기 시작했다. 마음이 조금 진정되자 나는 목소리를 조금 낮추고 위엄있게 이야기를 이어갔다.

"그래, 큐스쿨 1차 세미프로테스트가 봄, 가을 두 번 있지?"

그제서야 범이는 "네" 하고 짧게 특유의 단답형으로 대답했다.

"잘 들어. 아빠가 이번 봄에 치르는 세미테스트 비용만 딱 한 번 대줄게. 가을에 치르는 테스트는 난 몰라, 알았지? 기회는 한 번뿐이야. 이번 봄 큐스쿨 1차전에 떨어지면 골프 그만둬, 알겠지?"

역시 짧게 작은 소리로 범이가 대답한다.

"응, 아빠 고마워!"

나도 일부러 퉁명스럽게 말했다.

"계좌, 문자로 보내. 전화 이만 끊자."

그러고는 기도했다.

골프 신이시여, 하늘이시여!
감사합니다.

내 아들 백현범이 골프채를 다시 잡는답니다.

도와주소서!

그리고 4월 봄, 드디어 큐스쿨 1차테스트를 치르게 된다. 솔직히 전혀 기대하지 않았다. 단 1퍼센트의 확률로 [부활]의 '희야'라는 불멸의 곡을 히트시킨 경력이 있긴 하지만, 아들의 골프 재도전은 단 1퍼센트의 확률도 없었다. 기대가 없으니 큐스쿨 1차테스트 시합날짜조차 잊고 있었다. 오히려 가을에 열리는 큐스쿨 1차대회나 준비할까, 이런 생각도 하고 있었다. 그런데 휴대폰에 아들의 문자메시지가 도착했다. 그때서야 오늘이 큐스쿨 테스트 날임을 감지했다. '첫 조 출발인 것 같은데 벌써 들어왔나? 어라, 문자가 일찍 온 건 스코어가 제법 괜찮다는 얘긴데……' 혹시나 하고 메시지를 열어보았다.

'아빠 너무한다 오늘이 큐스쿨 1차전 날인데……'

이렇게 찍혀 있었다. 그런데 아들녀석 진짜 잘 치고 들어온 모양이다. 바로 전화를 했다. 무게 딱 잡고, 목소리 깔면서 말했다.

"어, 그래 미안하다. 아빠가 좀 바빠서 오늘 큐스쿨 1차 예선날짜를 잊고 있었다."

바쁘긴 뭐가 바빴겠는가. 그때도 주유소에서 야간주임으로 아르바이트할 때였다.

"그런데 좀 쳤나보다. 몇 개나 오버냐?"

"한 개."

"어, 원오버(+1) 잘 쳤네!"

"아니, 언더!"

"뭐, 뭐라고? 원…… 원…… 언더?"

전화기를 떨어트릴 뻔했다. 갑자기 말이 더듬어지기 시작했다.

"어, 그 그래, 자 알 했네. 보……본선전 잘 해애라."

"또 걸게, 아빠."

"어…… 그 그래."

전화를 끊자마자 나는 너무도 기쁜 나머지 주유소 쇠기둥에 머리를 박았다. 쿠쿵, 소리에 주유소 젊은 사장이 "주임님, 무슨 일이세요?" 하고 뛰어나왔다. "아니, 별일 아닐세. 내가 꿈인지 생시인지 잘 몰라서 확인하려고 했네." 내 말을 듣고 젊은 사장이 멋쩍은 듯 어색한 표정으로 들어가자 슬쩍 화장실로 들어간 나는 또 만세삼창을 부르며 눈물을 훔쳤다. 정말 주체할 수 없는 뜨거운 눈물이 하염없이 가슴을 적셨다. 만세 만세 만만세 백호 만세다! 근 2년을 쉬고 언더스코어를 기록했다. 믿을 수 없었다.

"아들아, 장하다. 내 아들 백범 최고다! 골프는 미스샷을 줄이는 게임이다. 큐스쿨 1차테스트 본선전에서도 잘 치려고 하지 말고 미스샷을 줄여라"라고 기도를 했다.

예선전이 항상 어렵다. 몸이 덜 풀리다보니 기량을 제대로 펼치지도 못하고 실족하기 일쑤다. 예선전을 통과하고 이제 큐스쿨 1차전, 본선 마지막 라운딩 마지막 홀의 상황을 각색해보겠다.

예상 커트라인이 에잇오버(+8)다. 현재 범이의 스코어는 나인오버(+9). 절대적으로 버디 하나가 필요한 상황이다. 현장을 지켜보던 표프로도 현범이를 주시하고 있다. 공교롭게도 그해 2009년 표프로님이 가르치던 유망주 중고등학생들이 전부 예선전에서 떨어지고 이제 남은 건 아들 하나뿐. 범이라도 Q스쿨 1차테스트에 합격해야 표선생이 가르친 보람을 느낄 수 있는 상황이었다. 당시 범이의 롱퍼트 거리를 보고 골프부원들에게 내린 표프로님의 말씀.

"야, 모두 짐 싸라. 범이도 틀렸다. 빨리 집에들 갈 준비나 해라."

이랬던 상황이다. 마지막 18번 홀에서 무려 서른 발자국이 넘는 25미터 이상의 롱버디 찬스였나보다. 죽었다 깨어나도 안 되는 상황이었다. 붙여서 투퍼트로 파만 해도 다행인 거리였다. 현재 나인오버, 에잇오버를 만들 수 없는 상황이었나보다. 바로 그때 거짓말처럼 25미터 롱퍼트가 작렬한다. 나인오버에서 한 타를 줄여 에잇오버가 된다. 기적적으로 큐스쿨 1차전에 합격하고 세미프로 KPGA준회원이 되는 감격의 순간이었다.

시합이 끝나고 돌아온 아들에게 물어봤다. "마지막 홀 상황이 어떠했냐"고.

"아빠랑 같이 본 영화 〈베가본즈의 전설〉의 한 장면처럼 갑자기 주위가 컴컴해지더니……."

"어, 그러더니……."

침을 꼴까닥 삼키며 아들의 다음 대답을 들었다.

"신기하게 주위에 아무도 안 보이는 거야."

"그, 그래서……?"

"캐디누나도 안 보이고 동료 플레이어도 안 보이고, 딱 나하고 깃대만 보이는 거야."

"그래? 그랬어……?"

"어, 그러더니 왜 산속에 오솔길 하나만 파 있는 것처럼 있잖아."

"어, 그래. 자주 다니는 길은 움푹 패여 있지."

"맞아, 그렇게 보이는 거야. 그래서 그길로 쏙 밀어넣었지. 그런데 갑자기 블랙홀처럼 볼이 빨려들어가면서 환해지는 걸 느꼈어."

"그랬냐? 야, 혹시 세라누나가 수호천사로 나타나서 루틴을 보여준 것 아닐까?"

"어, 그랬나봐 아빠."

세미프로에 합격한 날은 분명 조카 세라가 수호천사로 나타난 날이었다.

그동안 정말 나는 골프를 까맣게 잊고 있었다. 그렇게 골프를 마음에서 놓아버릴 수 있어 참으로 편했다. 그래서인지 아들 스스로 골프를 다시 시작한 것이 너무나 기뻤다. 더구나 생각지도 않은 시기에 세미프로가 됐잖은가 말이다.

큐스쿨 1차테스트는 1년에 봄, 가을 두 번 있다. 정말 잊고 있었던 골프를 다시 시작하자마자 세미프로가 된 것이다. 또 이렇게 아들의 희한한 골프가 다시 시작된 것이다.

제일 먼저 이 기쁜 소식을 A보육원 사지숙 원장님께 전했다. 골프를 잘 모르시는 원장님께서 환히 웃으시며 무척이나 좋아하신다.

"거, 보세요. 현범이는 잘 하는 아이잖아요. 축하합니다, 감독님."

이어서 국민할매 김태원에게 전화를 했다.

"태원아, 고맙다. 아들이 네 말처럼 돌아왔구나."

"거, 보세요. 믿으니까 다 제자리로 돌아오잖아요."

"그러게 말이다. 내가 너에게 참 많은 걸 배운다."

"네, 형님 건투를……."

태원이와 전화를 끊고 잠시 10년의 시간을 돌아봤다. 자, 지금부터 나도 다시 시작인가?

비록 준회원 반쪽짜리 세미프로지만 프로골퍼. 나도 프로매니저의 길을 다시 시작해볼까 하는 생각이 들었다. 나에게도 부활의 시간이 남아 있는가? 그날 큐스쿨 1차테스트에 합격한 날, 하늘에서 생명을 재촉하는 봄비가 촉촉이 내렸다. 아들의 나이 스무 살을 맞이하는 화려한 봄날 오후, 다시 가슴이 먹먹해지며 일전에 아들이 보내온 편지가 생각나 불현 듯 컴퓨터 책상 앞에 앉았다. 모니터를 켜고 메일을 여는 순간, 눈물이 앞을 가렸다.

　　아버지 저 범이에요. 어버이날을 맞이해서 첨으로 아버지
　에게 편지를 써보내요.
　　전 정말 아버지의 아들인 게 자랑스럽고
　　아버지 아들이라서 행복하고 감사하고 또 감사해요.
　　절 이렇게 멋지게 낳아주셨잖아요.
　　언제나 제가 힘들 때 격려해주시고 제가 잘못을 한 때는 바
　른 길로 인도해주셔서,
　　제가 지금 이렇게 멋진 운동을 할 수 있는 것 같아요.
　　아버지 앞으론 아버지의 사랑에 몇 배로 보답하는 아들 백
　현범이 될게요.

　　사랑합니다. 아버지♡

세미프로에 머물 것인가
대망의 투어프로(KPGA 정회원)가 되는 길은
아직 멀고 험하다
오로지 연습, 연습만이 살 길!

2009년 6월 할머니의 죽음

오랜만에 어머님을 찾아뵈었다. 뇌졸중으로 누워계신 아버님도 손자만 보면 웃으신다.

"어머니, 손자 범이가 드디어 프로골퍼가 되었습니다. 꼭 10년 만이네요."

"그래, 우리 손자 범이가 큰일했구나."

많이 초췌해진 모습이었다. 두 번의 뇌졸중으로 오랫동안 식물인간처럼 누워계신 아버님 병간호에 어머님 건강이 말이 아니다. 돌아오는 길에 아들에게 말했다.

"야, 범아. 네가 효손인가보다. 아빠 대신 이번에 효자노릇 톡톡히 했다."

"아냐, 사실은 할머니가 아빠에게 얘기 안 해서 그렇지 나 속 많이 썩혀드렸어."

"뭔 일인데……."

"나 그때 고3때 이유 없이 골프 안 한다고 했을 때, 맨날 할아버지 아프신대도 빈둥거리면서 할머니한테 용돈 달래서 PC방 가고 그랬어. 그리고 절대 아빠한테는 이야기 말라고 했는데, 정말 아빠한테 아무 얘기 안 하시대. 아마 아빠가 알았으면 아빠 성질에 불벼락 내렸을 거야."

"그런 일 있었냐?"

"응. 우리 할머니가 입이 무거우신 분인 거 그때 알았어."

2009년 5월 세미프로가 된 범이와 함께 찾아뵌 지 한 달 만에 갑자기 어머님이 돌아가셨다.

프로골퍼가 된 손자의 모습을 보시며 흐뭇해하시던 모습이 마지막이었다. 그렇게 어머님이 돌아가신 후 가족회의가 열렸다. 병석에 누워계신 아버님 모시는 문제로 모두 모였다. 나를 제외하고 형님과 두 여동생, 막내 남동생이 서로 모시겠다고 한다. 나는 아무 말도 못하고 먼 산만 바라보았다.

'늘 가족에게 빚만 지고 사는데 이번에도 내가 큰 빚을 지는구나' 하는 생각이 들었다. 나는 꿀 먹은 벙어리마냥 아무 말도 못했다. 그렇게 아프신 아버님을 단 한 번도 모시질 못했다. 가족들이 아버님을 돌아가며 모시는 동안 난 아들과 함께했다. 마음 놓고 그린의 전쟁터로 향했다. 가족 덕분에 모두 가능한 일이었다.

여러 갈래 길, 그러나 '신의 게임' 골프로 향한 길

2010년 KPGA 2부투어, 마이너리그다.

말이 2부투어지 다 용들이 되기 위한 이무기들이다. 말을 재미있게
하려고 세미프로, 즉 준회원들을 이무기라고 표현했지만 2부투어에는
코리언투어(1부투어) 메이저리그 경험이 있는 정회원들도 많다. 어린
이무기들과 상처입은 노장 드래곤들이 다시 1부리그로 올라가기 위해
그야말로 호시탐탐 사생결단을 내야 하는 전쟁터이긴 마찬가지다.

이 2부투어 첫 시합에서 범이가 약간의 상금을 타왔다. 또 눈물이 핑
돌았다. 금액의 많고 적음의 문제가 아니라 내게는 소중한 의미의 상
금이다. 첫 월급을 탄 기분이랄까. 그 돈으로 빨간 내복을 사서 몇몇 분
들께 선물을 드렸다.

2부에서 뛰면서 경험을 쌓아가던 중 그동안 레슨지도를 해주시던 표
프로에게 또다시 파문당하는 일이 발생한다. 지금도 그 이유를 잘 모
르겠지만, 아들녀석의 까칠하고 도발적인 행동으로 크게 격노하신 일
이 생겼나보다. 나는 무조건 매달렸다.

"표프로님, 절 봐서라도 용서해주십시오. 지금이 제일 중요할 때인
데 차라리 범이를 엄히 혼내시고 파문만은 거두어주십시오."

아무리 애원해도 소용없었다. 급기야 또 무릎을 꿇고 용서를 빌었다.

소용이 없었다. 중, 고등학교 시절 무려 6년 이상 아들의 골프를 완성시켜주신 분인데⋯⋯. 이제는 거꾸로 정말 놓아드릴 때가 된 것 같았다. 파문을 당한 범이는 그뒤로 사부없이 홀로 검법을 익혀야 했다.

그러나 역시 홀로서기에는 무리였다.

2010년 큐스쿨 2차전 예선 첫날, 기대와 달리 컷오프 탈락되고 만다. 장소는 늘 연습해왔던 안방 같은 코스, 용인프라자CC였다. 이 골프장은 유망주였던 죽은 조카 세라를 후원해주었던 컨트리클럽이기도 했다. 이참에 용인프라자에 얽힌 형님과 조카 세라에 관한 에피소드가 떠올라 소개한다. 행복 바이러스와 같은 이야기다.

1990년 어느 날 고속도로 상에서 한 여인이 타이어가 펑크난 차 앞에서 손을 흔들고 있었다. 때마침 민해경의 매니저로 부산공연을 마치고 상경하던 오지랖 넓으신 나의 형님께서 차를 멈추시고 손수 고장난 그 타이어를 교체해주셨다. 그 여인은 너무 고마워했다. 4시간 동안 고속도로 상에서 손을 흔들었지만 아무도 거들떠보는 사람이 없었다고 한다. 서울로 상경하던 형은 갓길에 차를 세우고 고장난 여인의 차를 고쳐주기 위하여 트렁크를 여는데, 그때 골프가방이 보였던 것이다. 차를 고치는 동안 자연스레 골프에 대한 이런저런 이야기를 주고받았고⋯⋯. 마침내 다시 시동이 걸리자 여인이 명함을 주며 말했다.

"따님의 연습라운딩을 용인프라자CC에서 무상으로 할 수 있도록 제가 도와드리겠습니다."

이는 정말 거짓말 같은 실화다. 평생 무상으로 연습라운딩을 할 수 있게 해준다니⋯⋯. 그 누가 고속도로 상에서 도움을 청했던 그 여인이 용인컨트리클럽 최고경영자의 여동생이었을 줄 알았겠는가?

나는 이 이야기를 접하며 깨달은 사실이 하나 있다. 살아가는 동안 그 어떤 딱한 상황을 접하더라도 내 상관할 바 아니라고 외면하기보다는 최선을 다해 도와주어야 한다는 점이다. 물론 대가를 바라고 베풀라는 말은 아니다. 다만 이것이 훗날, 복을 주는 행복 바이러스의 단서가 될 수 있음을 간접적으로나마 형의 경험을 통해 깨달을 수 있었다.

용인프라자 컨트리클럽과의 인연은 조카가 세상을 떠난 1992년을 기점으로 끝나는가 싶었다. 그러나 그 짧은 인연은 2000년 이후 내 아들에게까지 이어져왔다. 범이는 용인프라자CC에서 무한 연습라운딩을 할 수 있게 된다. 이 모든 것이 형님의 공덕과 열심히 운동했던 조카 세라 덕분이다.

2010년 큐스쿨 2차테스트 지역예선은 용인프라자로 접수신청을 했다. 용인프라자는 안방처럼 훤히 아는 코스인데, 역시 방심의 허를 찔린다. 2010년 큐스쿨 2차전 지역예선 컷오프가 79타였는데 범이는 무려 미스샷 OB 3방에 80타를 치면서 무너지고 만다. 어이없는 일이 발생했다. 딱 한 타 차로 무너진 것이다. 안방코스인 용인프라자에서 첫 예선전에 그만 실족을 하다니. 결코 안심할 수 없는 것이 골프임을 다시금 뼈저리게 느끼는 순간이었다.

OB 3방 중 한 방만 미스를 줄였어도 통과했을 것인데, 명색이 세미프로가 80타가 뭔가? 그래도 아들에게 위로의 한마디를 해주었다. 아비인 내 맘보다 본인이 더 속상해할 것이 뻔하기에 최대한 멋있는 말로 위로해줄 필요가 있었다.

"야, 이것도 네 실력은 아니다. 운이 없다 치고 잊자. OB만 내지 않았어도 합격했을 텐데, 그렇지? 잊을 건 빨리 잊자!"

속상하지만 어색한 듯 아들을 위로해주고, 가능하면 빨리 레슨 선생님을 구해보기로 했다. 권오근 프로님에게 한번 부탁해볼까? 일단 형수님께 전화했다. 권프로님은 태국에서 보육원아이들을 지도해주러 오신 분이다. 형님과는 아주 절친한 사이였지만 역시 지도방법에서 의견차이를 보이다가 당시 근거없는 앵벌이 소문이 떠돌면서 독립하여 충북보육원 아이들을 따로 지도하고 계셨을 때였다.

나도 몇 번 만나 인사한 적은 있지만, 단장이신 형님과 쌓인 불만과 오해의 감정들이 많았던 상태였다. 제일 큰 오해는 단장이 보육원아이들을 버렸다고 생각하는 것이다. '아! 이건 아닌데……' 생각했지만 적의 적은 친구인가보다. 당시의 나로서는 이런 짧은 생각밖에는 들지 않았다. 그래서 궁여지책 끝에 범이를 권프로에게 맡길 생각으로 형수님에게 다리를 놓아달라고 부탁했다. 권프로님도 평소 형수님 인품을 높이 사던 터라 부탁을 외면하지는 않으리라 판단되었다.

사실 형수님은 내겐 부모님과 같은 참 고마우신 분이다. 골프 때문에 형님과 나, 형제간의 반목이 컸던 상황이지만, 자식 때문에 우왕좌왕하는 시동생 일이라면 형님보다 먼저 앞장서서 도와주셨다. 권프로의 문제도 실은 형님에게 부탁할 일이었지만, 자존심 때문에 형님께는 말조차 꺼내기 부담스러웠다. 역시 형수님은 아무 말씀 안 하시고 권프로에게 범이를 부탁하러 나와 함께 충북 옥천으로 내려가주셨다. 남편과 늘 대립하는 시동생이 미워서 한 번쯤은 부탁을 거절할 수도 있지만 형수님은 단 한 번도 내 청을 외면하지 않으셨다. 오히려 범이를 잘 지도해달라고 권프로에게 적극 권하기까지 하셨다.

형수님은 항상 웃으시며 내게 말씀하시곤 했다. 서방님이 아들을 위해 뭔가 해보려고 하시는 게 너무 보기 좋다고. 남들처럼 손 놓고 있지 않은 모습이 너무 좋다고 용기를 주셨다. 처음에는 그냥 인사말씀으로 하시는 거려니 웃어넘겼다. 그런데 세월이 가면서 형수님이 어떤 분인지, 내게 얼마나 힘이 되는 분인지 알게 되었다. 남편과 시동생인 나 사이에 의견대립이 있을 때만 해도 그렇다. 속상하신지 아예 자리를 피하신다. 훗날, 돌아가신 어머님을 통해 형수님 이야기를 전해들을 수 있었다. 그 말씀을 들으니 내 자신이 더욱 작아지는 느낌이었다.

"너, 형수에게 잘해야 한다. 우연히 너의 형과 이야기하는 걸 들었는데, 네 형수가 무조건 범이 골프에 관한 한 너를 도와주라고 하더라. 다른 이혼한 부모들과 달리 자식을 위해 뭐든 하려고 애쓰는 동생을 위해 형으로서 도울 수 있는 일이 있다면 무조건 도와주라고."

그 말을 듣고 얼마나 형수님이 고맙던지……. 이런 것이 교육이고 깨우침이 아닌가 생각될 정도였다. 그 이후 더욱더 조심성이 생기고 형님과 의견이 부딪치더라도 형수님이 계시면 가급적 자리를 피해 형님과 문제를 해결하려고 노력했다. 형수님이 계시면 따질 일도 무던히 참게 되었다. 돌이켜보면 내가 따질 만한 일도 하나 없었는데 왜 그렇게 당시에는 속 좁게 행동했는지…….

어느 날인가 형수님이 내게 조용히 말씀하셨다. 그 어떤 목사님의 설교보다도 내 가슴을 울린 말씀이다.

"서방님이 아들을 위해 열심히 사시는 게 참 보기 좋아요. 그러나 한 가지 명심할 게 있습니다."

"그게 뭡니까?"

"사람 힘으로 될 일이 있고 안 될 일이 있어요. 오직 한 가지 해야 할 일은 기도입니다. 절대 욕심내지 마세요. 욕심내지 말고 오직 아들을 위해 기도하세요."

그 말씀이 지금도 내 가슴에 남아 있다.

어쨌든 형수님의 도움으로 아들은 골프인생에 큰 스승을 맞이한다. 권프로는 한국의 지도자 100인에 뽑힐 정도로 훌륭한 골프선생이다. 해가 바뀌어 권프로님과 함께 1년여 합숙훈련을 한 후에 드디어 2011년 9월 다시 '큐스쿨 2차테스트 4지역 예선전'이 떼제베 컨트리클럽에서 있었다. 이번에는 안방코스인 용인프라자CC가 오히려 너무 부담되어 전국에서 가장 어렵다는 예선 4지역 코스를 선택해서 접수를 완료했다.

첫날 1라운드다. 전화가 왔다. 담담하게 범이가 "아빠, 여섯 개야" 하는 것이다. 당연히 식스오버, 78타인 줄 알았다. 보통 예선전은 에잇오버(+8)까지는 안정권이었다, 그 시절에는……

"어? 식스오버(+6)면 예선은 통과했겠네?"

"아니, 마이너스…… 식스언더 66타야."

처음엔 장난인 줄 알았다. 내가 잘못 알아들었나? 말이 안 나왔다. 안면근육이 마비되는 듯했다. 식스언더, 66타를 친 것이다. 정신이 번쩍 들며 쾌재를 불렀다. 가장 어려운 4지역 예선 떼제베코스에서 선두를 달리고 있는 것이다. 큐스쿨 2차전 지역예선은 모두 2라운드로 치러진다. 이변이 없는 한 지역예선은 통과하겠구나 생각했다.

"그래, 내일도 잘 쳐라!" 전화를 끊고 또 만세삼창을 불렀다.

그날 저녁 눈물을 흘리며 밤새 뒤척였다. 식스언더, 66스코어는 어느 날 아무때나 나오는 그런 스코어가 결코 아니기 때문이다. 밤잠을 거의 설치고 이틀날 아들과 전화통화를 했다.

예선 2라운드.

"아빠, 오늘도 투언더(-2)!"

연이어 기적 같은 언더스코어 소식을 들었다. 환희 그 자체였다. 예선 2라운드 70타, 토털 136타 에잇언더(-8)였다. 4지역 예선수석이자 전국 예선수석이다. 있을 수 없는 일이 벌어진 것이다. 그리고 그 여세를 몰아 큐스쿨 2차테스트 본선 파이널까지 파죽지세로 통과한다! 꿈에 그리던 정회원이 됐다. 보육원출신 골퍼로는 충남보육원의 김연섭 프로에 이어 2번째 KPGA정회원이 됐다. 감격이 아닐 수 없었다. 이제 완전한 플레잉프로다. 이제 아들은 반쪽짜리 세미프로가 아닌 것이다.

그러나 2011년 그해의 작은 신화는 여기서 끝나지 않는다. 대망의 큐스쿨 3차전 지옥의 관문에서 또 한 번의 작은 기적이 일어난다.

여기서 잠깐 큐스쿨 3차테스트에 대해 언급해보겠다. 우리나라의 큐스쿨은 모두 1차 2차 3차 관문을 통과해야 한다. 1차테스트 합격은 준회원, 세미프로 자격을 획득한다. 2차 프로테스트에 합격해야 온전한 정회원 자격을 획득하여 KPGA프로가 되는 것이다.

투어시드 프로가 되기 위해서는 마지막 3차 투어시드전을 통과해야 한다. 바로 이것이 지옥의 레이스라 불리는 최후의 3차 관문인 셈이다. 예선 2라운드, 본선 4라운드 모두 6라운드의 관문을 통과해야 한다.

외국에서 활동하던 자국의 프로들도 이 코리언투어에 참가하기 위해 시드전에 나온다. 그래야 코리언투어 1부리그에서 게임을 할 수 있는 자격(시드)을 주기 때문이다. 그리고 시즌내내 상금랭킹 60위 이내에 들지 못하는 선수들은 시드권을 잃게 되어, 다음 시즌에 참가하기 위해서는 다시 그 자격을 따야 한다. 그러므로 기를 쓰고 이 시드권을 잃지 않으려고 하는 것이다.

따라서 큐스쿨 3차전은 그야말로 지옥의 전쟁터다. 예전에는 골프사법고시라 하여 시드전에 패스하면 은행에서 대출까지 서류심사를 면제해준 시절도 있었다고 한다.

이제 그때 큐스쿨 2차전부터 감격에 겨워 써내려간 허접한 일기를 들여다보며 감정에 치우친 글이라 부끄럽지만 수정없이 기록해보려 한다.

큐스쿨 2차지역 예선을 수석으로 통과한 기쁨도 잠시, 이제 본격적으로 3차테스트에 대비해야 했다. 큐스쿨 2차테스트 전부터 옥천에서 훈련하고 있는 아들에게 퍼트훈련을 강화하기로 맘먹었다.

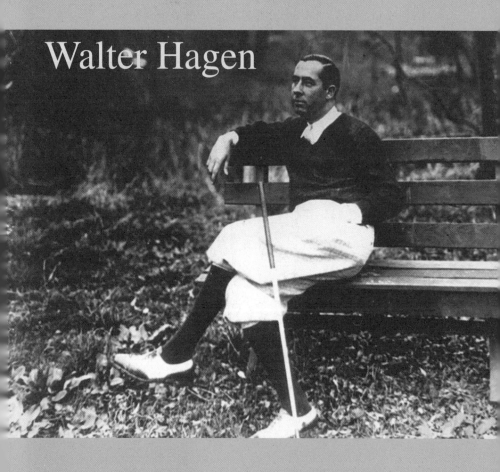

Walter Hagen

"No one remembers who came in second"
아무도 2등은 기억하지 않는다

월터 하겐(1892-1969) 필라델피아 명문 프로야구 구단입단을 거부하고 프로골퍼로 전향.
1922년 미국인사상 최초로 영국 '디 오픈'의 첫 우승자, 메이저 총 11승. 우승상금을 높이는 데
결정적으로 기여했던 인물로 지금의 프로골퍼들이 감사해야 할 레전드 골퍼.

큐스쿨 통과를 위한 고군분투기
보비 로크의 퍼팅법, 월터 하겐의 연속퍼팅법

2011년 8월 19일 큐스쿨 2차전 준비를 하며 〈골프일기〉는 다음처럼 첫 문장을 시작했다.

1.5m 연속퍼팅 100개 성공하기

2부투어 마지막 시합까지 포기해가며 큐스쿨 2차, 3차 테스트전을 준비했다. 월터 하겐과 보비 로크의 퍼팅훈련을 시키려는 의도였다. 주니어시절 귀가 닳도록 이야기했던 것이다. 그리고 다소 의도적으로 아들에게 자극을 주기 위해 일부러 크게 혼을 냈던 기억이 난다. 그렇게 어영부영 골프할 거면 그만 때려치우라고 먼저 선수를 친 것이다. 이제는 나의 강요가 아닌, 자신이 원해서 다시 시작한 골프이니 정신을 바짝 차리라고 호통쳤다. 그리고 당대 최고의 골퍼들이 행했던 퍼팅훈련법을 상기시켜 연습하도록 강행했다.

우선 클럽손님이 준 퍼터 하나로 평생을 같이한 보비 로크의 퍼팅법을 시행케 했다. 훗날 '방울뱀'이라는 닉네임을 받은 조그맣고 못생긴 나무퍼터를 늘 침대 속에서 품고 잔 보비 로크는 시합 때 성공을 하면

'너를 잘 만나서 고맙구나' 하고, 실수를 하면 '너의 잘못이 아니고 나의 잘못이란다' 하며 수많이 자기최면을 걸고 마인드컨트롤 하여 골프의 달인이 될 수 있었음을 주지시켰다.

또 다른 골프전설로는 보비 존스에게 프로의 진수를 알게 해준 월터 하겐 이야기다.

그는 시합전날까지 호텔의 의자모서리를 1.5미터 연속때리기를 성공시킨 후에야 잠을 잤다고 한다. 바로 영화 〈베가본즈의 전설〉에 나왔던 인물이기도 한데, 그 마법 같으면서 공포의 대상인 1.5미터 연속 100개 성공하기 프로젝트를 범이에게 적용시켜 훈련하도록 지시를 내렸다. 막상 아들이 이 방법대로 훈련을 할지 의문이 들었지만, 수십 차례 실패를 거듭한 끝에 성공했다는 아들의 전화를 받았다.

'아빠, 장난 아니네. 몇 번 실패 끝에 마지막 99개 성공시키고 압박감이 밀려드는 것을 온몸으로 느꼈어. 그래서 한 발 뒤로 물러나서 심호흡 한 번 크게 하고 성공시켰어."

휴, 아들이 거짓말을 하는 것은 아니었구나. 이제야 안심이 되었다.

"그래, 매일같이 해라! 내가 테스트하러 내려갈 테니 기다려라."

그리고 꼭 한 달 만에 아들 얼굴을 보게 되었다. 언제 아빠에게 혼났냐는 듯 환한 얼굴을 하고 있다. 옷 사게 돈 달라고 하는 아들놈, 뭔가 자신감의 표현 같다. 아니나 다를까, 아들의 퍼팅이 예술이다. 2~3미터 퍼트가 내 눈앞에서 백발백중 적중한다! 이대로 2012년 코리언투어로 직행할 것이라는 확신이 들었다.

큐스쿨 2차전 일기는 2011년 9월 8일부터 시작된다.

9월 8일 웨지 교체하다. 54도 8바운스-58도 12바운스 퍼터와 스푼도 교체해주어야 하는데······.

9월 14일 장효조, 최동원 선수 두 별이 사라졌다. 야구를 모르는 사람들조차도 이들의 플레이에는 환호를 한다. 격이 다른 선수들인 것만은 틀림없다. 최선수의 유언이 가슴에 와닿는다. 최동원 선수의 유언이 프로야구 선수인 아들에게 그저 건강하게 살아달라는······.
'아들아 건강해라'는 짧은 유언을 접하며 가슴이 뜨끔했다. 골프가 뭐길래 백프로! 아빠가 마음을 진짜 내려놓는다. 진짜 이번에 옥천에서의 한판전쟁은 아빠도 큰 걸 깨닫게 되어 기쁘다. 지금도 내 아들 최고다. 골프, 그래 천천히 가자!
이젠 맘이 정말 편하다.

9월 22일 옥천이다. 얼굴을 본 것으로 족하다. 뭔가 개운치 않다. 의도와는 반대된······. 떼제베에 과일 한 박스 선물하다. 한밤중에 서울로 오다

9월 25일 이제 내일이다. 결과에 관계없이 설레는 마음이다. 1.5 숏퍼팅 연습이 마음을 놓게 한다.

9월 26일 큐스쿨 지역예선 첫날
1.5 매직의 비밀을 터득한 걸까? 연습이 배신하지 않는다는 것을 증명했다. 큐스쿨 2차테스트 지역예선 식스언더(-6) 첫날 관문돌파!

9월 27일 오늘 지역예선 2라운드 결과도 투언더(-2) 토털 에잇언더(-8)로 2위와 무려 6타차 완승이다. 떼제베 4지역예선 수석으로 통과했다. 전율이다. 봤지, 이것이 내 아들 백범이다.

지금 그대로 기록한 글을 수정없이 써보니 내 글이지만 뻔뻔하기 그지없다. 그날의 기록은 여기까지다.

시합후 아들의 전화가 왔다.

"아빠, 정말 1.5미터 퍼팅 더 열심히 해야겠어."

"왜, 어째서 그리 생각하니?"

"여유가 있고 긴장이 풀려서인지는 잘 몰라도, 오늘도 전반에 노보기 투언더로 넘어갔는데."

"그랬는데?"

"후반에만 반 발자국 짧은 퍼트를 2개나 빠트렸어. 결국 버디 4개, 보기 2개, 투언더(−2)이기는 하지만 오늘도 라베의 기회는 있었어."

"거봐라, 1.5가 얼마나 신비한지 이제 알았지? 이제 한 달 연습한 것에 비해 대단한 수확을 한 셈이다. 이게 아빠가 너를 다소 억지스럽지만, 골프에 입문시키고 완성시키려 했던 퍼트 신공이다. 이제 너 스스로 연마해서 내공을 쌓아라. 그리고 항상 연습해라."

"응."

멋쩍은 듯 짧게 대답하고는 아들이 전화를 끊는다. 나는 다시 확신에 가득 찼다. 그래! 이제 녀석의 골프는 진화했다. 점점 더 강해질 것이다. 끝을 향한 게임은 이제부터다! 1984년, 한 무명그룹의 반란처럼 스물셋의 내 아들도 두려울 게 없는 청춘이다. 그런데 오늘 석양은 왜 이리 아름다운가!

예선게임을 수석으로 마친 아들을 만나러 옥천으로 내려가 이런저런 이야기를 나누었다. 나중에 아들의 무용담을 들어보니, 큐스쿨 2차테스트 지역예선 첫날 출발은 불안했던 모양이다.

"아빠, 첫 홀은 온그린 시키고도 쓰리퍼트를 했어."

"어, 그래서?"

"아빠, 여기서 맛이 완전 갈 뻔했어."

"어, 그런데……."

"2번 3번 홀은 연속버디. 아빠, 여기서 탄력받았어."

"어, 그랬구나. 천만다행이었네."

그리고 9번 홀에서 결정타 카운터 블로우 한 방이 터진 것이다. 6미터 이글퍼트가 성공한다. 이것이 그날 큐스쿨 2차테스트 예선전의 행운의 독수리였던 것이다.

'골프에서 이글은 또 다른 이글을 부른다.'

또다시 험난한 본선전이다. 아들은 지역예선을 통과했지만 이어 중앙본선 진출을 위한 예선전을 또 치르게 된다. 전국예선 마지막 라운드 예상 커트라인이 투오버(+2). 그렇다면 이븐만 유지하면 안정권이다. 그런데 놀랍게도 전국의 지역예선을 거친 강호들과 중앙본선 진출을 위한 예선 1라운드에서도 언더스코어를 기록한다. 무려 투언더, 상위권의 성적을 기록했다.

정말 계속되는 의외의 선전이다. 지역예선 에잇언더에 어제 중앙예선 첫날도 투언더(-2), 오늘 만약 원언더만 치면 일레븐언더(-11)라는 유례없는 4라운드 연속 언더파를 기록하게 된다. 섣부른 판단이기는 하나 예선탈락은 꿈도 안 꾼다. 오늘 빗속에 과연 언더스코어를 낼 것인가가 내 최대의 관심사다. 이제 정말 파이널로 가는가? 당시를 회상하며 〈골프일기〉를 또 들춰보았다. 다음처럼 기록되어 있었다.

'2009년 세미 첫해 10월 26일! 큐스쿨 2차전을 앞두고 표창환 프로가 시간에 늦어 실격했던 기억이 새롭다. 이젠 문을 안 열어주면 강제로라도 열고 들어가겠다는 맹랑한 생각도 들었다.'

그때의 내 생각을 다시 정리하면 이러하다.

'3차전 관문은 힘으로 무력행사를 하겠다. 앞을 가로막지 마라. 나역시 히딩크 축구감독처럼 배가 무척 고프다. 코리언리그로 직행하겠다. 무혈입성하겠다.'

이 글을 읽어보면 알겠지만, 골프를 내려놓았다는 말은 이미 거짓이되어 있었다. 나는 다시 골프에 미쳐 시 쓰고 소설 쓰고 영화를 찍고있었다. 당시 써놓은 일기를 지금 와서 거듭 읽어보니 얼굴이 후끈 달아오르지만, 한편으론 또다시 전율하는 자신을 발견한다. 그러나 얼마나 다행인가! 큐스쿨 2차전 예선 첫날 게임에 무너질 수도 있는 심각한 상황에서 정신적 스트레스를 잘 극복한 아들에게 그저 고마울 따름이다.

"고속도로에서 차량화재로 트라우마가 있었을 텐데 장하다."

그러자 아들에게서 온 답장문자는 "아빠 트라우마가 뭐야?" 하는 것이다. 나는 그냥 웃어넘겼다.

(게임 당일 권프로님의 낡은 승용차가 군산 가는 고속도로 상에서 차량화재로 폭발직전, 소방차가 불을 꺼준 사고가 있었다)

다음은 큐스쿨 2차전 본선 파이널 경기가 있던 날의 기록이다. 다시생생한 그날의 경기기록이 담긴 〈골프일기〉를 보며 당시를 회상한다.

첫날 1라운드는 전반 이븐, 후반 원오버(+1) 토털 73타로 무난히 마쳤다. 다소 실망스러운 스코어지만, 내일부터는 치고 올라가길 간절히 빌었다.

둘째날 제2라운드에서는 첫 홀 P5부터 위기상황을 맞이했다. 오비가 난 것 같다는 사인이다.

잠정구를 치고 나갔다. 잠시후 볼을 찾았다는 캐디의 증언과 동반 플레이어들 모두가 5분 경과되지 않았음을 증언함에도 경기위원의 실격처리 경고에 깨끗이 승복!

잠정구로 그린에 올려 파를 기록! 비록 2벌타로 인하여 더블보기로 출발했지만 순조로웠다. 이어 2번홀 파. 3번홀에서 드디어 버디를 추가하여 이제 평상심을 찾을 수 있었다. 전반을 원오버로 무사히 넘겼다.

후반플레이는 완벽했다. 노보기에 버디 하나, 결국 토털 72타 이븐으로 무사히 마쳤다. 무엇보다 2벌타 실격처리에 십년감수한 날이다. 내일은 아마도 핀 위치를 어렵게 가져갈 것이겠지만, 큰 걱정은 없다.

셋째날 공동 35위권 순항 중.

넷째날 큐스쿨 2차테스트 마지막 라운딩 제4라운드다. 현재 시간 11시 원언더(-1)다. 거의 다 왔다. 아들녀석 어제 저녁부터 긴장이 되는지 손에 땀이 줄줄 흐른다고. 그래서 아들을 안심시켜줄 필요가 있었다, "네가 긴장하는 것보다 다른 선수들은 더 긴장할 것이야. 늘 하던 것에 51%만 발휘해라." 이렇게 말하면서 속이 숯덩이처럼 타들어가는 것을 느꼈다.

오후 2시 드디어 해냈다.
토털 투언더(-2)

4라운드 286타로 훌륭하게 큐스쿨 프로테스트 2차 본선전을 통과! 충남보육원 김연섭 프로에 이어 2번째 대한골프협회 정회원이 됐다. 당당한 KPGA 정회원(넘버 1108번)이다. 이제 남은 관문은 하나, 큐스쿨 3차전 시드전이다. 돌파하겠다. (큐스쿨 2차테스트 본선전 일기 끝)

그러나 딱 여기까지였던 것이다. 내 필력이 짧아 당시 상황에 대해 길게 늘어놓기가 버겁다. 이때 아들의 골프는 상상을 초월했다. 골프 관계자 및 독자들도 믿기 어렵겠지만, 마의 관문 큐스쿨 3차테스트도 거침없이 패스했다. 그러나 욕심이 과했나? 아들의 골프는 그저 찻잔 속의 태풍이었다. 큐스쿨 2차테스트에 합격하여 정회원이 되고, 큐스쿨 3차테스트마저 합격하여 보란듯이 코리언1부 투어시드도 획득했지만…… KPGA프로의 벽은 생각보다 높았다. 처절할 정도로 참패의 쓰라림을 맛보아야 했다. 시드를 획득하고 대망의 2012년 1부리그 코리언투어가 열리는 새해 벽두, 클리블랜드 루키전이 사이판에서 있었다. 전화가 걸려왔다.

"아빠, 예선탈락했어!"

그러나 이때만 해도 여유가 있었다.

"어, 그래 수고했다. 이제 첫 시합인데 뭘……. 걱정말고 귀국해서 코리언투어, 1부리그부터 본격 준비나 잘 하자."

"응, 아빠."

정말 이때만 해도 웃을 수 있는 여유가 조금 있었다. 그러나 천만에 만만에 말씀이었다. 사이판에서 귀국하여 2012년 상반기 코리언투어에서 단 한 번도 예선통과를 못한 것이다. 거기에 전의까지 상실하게 된다. 프로의 벽이 높음을 몸소 느낀 것이다.

녀석도 나도 말이 없어지기 시작한 것이 이때부터였다. 부자간의 난기류까지 형성됐다. 이제는 중고등부 주니어선수도 아니고 어엿하게 성장한 스물셋의 프로골퍼이고보니 저 스스로 갈등하고 괴로워하는 것이다. 나는 나대로 그렇고.

2012년 코리언투어 후반기대회는 아예 참가조차 거부했다. 예선대회마저 참가하지 않겠다는 것. 이런 아들에게 나는 애써 참아가며 한마디 건넨다.

"아들아, 경험상 출전하자. 예선통과 못하면 어떠니?"

하지만 소용없었다. 아들은 내가 코리언투어 1부 프로시합에 연습라운딩비가 없음을 안 것이다. 보육원 주니어시절처럼 연습라운딩 협조를 받을 수 없음을 안 것이다.

"아빠, 코리언 1부투어에 연습라운딩 한 번 없이 나갈 순 없어."

그 대답에는 나도 말문이 막혔다. 그렇게 꿈 많던 2012년이 속절없이 지나고 다시 2013년 여름을 맞이했다. 동갑내기 김도훈이 우승하던 날, 방배동 서래마을에서 점심을 먹으며 넌지시 아들에게 물어봤다.

"도훈이가 우승했더라."

"응, 알아."

"전화라도 해서 축하해주지 그랬니?"

"별로 친하지도 않은데……."

"어, 그러니? 그래도……."

"아빠, 나 골프 미련없어. 레슨을 하던지 아니면 취직해서 캐디로 돈을 벌래."

갑자기 말문이 막혔다. 이럴 때 준비해놓은 대답이 없었다.

괜한 질문을 했나? 이미 늦었다.

"어 그래. 나도 크게는 미련없다. 여기까지 온 것도 자랑스러워. 너 하고 싶은 대로 해라."

(또 맘에 없는 소리를 해야만 했다)

"응 아빠. 고마워!"

레슨이나 캐디를 하겠다는 것이다. 레슨프로나 하우스캐디를 하려고 여기까지 왔던가? 아들과 헤어지고 안양도서관에서 책 몇 권을 꺼내 들었지만 무슨 책을 골랐는지 기억도 없다. 다음날 나도 모르게 울면서 백단장 형님에게 전화를 했다.

"형, 어떻게 해야 해? 범이가 선수생활 접고 골프장에 취직이라도 해서 돈을 벌겠대."

난생처음 울면서 전화하니 형님은 당혹스러웠을 것이다.

"잘 들어라, 아우야. 넌 울기나 하지. 난 울어줄 눈물도 없다."

이 상황에서도 역시 형은 나를 위로한다.

"이왕에 범이가 그러겠다면 내버려둬 봐라. 아직 한 번의 기회는 있다."

범이는 지금 자신이 말한 대로 캐디가 되었다. 보통 연습생 출신이나 세미프로가 캐디를 해가며 선수의 꿈을 이어가는 경우는 있다. 그러나 1부투어 프로출신의 젊은 선수가 캐디를 하는 경우는 드물다. 지금 아들은 양산의 어느 골프장에서 캐디와 레슨프로를 병행하고 있다. 난 아들의 결정을 지켜볼 수밖에 없었다.

인생은 언제나 도전해볼 만하다

아마추어골퍼에서 프로골퍼로

다시 캐디의 길로

또다시 프로선수로

한두 번 실패했다고 인생을 포기할 수는 없다.

거듭 회상해보지만, 스물세 살의 나이에 지옥의 관문이라는 큐스쿨 3차테스트에 통과하고 대망의 '코리언투어 1부투어'에 진출했던 아들의 승부세계는 참으로 비참했다. 프로세계는 그야말로 상상 그 이상이었다. 한 타 한 타에 목숨 거는 잔인전이었다. 이것이 진짜 프로의 세계구나…… 통감, 절감했다. 어느 정도 험난함을 예상치 못한 바는 아니었으나, 이렇게 힘 한 번 못 쓰고 처절하게 참패할 줄은 꿈에도 몰랐다. 경험부족에 우물 안 개구리였다. 역부족이었다. 경험부족이란 것이 그토록 무섭게 형벌 가하듯 아들놈을 사정없이 내리칠 줄 몰랐다. '사색은 고상한 방법이고 모방은 저급한 방법이다. 그 중에 으뜸의 방법은 경험이다. 경험은 아픔을 동반한다'라는 공자님 말씀이 가슴을 또 친다.

프로의 세계에서 참패한 아들은 수시로 나를 압박했다. "아빠, 나 골

아들아!
고맙다
미안하다
사랑한다!

프 안 할래. 안 할래…… 안 할래…….”

외친다. 꿈속에서도 아들의 비탄에 젖은 외마디가 들려오는 듯하다.

왜, 수많은 운동 중에 하필 골프를 시켰던가? 다시 후회가 몰려온다. 돌아갈 길이 있다면 다시 돌아가고 싶다. 참혹했다.

내가 골프에 미련없다는 말은 모두 거짓이다. 나는 애원했다.

“범아! 다 좋다. 그런데 골프채를 놓는다는 말은 마라. 그럼 이 아빠는 죽은 목숨이다.”

그리고 나는 스스로에게 주술을 걸었다.

기다리자.
무조건 기다리자.
또 기다리자.

그렇게 눈물로 호소하고 달래가며 또 2년의 시간이 지났다. 헤아려보면 다 아비의 경제적 무능 때문이었다.

2015년 가을!

아들에게서 전화가 왔다.

"아빠, 힘은 들어도 캐디수입이 좋아. 그리고 틈틈이 필드레슨으로 돈도 벌어. 나 시합 안 나가서 속상하지. 올해만 참아. 내년부터는 내가 번 돈으로 2부시합 참가할게."

말라버렸던 눈물이 또 흐른다.

"정말, 정……정말이지? 고, 고……고맙다! 미안하다, 사랑한다!"

산에는 단풍이 미친 듯 붉게 물들어가고 있었다. 총천연색 시네마스코프 필름처럼.

그래, 지금부터 다시 걸어가보자.

꿈 너머 꿈을 위하여……

그 길의 끝은 아무도 모른다.

에필로그

　오랜만에 형님을 만났다. 형님은 당신의 딸 세라를 대신하여 외손녀에게 골프를 가르치기 위해 뉴질랜드에 있다 귀국했다. 초창기때 보육원 꿈나무 골프단 사진자료를 구하기 위해 방문했다가 이제 7세 된 첫째 외손녀 서그린의 스윙 동영상을 봤다. 예사 스윙이 아니었다.

　둘째 외손녀 서호린(홀인원의 준말)도 골프에 입문시킬 예정이라 했다. 솔직히 두려운 마음이 앞섰다. 다만 내 속내를 표현하지 못했다.

　"형님, 대단한 스윙이네요. 앞으로 십 년 후면 형님 소원성취할 수 있겠네요. 나도 장담하겠습니다. 미리 축하해요."

　"현범이는 어떻게 지내니?"

　"네, 그저 레스너로 자기 밥벌이는 해요."

　"현범이 나에게 보내라. 아직 기회는 있다."

　(잠시 흔들렸다)

　"형님 말씀은 충분히 고맙지만 더 이상 자식이 가는 길에 동행하지 않겠어요. 이젠 현범이도 자신의 뜻대로 인생을 살길 바랍니다."

　"아까워서 그래. 지금도 늦지 않았어. 스물여덟이야."

　"형님, 만족하려면 지금이래요. 이젠 됐어요."

　"누가 그래? 그따위 소리를……."

　"소크라테스요."

　합정동 형님집을 나오며 조카사진을 들여다보았다. 마치 사진 속 조카가 나에게 말을 하는 것 같았다.

"삼촌, 영원한 프로도 영원한 레스너도 없어요."

"그렇지, 세라야. 더 이상 욕심내면 안 되겠지."

밤하늘에 유난히 별들이 반짝인다. 하늘을 바라보며 무언의 기도를 올린다. '그저 즐길 수 있는 골프를 하게 해주세요.'

그러자 밤하늘 저 너머 별빛 하나가 내 가슴속으로 들어왔다. 순간, 그동안 마음속에 내재되어 있던 저열한 욕망과 갈등, 후회마저도 바람 속 먼지처럼 저하늘 먼 곳으로 점점이 흩어지는 모습이 보였다. 마음이 새털처럼 가벼워졌다. 갑자기 갈급하듯 무뚝뚝한, 착하디착한 아들이 보고 싶어졌다. 그리고 외마디…… 차마, 아들을 다정스럽게 끌어안고는 하지 못 할 가슴앓이 말이 읊조리듯 입가에서 새어나왔다.

한 번 프로는 아마추어로 돌아가지 않는다.
너는 프로다.
세계 최고의 프로다.
적어도 아비에게만큼은……
사랑한다, 아들아!

잊을 수 없는 고마운 인연과 장소!

〈음악〉故 진필홍PD, 이남기PD, 배철호PD, 신승호PD, 조의진PD, 윤인섭PD, 경명철PD, 지석원PD, 정동천PD, 신종인PD, 유수열PD

〈골프〉한창환회장, 유협 SBS아나운서국장, 홍수환 전 챔피언, 조건진 KBS아나운서국장, 표창환프로, 김광수프로, 권오근프로, 이기화프로, 조동학프로, 김창헌프로, 이근택프로, 노영진프로

〈장소협찬〉야마하골프, 미러클퍼터, 애플라인드, 보은파3골프장, 아성골프연습장, 리얼라인, 바디턴72, 에이원골프연습장(송정은 대표)

bkk072887@naver.com